U0943532

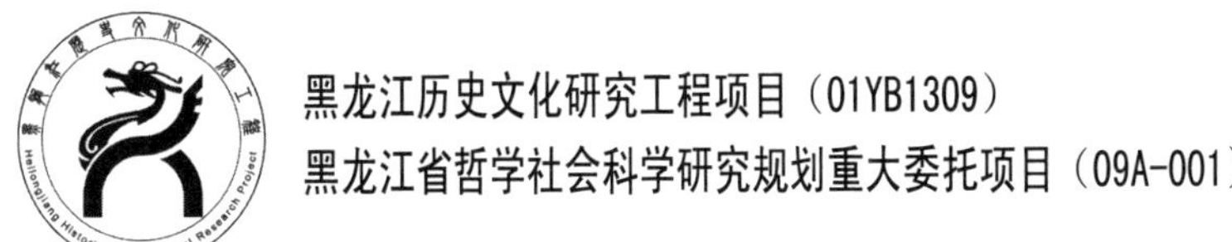

浮云集·拙政园诗馀·拙政园诗集

陈之遴　徐　灿◇著

图书在版编目(CIP)数据

浮云集 /（清）陈之遴著. 拙政园诗馀 /（清）徐灿著. 拙政园诗集 /（清）徐灿著. --哈尔滨：黑龙江大学出版社，2010.8(2021.8 重印)

（东北流人文库 / 李兴盛主编）

ISBN 978-7-81129-297-8

Ⅰ. ①浮… ②拙… ③拙… Ⅱ. ①陈… ②徐… Ⅲ. ①诗词-作品集-中国-清代 Ⅳ. ①I222.749

中国版本图书馆 CIP 数据核字(2010)第 123535 号

浮云集·拙政园诗馀·拙政园诗集

FUYUN JI · ZHUOZHENGYUAN SHIYU · ZHUOZHENGYUAN SHIJI

[清] 陈之遴　徐　灿　著

责任编辑　李小娟　安宏涛
出版发行　黑龙江大学出版社
地　　址　哈尔滨市南岗区学府三道街 36 号
印　　刷　三河市春园印刷有限公司
开　　本　720 毫米×1000 毫米　1/16
印　　张　28
字　　数　351 千
版　　次　2010 年 8 月第 1 版
印　　次　2022 年 1 月第 3 次印刷
书　　号　ISBN 978-7-81129-297-8
定　　价　69.80 元

本书如有印装错误请与本社联系更换。

《浮云集·拙政园诗馀·拙政园诗集》编委会

主　编　李兴盛

副主编　赵桂荣　张　宇　邵长霞

编校者　杨　革　王　欢　郑伟华　孙一丹

张雪梅　刘伟红　马秀红　杨　娟

石　菲　武晓军　谭凤茹　何大恒

杨海鹏　张泽文　王　佳　王　倩

于　龙　刘红力　方姝孟　李　雷

叶　晨

歷史源流 流寓文化

PROLOGUE 总序

黑/龙/江/历/史/源/流/与/流/寓/文/化/系/列

历史文化资源是民族文明的血脉和根基，是民族精神品格的凝聚与体现，是一个国家和地区特有文化形态的依托和载体。对历史文化资源的保护与利用从来都是一个对民族的、本土的优秀历史文化的继承与发展的问题，它直接关涉民族精神的弘扬与传承，关涉一个国家、一个地区未来的发展与走向。保护、挖掘、利用历史文化资源是世界性的课题，大多数国家都十分重视对本国、本民族历史文化资源的保护、挖掘和利用，以此延续民族文脉，维护自己的文化特性和文化多样性，树立民族形象，扩大国际影响力，进行传统教育和爱国主义教育，增强民族自信心和凝聚力。

历史证明，每一个成熟的民族、国家和地区都有自己独特的文化品格和精神气质，这种文化品质以深厚的历史文化积淀为基础，同时也成为民族精神、国家精神和区域人文精神的内核。所以，正如费孝通先生所强调的那样，生存在一定文化形态中的人们只有对自己的文化“有自知之明”，才能“对自身的发展历程和未来有充分的认识”，才能通过文化反思走向文化自觉，实现文化自信。

作为黑龙江人，我们在流逝的岁月中积淀起对龙江大地越来越深厚的情感,看着浩浩荡荡的黑龙江水欢跃前行,看着莽莽苍苍的大小兴安岭气象万千,感受着脚下这片黑土地的壮阔雄浑,享受着它慷慨无言的馈赠;随着对黑龙江的历史文化了解得越多、思考得越深,我们心中的这份深情就越发充沛,对黑龙江的深厚历史文化资源在中华文明史上的特殊地位和巨大贡献就越充满信心:黑龙江绝非人们通常所认为的"蛮荒之地",实际上,诚如我国著名考古学家苏秉琦先生所言,中华文明的产生,不在中原而在北方,黑龙江有着非常悠久的历史和十分灿烂的文明。

现在看来,黑龙江的历史源远流长,积淀丰厚,影响广泛。1997年,阿城市(今哈尔滨市阿城区)交界镇石灰场洞穴遗址中出土文物的考古学测定表明,远在17.5万年以前,黑龙江地区已有古人类生存。早在传说中的虞舜时期,生活在黑龙江地区的古族肃慎(息慎氏)即与中原部族有了交流。另据文献记载,先秦时代,定居于今黑龙江地区的肃慎、东胡、涉貊三大族系的先民,在与中原部族进一步交往的同时,也以自己的勤劳和智慧为黑龙江流域的开发作出了重要的贡献。进入封建社会以来,黑龙江这块土地独自孕育或与其他地区共同孕育的各民族不断雄啸崛起,其中,东胡族系后裔鲜卑、契丹、蒙古族,肃慎族系后裔靺鞨、女真、满族,在我国北方及全国范围内先后建立了北魏、辽、金、元、清等封建王朝以及唐朝的藩属政权"渤海国",统治时间总和长达九百多年,这在中国历史上是十分独特的。自古以来,世居黑龙江流域的北方民族与其他各族人民一道奠定了中华民族多元一体的格局,他们促进了南北文化的大碰撞、大融合,对我国社会进步、文化繁荣和科技交流,对光辉灿烂的中华文明作出了不可磨灭的贡献。

近现代以来,黑龙江这个多民族聚居的边疆大省,逐步形成其鲜明的边疆的、民族的、移民的、中西兼容的文明特质。

清初以来,鲁、豫、冀、晋等关内省份"闯关东"的移民大量涌入,他们闯入了这一肃慎—女真族系的"龙兴之地",带来了中原主流文化的优秀传统,促进了关内民风民俗与黑龙江本土文化的融合。

20世纪初,随着中东铁路的开通,一批现代城镇在龙江大地因铁路而兴,特别是中东铁路的中枢——哈尔滨,迅速成为国际化的都市:松花江穿城而过,水气灵秀;铁路横贯欧亚,四通八达,物流、信息流会聚流转;俄罗斯人、犹太人等20多个国家近20万侨民涌入,一个开放包容、极具时尚活力、崇尚诚信敬业、追求和谐奋进的国际性商贸中心、历史文化名城逐渐成形,其国际化程度可与巴黎、伦敦、纽约、莫斯科比肩,创造了中国近代城市化进程中的一个奇迹。20世纪二三十年代,素有“东方莫斯科”、“东方小巴黎”美称的哈尔滨已然成为国际商埠和时尚中心,欧洲的流行时尚,如服装、餐饮、电影、戏剧、音乐等很快传入哈尔滨,这里有中国第一家啤酒厂、第一家电影院、第一家音乐学校、第一个芭蕾舞团、第一个交响乐团,西式教堂、酒吧等建筑随处可见。俄侨文化、犹太文化等外来文化要素交相辉映,形成了哈尔滨独具国际交汇特色的建筑文化、饮食文化、教育文化、宗教文化。这些文化要素同来自内地的移民文化一道,为哈尔滨乃至黑龙江打下了特有的海纳百川、有容乃大的文化烙印。

随着印刷业、报刊业等现代媒介的兴起和城市文化的繁荣,哈尔滨会聚了大量的文化名人。20世纪20年代,孔罗荪、陈纪滢、塞克、金剑啸等人在哈尔滨创办新文学社团“蓓蕾社”,倡导新文化运动。20世纪30年代“沦陷”(日伪)时期,金剑啸、罗烽、萧红、萧军、白朗成立了“星星剧团”,进行了大量的文艺活动,宣传抗日。与此同时,随着马占山将军的江桥抗战打响了中国武装抗日的第一枪,义勇军、游击队、抗日联军在白山黑水间、在松花江上,为了民族的独立和领土的完整,英勇孤绝地奋战14年,用热血解冰霜,铸就了最能体现东北性格的抗联文化。

1945年起,作为全国最早的解放区,在黑龙江诞生了中国省区的第一个广播电台——黑龙江人民广播电台,中国省区的第一家报纸——《黑龙江日报》,中国最早的三家电视台之一——哈尔滨电视台(与北京电视台、上海电视台一道开启了中国的电视发展史),以及在新中国电影发展史上具有开创地位的东北电影制片厂。这些都奠定了黑龙江在新中国发展中独特的文化地位。新中国初期,北大荒开发、大庆油田开发、大小兴安岭开发,又逐步形成了垦荒文化、创业文化、知青文化等当代文化,铸就了以北大荒精神、大庆精神、铁人精神、大兴安岭精神等为代表的优秀精神资源。

独特的历史进程,积淀了黑龙江特有的文化多样性和包容性;多民族聚居陶冶出绚丽多彩的满族、达斡尔族、鄂伦春族、鄂温克族、赫哲族等北方世居少数民族的风情和丰富殷厚的非物质文化遗产。鄂伦春族的歌舞和桦树皮画,赫哲族的鱼皮工艺品精深加工,朝鲜族的民族风情园,满族的剪纸、刺绣,等等,风格十分纯粹,成为目前仅存的可供考察原生态渔猎文化形态的“活化石”,客观上为人们保留了东北本土少数民族迷人的民俗风情及其独特魅力。这种融合了黑龙江本土文化、移民文化、异域文化的三极互渗、多元交融的文化格局,这种既具边疆、民族色彩,又带有中西交融性质的文明特质,这种被列宁称为“碾碎了民族差别的大磨坊”的文化形态,具有鲜明的兼容吸收性与开拓创新性,最终凝结成龙江大地上意蕴丰富、多姿多彩的独特的生存样态,构成了中华文化独特的、重要的组成部分。

当今时代是一个“资源为王”的时代,黑龙江丰富独特的且较少开发的历史文化资源在文化大发展大繁荣的时代为我们提供了特有的文化创造空间。我们至少可以从中梳理出民族历史源流、民族民间非物质遗产、中外文化交流、红色历程、文化名人、流寓文化、重大历史事件、开发建设、历史文献、地域风情十大历史文化资源系列。这些都为我们建设边疆文化大省、推动我省文化大发展大繁荣奠定了良好的基础。

大力推进黑龙江历史文化资源保护、挖掘与利用工作,是塑造和提升黑龙江文化品格、实现文化自觉的必然要求，是增强地区文化软实力、抢占文化制高点的必然要求，是实现我省经济社会协调发展的必然要求，具有十分重要的现实意义和深远的历史意义。保护、挖掘与开发黑龙江历史文化资源，就是要更清晰准确地揭示我们的地域文化内涵，让我省人民增强文化归属感，不断实现对本土文化的自豪、自觉与自信，从而塑造和提升黑龙江人的文化品格与精神气质。

黑龙江大学出版社策划了“黑龙江历史源流与流寓文化系列”这一大型图书选题，计划陆续推出《黑龙江大界江百村纪行》、《黑龙江与俄罗斯文化关系》、《满文档案文献整理集成》、《东北流人文库》、《萧红全集》及《抗战时期黑土作家丛书》等一系列有重大社会影响的精品图书，旨在挖掘黑龙江历史文化资源及地域人文风情，呈现龙江文化的勃勃生机，为读者奉献更多高质量的精神文化产品。这些选题立意很好，起点很高，眼光独到，对于深入挖掘黑龙江的历史文化资源具有重要的价值。

期待黑龙江大学出版社“黑龙江历史源流与流寓文化系列”丛书成为“文化天下”的图书精品，成为向全国乃至世界推介魅力独具的黑龙江的“文化名片”，并产生重要的影响力。

是以，欣然为序。

二〇〇九年九月六日

李兴盛与流人学的研究

世有“显学”与“晦学”之分，“显学”为当世所重，群趋若鹜，如清之乾嘉考据学，今之红学、敦煌学等等，于是资料盈箧，成果丰硕，人才辈出，为举世所瞩目。“晦学”则不然，虽其学重要，然资料发掘艰难，前人成作较少，一时难见其功，学人多视为畏途，潜研者寥寥，若为世所遗忘者，今之流人学类此。

流人源出于流刑，多为蒙冤受屈，备受迫害与刑罚者。流人颇多具有文化素养，甚至学问淹博者也为数不少，世所谓“天下才子流人多”即指此而言。其人虽投诸四裔，犹不弃边远，播种文化，开发蒙昧，厥功至伟，是流人与流人文化问题固不得不有所研讨，而世之投身斯学者，固屈指可数也。

我之接触流人问题，始得益于安阳谢国桢（刚主）先生。我家与谢氏有通家之谊，少时曾借书于谢氏，得读刚主先生所著《清初流人开发东北史》，为前此未读之书。见其对清初发戍东北之流人所作专门性研究，既钦其治学视野之广阔，复感其研究有裨于清初开国史的探求。后此则未见有关流人新作。20世纪五六十年代政治运动中辄有因种种新账老账一齐算而遭贬谪者，西部荒漠及北大荒等地均有其人，虽下放、锻炼名目各异，而其实与流人差近。投鼠忌器，颇为流人问题之研究增忌讳。70年代初，我曾下放农村四年，耕余无聊，又谨言慎行，寡交游，遂就所携图籍中之流人著述，时加研读，随手札记心得，积久乃成《读流人书》一文。此举一则纾烦遣愁，借他人杯酒，浇自己块垒；再则见流人虽困处厄塞，而犹能寄托诗文，传播文化，颇受激励。深惟似此群体而淹塞不彰，研究者又甚鲜而深致感慨。80年代初，海宇廓清，学术文化顿显新颜，有幸获识西北周轩、东北李兴盛二君，皆以流人问题研究自任，撰述探讨，卓有成就。其穷年累月从事"晦学"研究之精神，尤令人钦佩。

我识李君兴盛较晚，初仅书信往来，继又得读其惠我大作。我虽曾粗涉流人之学，而视李君所著之精深，则瞠乎其后矣！1989年，先后读其所著《边塞诗人吴兆骞》及《东北流人史》，见其"筚路蓝缕，以启山林"的精神及从个案研究走向通史研究的历程，窃喜流人学研究之得人！惟惜其尚局限于东北一隅，深冀其由一隅而扩及全面。孰意不及五年，而百余万言之《中国流人史》又问世，李君用功之勤，投入之深，求之当世，实不多见。我曾为此书做过鉴评说：《中国流人史》"是对流人问题进行全方位、多层次、各区域的完整论述，开创了流人史研究的新体系。我通读《中国流人史》的最深感受是，他不把知识分子流人的遭遇作为个案，而是加以群体的系统记述，使之成为记述中国知识分子坎坷经历，不幸命运，悲惨处境而仍能百折不挠，利国利民，奋发向上的感人史诗"。1998年冬，兴盛复以所主编之《何陋居集（外二十一种）》一书见惠，此书以清方拱乾之《何陋居集》为总名而含有宋、清、民国之流人文献共二十二种，为流人史之研究提供基本史料，厥功至伟。次年，兴盛不辞千里，亲临寒舍，一倾积愫，交流沟通，听其言，观其行，固恂恂然一君子也。我读书未遍，关于流人史的研究，除周、李二君的著述外，其他专著、论文所见尚鲜，此流人学之所以为“晦学”也。究其缘由，愚意以为治此学者必需具备三条件：

其一，研究者必须久居边远戍地，对流人生活背景，岁月煎熬，有亲临其地的切身感受，有一种为不幸者存史的激情冲动，乃以真挚的感情去探讨、研究，从而论述中国知识分子的忧患史。这是最重要的精神支柱。

其二，研究者必须具备发现挖掘史源、搜检考校史料和公允评论人物的学识底蕴与熟练技能。惟其如此，方能于人于事，持之有故，言之成理。方能由此及彼，由表及里，由个案至群体，由古代至近世，撰成诸种有关著述，使流人学之研究不数十年而蔚为大观。这是最重要的物质基础。

其三，研究者必须澹泊自甘，硁硁自守，不急功好利，不艳羡荣华。以悲天悯人之心，阐幽发微；不偏不倚，还人物以本来，终其生而无怨无悔。这是最重要的史德。

三者言易而行难，周、李二君得天独厚，幸逢其会，一羁居西陲，一谋食黑水，耳听故老逸闻，目见流人遗迹，抚今思昔，思潮汹涌，笔端激情，油然而生。二君皆好学深思之士，穷年累月，孜孜不倦，广搜博采，勤于著述，颇见称誉于学术界，而李君兴盛所著连年问世，凡个案研究、文献记录、史事纵论，皆所涉及，涵盖可谓深广。2000年，兴盛更将其流人文化研究延伸至流寓文化与旅游文化领域，主持《黑龙江流寓文化与旅游文化丛书》编写工作，其第一种《黑龙江山水名胜与轶闻遗事》一书，既出版问世，赋流人学以实践意义，研究对象由流人扩展至客寓人士，视野愈益开阔。2001年，复出示其另一种《中国流人史与流人文化概论》。兴盛倾历年之积存，更于《中国流人史》之基础上，总结升华，成此论集。捧读之余，欣悦不已。

兴盛之辑《中国流人史与流人文化概论》，虽为辑录其于流人问题研究中之理论观点，实则寓构筑流人学框架之深意。书分上下编，上编阐述有关流人与流人文化之理论问题，诸如流人的分类、流人史的分期，流人文化的界定与特性、流人历史作用的评价等等；下编为文选，辑与撰者及其著作有关之资料，可备了解兴盛治学历程与所获成就之参考。从此，兴盛之于流人学之研究，有史、有论、有专门著述、有文献汇编，足称完整架构专学之规模。

目前，为了弘扬我国历代东北流人在逆境中建功立业、保卫与开发边疆的业绩及其艰苦奋斗的精神，为了促进由谢刚主先生开创的流人史、流人文化，乃至流人学这一新学科、新体系、新流派真正创建成功，兴盛君在黑龙江省委宣传部、黑龙江省新闻出版局及黑龙江大学出版社的大力支持下，以其三十余年研究成果为基础，正在编纂《东北流人文库》这部大型的历史文化丛书。《东北流人文库》拟分为“流人文献”与“流人研究”两大部分，堪称一部恢弘巨著。

相信我国前所未有的这部开拓型丛书的出版，对于黑龙江历史文化资源的抢救与黑龙江边疆文化大省的建设，对于东北，乃至全国历史文化，尤其是文学史、刑法史、民族交流史、人口迁徙史等学科的研究，对于繁荣我国出版事业，都会起到极大的促进作用。

流人学的建立是兴盛的一个梦，他自谦目前是“残编寻旧梦”，我看他已在日益走近“全编圆美梦”的佳境。他自勉是“攀登今未已，风雨正兼程”，我则以耄耋之年真诚地期待流人学不久将在社会科学的学科分类表上堂堂正正地占有一席之地。流人学之跫然足音，殆已日近一日。兴盛其勉旃！

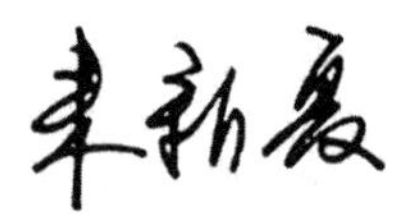

二〇一〇年元月

凡　例

为了弘扬我国历代东北流人筚路蓝缕以启山林的创业精神，自强不息苦心经营的奋斗精神，关心国事反抗侵略的爱国精神，为了彰显他们在逆境中建功立业、保卫与开发边疆的业绩，为了促进由谢刚主先生开创的流人史这种新学科的研究，并使流人文化，乃至流人学这一新体系、新流派真正创建成功，在中共黑龙江省委宣传部、黑龙江省新闻出版局及黑龙江大学出版社的大力支持下，在本人三十余年全方位、多层次、系统化、理论化的流人研究的基础上，编纂了这部大型的历史文化丛书。相信我国前所未有的这部开拓型丛书的出版，对于黑龙江历史文化资源的抢救与黑龙江边疆文化大省的建设，对于东北，乃至全国历史文化，尤其是文学史、刑法史、民族交流史、人口迁徙史等学科的研究，都会起到极大的促进作用。现将本丛书“流人文献”的编辑凡例介绍如下：

（一）本系列所辑包括两种不同类型的著述：一为东北流人及其曾经出塞的亲友自撰的各种（诗文、史地、学术等）著述；一为前人（流人除外）所撰所编（如吴燕兰编《汉槎友札》、吴晋锡《半生自纪》）以及今人所辑录的与流人有关的各种体裁（包括碑传文）传记资料著述等。

（二）本系列所收流人及其曾经出塞的亲友自撰文献，上限始于有文献流传的宋辽金，下限止于清末。

（三）本系列所收各种流人文献及相关资料著述，原则上可以单独成册者印成一册，反之则将一人之多种著述或将数人之著述合为一册印行。

（四）本系列所收各种著述，均冠以一篇“前言”，主要简单介绍作者行实与著述，所收著述之版本概况以及选用的底本。至于所收著述之史料价值及对作者的评价，不一定每书均有。这一点，请读者自行审酌。此外，书后尽量附录几种与作者及该文献相关之资料，供读者研读之参考。

（五）在整理过程中，将原竖刊本改为横排本，将原文之繁体字、异体字改为规范的简化字。原有避讳字（如为避康熙玄烨讳之“玄”字，方拱乾、方孝标之诗文集均缺末笔，陈之遴之诗集则作“元”）一律改回。对少数民族含有侮辱性之字改为今天的正字，如《浮云集》之“猺”改为“瑶”等，其他则一仍其旧。但下列情况除外：

①专名用字（如人名、地名、事物名称）及容易引起歧义的繁体字，按习惯酌予保留。基于此，《甦庵集》之“甦”不作“苏”，地名寘（tián）颜山之“寘”不作“置”，徐湘蘋之“蘋”不作“苹”。又如表示剩余、多余之义的“馀”字，与代表“我”之“余”字极易引起歧义，因此不能一律以“余”字替代，有时必须作“馀”。基于此，“余生”、“余身”与“馀生”、“馀身”有别，而陈之遴“应连万死馀”句、释函可“自悔罪深馀舌在”句之“馀”字不能简化为“余”。同样的道理，陈之遴诗中的“於戏”与“短歌哀筑漫相於”之“於”也不能简化为“于”。方拱乾“八载缔人此日还”诗句中的“缔”字不宜简化为“累”。另如“髮”与“发”、“麯”与“曲”等经常会引起歧义等字也作如是处理。

②为了忠实于原文，同时为了便于学者对地名、人名、物名等事物名称源流及异名之考证与研究，同一名称的不同用字或词，酌予保留。如在古代文献中，长江多作扬子江，也有作杨子江者，山海关多作榆关，也有作渝关者（《浮云集》即作杨子江、渝关），凡此本系列二者并存，不予统一，余此类推。

③古籍刻本中多有通假字，为了忠实于原文，我们在点校整理时未予改正，仍存其原貌，如《甦庵集》辛丑年卷首有“男亨咸较”四

字,“较”是“校”的通假字。余者类推。

(六)本系列收录之流人文献,诗、词、赋与散文并存。为了整齐划一与美观,诗之排版五言、七言者基本每两句一行(杂言诗也尽量仿此)。作者之原注与我们所写之校记(改正、说明、增补)或注释等文字,则以“编者按”的形式,作为脚注,置于本页界线下方。而散文、赋、词(包括序、跋),则采取连排的排版方式。词有上下阕者,则在上下阕之间空两字。

作者原注及我们校改文字则作如下处理:凡原误、衍字应删或疑误之字,均加(　),而改正、增补或说明之文字则加〔　〕,至于疑误之文字不宜改正者,则于〔　〕中加问号即〔?〕,以示存疑。错误之字显而易见者(如干支中己亥误作巳亥等)径改,可以推知其误者,在〔　〕中注明“当作某”或“疑作某”。凡阙文或原文实在无法辨认之字,则以□代之。

又及,本丛书所收之文多据前人刻本,有的原文有正文和注文之分,注文多为双行夹注。我们在点校整理时,对此类注文采用比正文(宋体)小一些的楷体字编排,以示与正文有所区分。

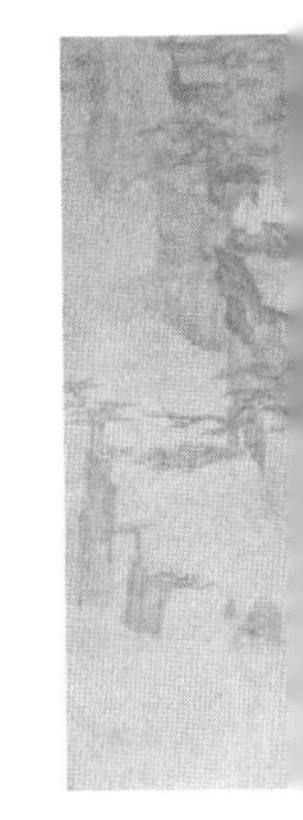

前　言

《浮云集》又名《陈素庵先生浮云集》，十二卷，清陈之遴著。

陈之遴(1605—1666)，字彦升，号素庵，浙江海宁人。明崇祯十年(1637年)进士，授编修，迁中允。入清，官至礼部尚书、户部尚书、弘文院大学士。顺治十三年(1656年)因结党罪，"以原官发辽阳居住"，是年冬令回京入旗。顺治十五年"以贿结内监吴良辅"革职，籍没家产，全家再次流徙盛京，康熙五年(1666年)卒于戍所。有《浮云集》传世。据载另有《旋吉堂集》、《浮云续集》、《百一稿》，今均未见。

《浮云集》十二卷，卷一为赋，卷十二为词，余为诗，前有自序。康熙间旋吉堂刻本，有抄本传世。另有乾隆十年(1745年)周星兆修补本，民国二十二年(1933年)有张乃熊迮圃翻印本，初印本无词一卷，系据周氏重印本增入。

陈之遴虽然"其人不足道"，但"诗词则意捷语新，稍嫌才累，词格颇似吴传业"(邓之诚语)。袁行云亦谓其《白头宫女行》诸诗"华实相副，酷似吴传业"。其两次流徙之作，可以考见塞外之风光与物产，以及流人生活与心态，尤可考见其与吴兆骞之友谊。

《拙政园诗馀》三卷、《拙政园诗集》二卷，系陈之遴继妻徐灿著。徐灿，字湘蘋，又字明霞、明深(一作"深明")。之遴两次流徙，均从行。康熙五年(1666年)之遴卒于塞外，康熙十年徐灿扶夫榇还乡。徐灿工词翰，其词时人誉为南宋以来闺阁第一人。先是，顺治七年(1650年)冬，之遴辑其词百首，为《拙政园诗馀初集》。顺治十年冬，其子坚永、容永、奋永、堪永复辑录其词并付梓，不久板毁。乾隆五十九年(1794年)，吴骞列入《海昌丽则》，并收入《拜经楼丛书》。光绪年间，徐乃昌又收入《小檀栾室汇刻闺秀词钞》中，但无坚永等之跋。

《拙政园诗集》初无刊本，至嘉庆八年(1803年)为吴骞收入《拜经楼丛书》之中，据柯愈春先生言，同治间曾再次刻印。

徐灿诗词集之所以命名为“拙政园”，乃是因陈之遴曾一度为苏州著名园林拙政园主人之故(顺治十五年被籍没入官)。详见本书附录之吴伟业《咏拙政园山茶花》诗及该诗笺注，此不赘。

又及，本书所据各底本的词，多个同名词牌并列时，底本除第一首标明词牌外，其余或标“前调”，或标“其二”、“其三”，编者在编辑时均恢复为原词牌名。另，本书诗词文题下双行小注，均用楷体，而序文则用仿宋，以示区分。

这次整理，《浮云集》以民国张氏翻印本为底本，《拙政园诗馀》、《拙政园诗集》系用《拜经楼丛书》本为底本进行整理。限于水平，整理过程中，疏漏失误之处在所难免，望读者批评指正。

李兴盛

2010年9月6日

目　录

浮　云　集

自序 ………………………………………………………… 3

浮云集　卷之一　赋

并蒂樱桃赋 ………………………………………………… 4
溯风赋 ……………………………………………………… 5
忧赋 ………………………………………………………… 6
短视赋 ……………………………………………………… 7
憎蝇赋 ……………………………………………………… 8

浮云集　卷之二　四言古诗

吴山 ……………………………………………………… 10
高丘 ……………………………………………………… 10
有橘 ……………………………………………………… 11
乔木 ……………………………………………………… 11
飞枭 ……………………………………………………… 13
中谷有兰 ………………………………………………… 13
江之水 …………………………………………………… 14

浮云集　卷之三　五言古诗

送别夫子 ………………………………………………… 15

合欢树 …… 16
寄张元岵 …… 16
朝出蓟东门 …… 17
舟行半山道中,望昔年读书处 …… 17
上巳日作 …… 18
杂诗 …… 18
赠宋辕文 …… 19
三月三日作 …… 19
杂诗 …… 20
四月晦夕作 …… 23
久雨 …… 23
白榴 …… 24
淫雨 …… 24
答宋既庭 …… 25
青松生高冈 …… 26
杂诗 …… 26
与吴婿 …… 27
杂诗 …… 28
杂诗 …… 28
答张稚恭赠《柱石图》…… 29
杂感 …… 29
四子奕棋诗 …… 30
赠子渊 …… 31
杂诗 …… 31
感怀 …… 32
杂诗 …… 38
至日 …… 42
咏雪 …… 42

读李杜诗 …… 43
山居与客饮 …… 43
苦寒 …… 44
冬杪 …… 44
录别十二首 …… 44
送周端臣西还 …… 48
秋日杂诗 …… 49

浮云集　卷之四　七言古诗

高梁篇 …… 53
姑苏元夜篇 …… 54
汴梁行 …… 55
宝剑歌送友人还山 …… 56
白靴校尉行 …… 56
魏酒行 …… 57
东海氏画梅 …… 57
沈翁画《浮玉山图》 …… 58
花下醉歌 …… 58
永和宫词 …… 59
荡寇将军歌 …… 59
孤山梅花 …… 59
暮春送客 …… 60
读《秦始皇帝本纪》 …… 60
赠汪王二生 …… 60
坠马行 …… 61
题画像 …… 62
不雨行 …… 63
冰车行 …… 63

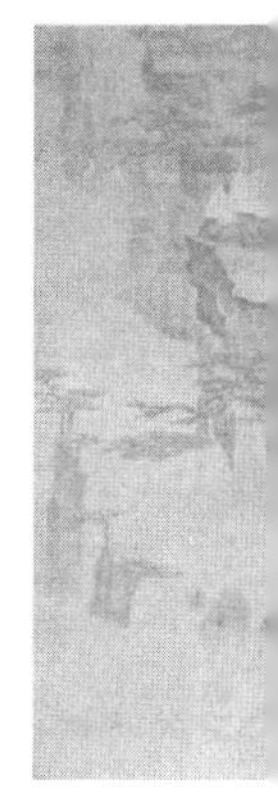

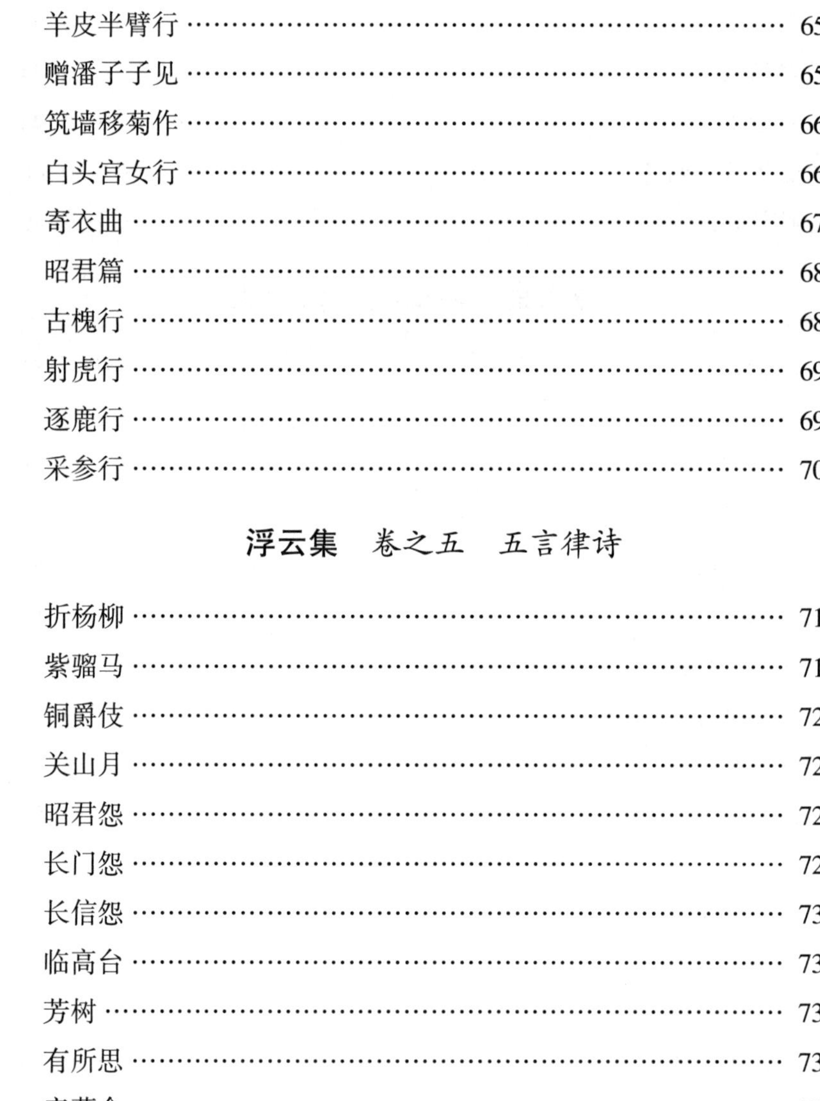

送薛既扬……63
春雪篇……64
羊皮半臂行……65
赠潘子子见……65
筑墙移菊作……66
白头宫女行……66
寄衣曲……67
昭君篇……68
古槐行……68
射虎行……69
逐鹿行……69
采参行……70

浮云集　卷之五　五言律诗

折杨柳……71
紫骝马……71
铜爵伎……72
关山月……72
昭君怨……72
长门怨……72
长信怨……73
临高台……73
芳树……73
有所思……73
妾薄命……74
梅花落……74
出塞……74
入塞……74

陇头水 …… 75
巫山高 …… 75
戊辰下第作 …… 75
山行 …… 75
山家 …… 76
北山最深处 …… 76
游玉龙山 …… 76
辛未下第作 …… 76
对雨 …… 77
晓泊放生池 …… 77
晓行即事 …… 77
横塘寻菊 …… 78
秋郊观射 …… 78
梅 …… 78
甲戌下第作 …… 78
分水 …… 79
伤季弟 …… 79
登莲花峰次黄夫子韵 …… 79
游中峰 …… 79
啸碧堂同徐元叹诸君小集 …… 80
雨后饮徐氏庄 …… 80
憩月明庵 …… 80
伏虎禅师塔 …… 80
真歇禅师塔院 …… 81
寄汰如上人 …… 81
再谒密云师 …… 81
秋泛 …… 81
瓶菊 …… 82

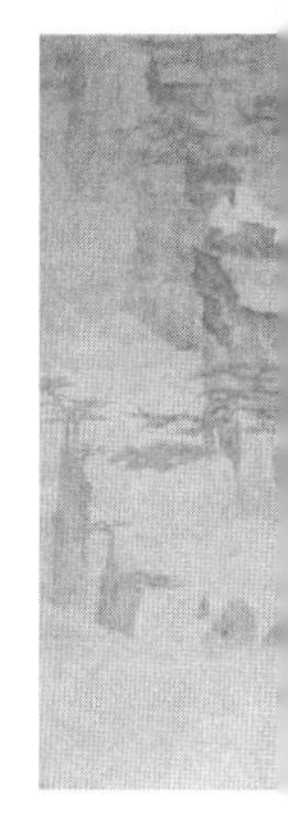

舟菊 …… 82
白菊 …… 82
僧持黄夫子书来，盗投诸水 …… 82
哭大舅 …… 83
喜张卿子至 …… 83
集庆寺同僧观宋理宗像，寺有两妃墓 …… 83
斐庵感旧 …… 84
寄余武乡孟威 …… 85
舟行杂诗 …… 85
小元旦 …… 87
杨村道中 …… 87
寄湘蘋 …… 87
答秋岳即席留别之作 …… 88
送胡循蜚之任衡州 …… 88
戊子人日 …… 89
赋得绿杨三月时 …… 89
答赵韫退 …… 89
寄友 …… 89
春暮送客 …… 90
送人游秦 …… 90
己丑人日 …… 90
元夕 …… 90
十三夜 …… 91
十四夜 …… 91
十六夜 …… 91
十七夜 …… 92
送友人备兵潼关 …… 92
清明 …… 92

二月闻雁 …… 92
寄桂林王郡守嗣皋 …… 93
送张生游粤 …… 93
庚寅清明 …… 93
送王中丞抚宁夏 …… 94
送人之蜀从军 …… 94
人谈蜀事 …… 94
送括苍吴六吉令临武 …… 95
同诸公移酒集秋岳新居，去余寓咫尺 …… 95
偶成 …… 95
临武吴令迁武冈州守赋寄 …… 96
即事 …… 96
赠张雪尌妹倩 …… 96
秋暮 …… 97
寄内 …… 97
初冬 …… 97
冬日书怀同汉槎作 …… 98

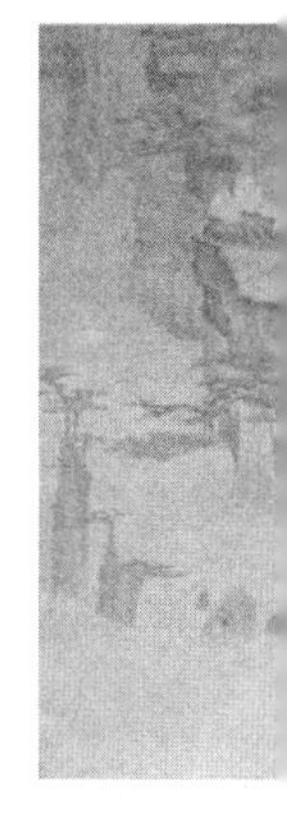

浮云集　卷之六　五言律诗

发京师 …… 99
齐化门 …… 99
通州 …… 100
白河 …… 100
三河县 …… 100
蓟州 …… 100
玉田县 …… 101
还乡河 …… 101
丰润县 …… 101

自丰润之永平 …… 102
永平府 …… 102
卢龙驿 …… 102
沙河驿 …… 102
抚宁县 …… 103
山海关 …… 103
凄惶岭 …… 103
中前所 …… 104
前屯卫 …… 104
中后所 …… 104
宁远 …… 104
塔山 …… 105
松山 …… 105
大凌河 …… 105
医巫闾山 …… 105
广宁 …… 106
自小合山之黄白旗堡 …… 106
辽河 …… 106
至盛京 …… 106
过上人精舍 …… 107
柬上人 …… 107
庚子元夕 …… 107
雪 …… 107
饮郊外 …… 108
上巳 …… 108
冬日柬上人 …… 108
三月晦潘子生日 …… 109
暮秋积雨 …… 109

季秋感怀 …………………………………………… 109
寿上人 ……………………………………………… 110
赠雪峜 ……………………………………………… 110
元夕无灯 …………………………………………… 110
雨中 ………………………………………………… 111
八月二十五日雪 …………………………………… 111
慈惠寺拜密云禅师像 ……………………………… 111
送刘郡丞之巩昌 …………………………………… 111
苦雨 ………………………………………………… 112
冬日感兴 …………………………………………… 112
冬夜 ………………………………………………… 112
偶书 ………………………………………………… 113
日短 ………………………………………………… 113
读诸君怀李尊师诗 ………………………………… 113
冬日杂兴 …………………………………………… 113
冬日闲居 …………………………………………… 115
寄怀吴子汉槎 ……………………………………… 117
苦寒 ………………………………………………… 118
与子渊夜话感逝 …………………………………… 118
送陆子渊 …………………………………………… 119
秋日漫成 …………………………………………… 119
癸卯中秋雨 ………………………………………… 121
邀雪峜 ……………………………………………… 121
追旧 ………………………………………………… 121
寻僧不遇走笔柬之 ………………………………… 123
喜雪峜西还 ………………………………………… 123
雪菊 ………………………………………………… 124
谷日立春 …………………………………………… 124

寒甚 …… 124
老僧贻一笋 …… 125
初春闲居 …… 125
立春日感怀 …… 126
春暮送子渊 …… 127

浮云集　卷之七　七言律诗

望泰山 …… 128
来青轩得青字 …… 128
西山泉源 …… 129
碧云寺 …… 129
玉泉 …… 129
江行感兴 …… 129
戏赠头上巾 …… 130
先太史小祥感斌 …… 130
登榆关望海楼 …… 130
秋日侍大人同诸公宿云栖寺礼莲大师塔 …… 130
登北固山 …… 131
同诸子登北固山追和吴明卿韵 …… 131
过微山湖友人别业遥赠范君 …… 131
鲥鱼 …… 132
送吴君如南还 …… 132
咏垂柳 …… 132
漕事杂诗 …… 132
西山道中 …… 134
早朝四首 …… 135
送德清旧令张石夫之任鄱阳 …… 136
金阊五日 …… 136

酬张卿子 …… 136
隔院闻歌 …… 136
燕京杂诗 …… 137
次答湘蘋 …… 140
送秋岳 …… 140
冬日感兴 …… 140
丁亥冬至 …… 141
戊子上巳 …… 141
春日怀旧 …… 142
饮韦祠海棠下 …… 142
三月晦日 …… 143
忆故山 …… 143
刘泗源初度转经百日 …… 143
老母初度日 …… 144
雨怀 …… 144
春暮赠郭彦深 …… 144
赠开封守 …… 145
秋日杂感 …… 146
燕京腊月见海棠和诸友作 …… 148
端午忆湘蘋 …… 148
忆王大宗伯馆师 …… 148
送刘晋明许饷余家酿 …… 149
岁暮思归 …… 149
寒夜偶成 …… 149
雨霁 …… 150
望西山有感 …… 150
至日 …… 150
初发盛京 …… 151

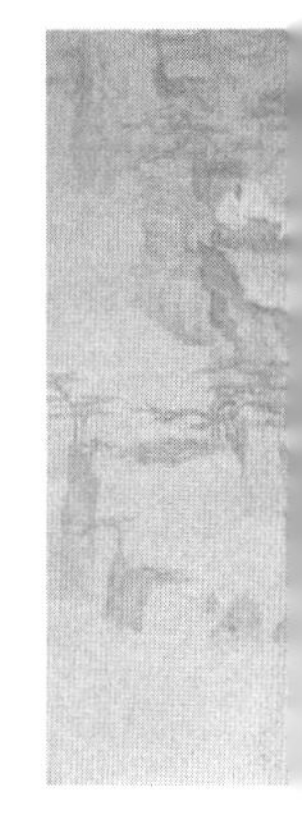

渡辽河 …… 151
黄白旗堡 …… 151
土井 …… 151
小合山 …… 152
广宁 …… 152
登医巫闾山 …… 152
自闾阳驿趋石山站 …… 152
大凌河 …… 153
锦州 …… 153
自杏山至塔山 …… 153
宁远 …… 153
中后所 …… 154
前屯卫 …… 154
山海关 …… 154
登望海楼 …… 155
深河驿 …… 155
抚宁县 …… 155
永平府 …… 155
七家岭驿 …… 156
丰润县 …… 156
还乡河 …… 156
玉田县 …… 156
蓟州 …… 157
三河县 …… 157
白河 …… 157
通州 …… 158
至京师 …… 158
丙申除夕 …… 158

感奋 …… 158

浮云集　卷之八　七言律诗

咏水晶葡萄 …… 160
病足 …… 160
读苕上诸子岘山秋禊诗怅然感旧 …… 161
含雨上人过访赋赠 …… 161
夏日招集金鱼池 …… 161
送张完真司马开府畿南兼督齐豫 …… 162
答张元岵 …… 162
雨中伤残菊作 …… 162
人日戏为艳句 …… 162
谷日 …… 163
元夕 …… 163
寄怀吴子汉槎 …… 163
答吴汉槎 …… 164
悼剩公 …… 164
雪夜 …… 164
馆师王觉斯先生述嵩少之游 …… 164
送江宁大帅 …… 165
秋日偶成 …… 165
秋尽日作 …… 167
九日遥同诸公登三清观 …… 167
元夕感旧 …… 167
白蝴蝶 …… 168
再咏白蝴蝶 …… 168
闰七夕 …… 168
再赋闰七夕 …… 168

看荷花 …… 169
秋日感怀 …… 169
冬日过一粟斋怀李尊师 …… 171
怀仙 …… 171
初春大风 …… 171
秋日杂书 …… 172
秋日闻鹤 …… 173
杪冬感兴 …… 174
冬夜 …… 175
寄子渊 …… 175
壬寅除夕 …… 176
癸卯元旦 …… 176
元日霁雪 …… 176
子见初度日感赋 …… 177
寄陆鸣五 …… 177
癸卯五日 …… 177
有感 …… 177
秋日感旧 …… 178
寄吴子汉槎 …… 179
寄清河公 …… 180
社日有感 …… 180
春日杂感 …… 181
寒食日 …… 183
忆梅花 …… 183
读故友诗有感 …… 183
春暮有感 …… 184

浮云集　卷之九　五言排律

泰山 …… 185

金陵怀古 …… 186
临安怀古 …… 186
观褚遂良摹兰亭真迹 …… 187
衡山 …… 188
鄱阳湖 …… 188
火灾修省 …… 189
景皇帝墓 …… 189
文丞相祠 …… 190
游李氏庄 …… 190
涉杨子江 …… 191
金陵旧宫 …… 192
寄同馆诸子 …… 192
赠督府孙白谷先生 …… 193
忆昔 …… 194
赠河督张玉笥先生 …… 194
游虎丘闻歌 …… 195
初入国史院修史,院故玉芝宫也,时所编皆万历事 …… 196
燕京一百韵 …… 197
夏至斋居,时方苦旱 …… 201
感怀 …… 201
春暮 …… 202
遣兴 …… 203
辛丑中秋对月戏为险韵 …… 203
挽许霞城年伯 …… 205

浮云集　卷之十　五言绝句

长安道 …… 207
洛阳道 …… 207

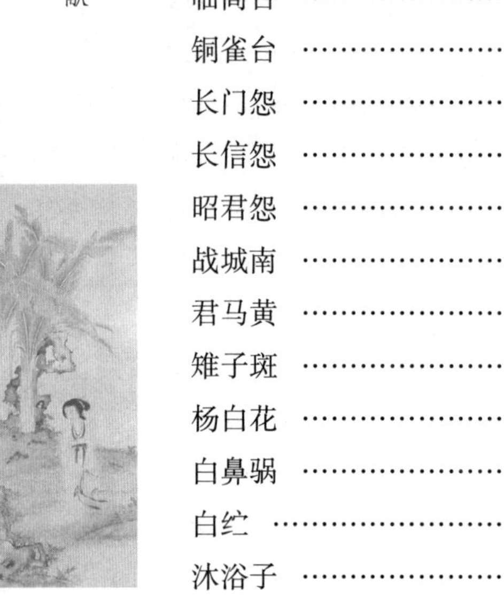

出塞 …… 207
入塞 …… 208
折杨柳 …… 208
巫山高 …… 208
长相思 …… 208
陇头水 …… 208
临高台 …… 209
铜雀台 …… 209
长门怨 …… 209
长信怨 …… 209
昭君怨 …… 209
战城南 …… 209
君马黄 …… 210
雉子斑 …… 210
杨白花 …… 210
白鼻騧 …… 210
白纻 …… 210
沐浴子 …… 211
有所思 …… 211
妾薄命 …… 211
乌夜啼 …… 211
长别离 …… 211
陌上桑 …… 211
兰陵王 …… 212
将进酒 …… 212
芳树 …… 212
行路难 …… 212
空城雀 …… 212

关山月 …… 213
紫骝马 …… 213
西湖杂诗 …… 213
姑苏台 …… 218
馆娃宫 …… 218
百花洲 …… 218
锦帆泾 …… 218
采莲泾 …… 218
香水溪 …… 219
响屧廊 …… 219
斗鸡陂 …… 219
试剑石 …… 219
越来溪 …… 219
题漂母祠 …… 220
长安道上 …… 220
古意 …… 220
送友 …… 220
生公石 …… 220
霜月 …… 221
望家书不至 …… 221
送友人酒 …… 221
寄故山友人 …… 221

浮云集　卷之十一　七言绝句

送金生南归 …… 222
自淮阴将之广陵 …… 222
怀湘蘋 …… 222
次答湘蘋 …… 223

遣姬诗 …… 223
偶成 …… 224
逢友 …… 224
至日甚暖 …… 224
即事 …… 224
有感 …… 224
苦寒 …… 225
闲居 …… 225
闻雁 …… 225
出猎歌 …… 225
闻笛有怀 …… 226
至后 …… 226
宫怨 …… 226
有感 …… 227
闻弦索 …… 227
咏史 …… 227
得张雪尌《感怀诗》 …… 228
折柳曲 …… 228
望西山感旧 …… 228
燕中怀古 …… 229
送剩公入塔 …… 229
暮春 …… 229
诵仙诗 …… 229
送人之衡阳 …… 229
友人席上作 …… 230
初春 …… 230
长安春词 …… 230
宫词 …… 230

江上 …… 231
送人之吴 …… 231
折荷怀友 …… 231
雨后 …… 231
夏日送友 …… 231
寄山僧 …… 232
送人之白下 …… 232
山寺偶成 …… 232
久不得家书 …… 232
四忆诗 …… 232
秋塞杂诗 …… 233
登观音阁 …… 234
小游仙 …… 234
秋日 …… 235
中秋无月 …… 235
立春 …… 235
郊外看杏花 …… 235
石园看芍药 …… 236
雪中送客 …… 236
四时闺怨 …… 237
风雨 …… 237
对菊 …… 237
甲辰元夕 …… 238
咏兰花 …… 238
春尽桃花未发 …… 238
西湖竹枝词 …… 238

浮云集　卷之十二　诗馀

捣练子　偶成 …… 240

如梦令　闺思 …… 240
如梦令(花露香添莺供) …… 240
如梦令(翠鸟满枝晴哄) …… 241
如梦令(碧火夜荣苔缝) …… 241
如梦令(曾访仙居邻宋) …… 241
浣溪沙　美人 …… 241
浣溪沙　闺怨 …… 241
浣溪沙　别意 …… 242
浣溪沙　次湘蘋韵 …… 242
摊破浣溪沙　看雪 …… 242
浣溪沙　黄昏二阙 …… 242
浣溪沙　春暮二阙 …… 243
菩萨蛮　冬景 …… 243
采桑子　立春 …… 243
罗敷令　秋怨 …… 244
更漏子　秋闺 …… 244
忆秦娥　闺怨 …… 244
忆秦娥　和湘蘋韵 …… 244
忆秦娥　三月 …… 245
忆秦娥　次韵答湘蘋 …… 245
柳梢青　新春 …… 245
柳梢青　即事 …… 245
柳梢青　探春花 …… 245
西江月　湘蘋将至 …… 246
浪淘沙　偶成 …… 246
浪淘沙　乙酉除夕 …… 246
浪淘沙　感兴和湘蘋韵 …… 246
鹧鸪天　春恨 …… 247

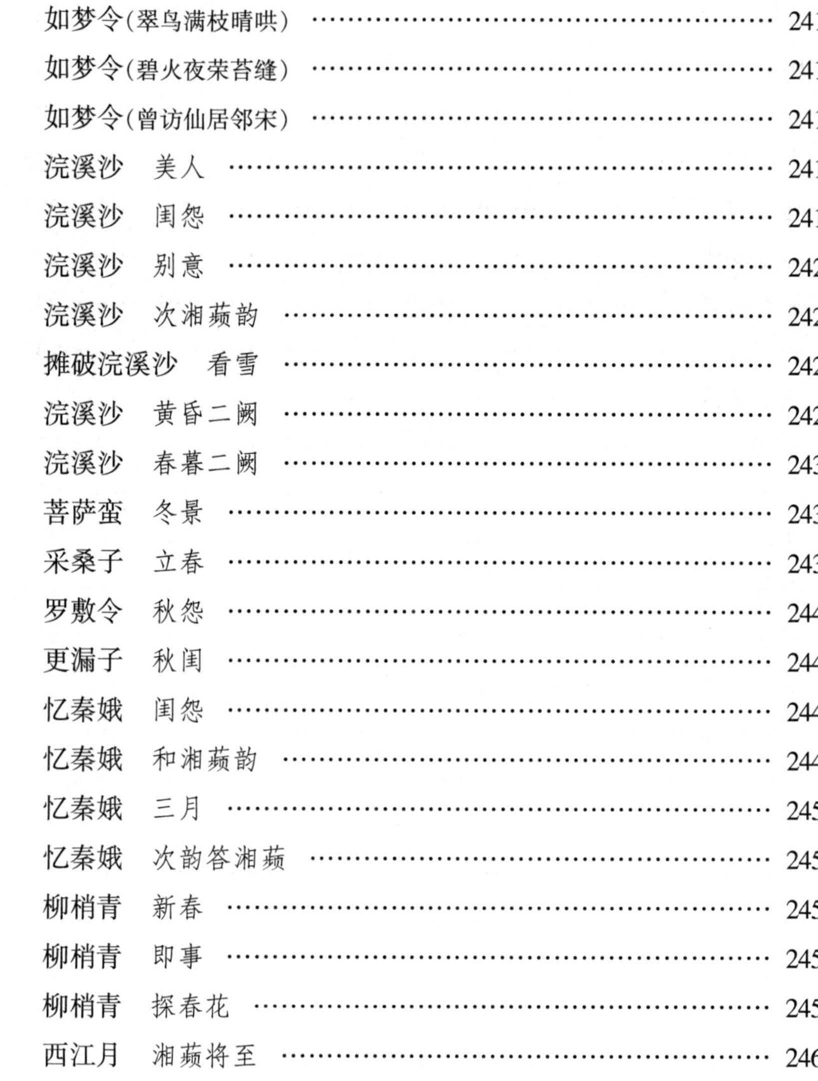

鹧鸪天(游未中年已倦游) …… 247
鹧鸪天　游虎丘作 …… 247
鹧鸪天　春寒有感 …… 247
鹧鸪天　春暮 …… 247
虞美人　感兴 …… 248
虞美人　池上 …… 248
虞美人　咏虞美人花 …… 248
虞美人　芜城 …… 248
虞美人(蘋风紧紧摇津树) …… 249
虞美人　感兴 …… 249
虞美人　戏赠湘蘋 …… 249
虞美人　雪夜 …… 249
虞美人　有感 …… 249
南乡子　秋怨 …… 250
鹊桥仙　梅花 …… 250
一斛珠　晓别 …… 250
一斛珠　宫怨 …… 250
一斛珠　收灯日作 …… 251
踏莎行　吊古 …… 251
惜分钗　归思 …… 251
唐多令　怀旧 …… 251
一剪梅　偶成 …… 251
临江仙　秋日 …… 252
蝶恋花　春闺 …… 252
蝶恋花　春暮 …… 252
蝶恋花　幽窗 …… 252
蝶恋花　偶成 …… 253
蝶恋花　赠湘蘋 …… 253

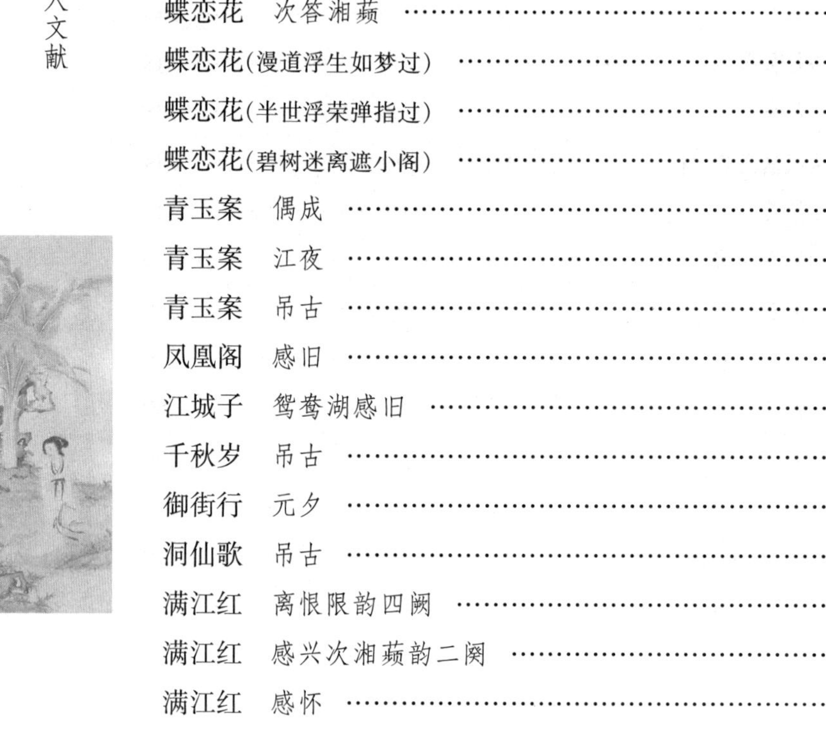

蝶恋花　次前韵(玉笛吹云初入破) …… 253
蝶恋花　次前韵(蝶老香残春梦破) …… 253
蝶恋花　次前韵(草色青青轻辗破) …… 253
蝶恋花　秋感 …… 254
蝶恋花　丙申元夜 …… 254
蝶恋花　次答湘蘋 …… 254
蝶恋花(漫道浮生如梦过) …… 254
蝶恋花(半世浮荣弹指过) …… 255
蝶恋花(碧树迷离遮小阁) …… 255
青玉案　偶成 …… 255
青玉案　江夜 …… 255
青玉案　吊古 …… 256
凤凰阁　感旧 …… 256
江城子　鸳鸯湖感旧 …… 256
千秋岁　吊古 …… 256
御街行　元夕 …… 257
洞仙歌　吊古 …… 257
满江红　离恨限韵四阕 …… 257
满江红　感兴次湘蘋韵二阕 …… 258
满江红　感怀 …… 259
满庭芳　冬感 …… 259
满庭芳　偶成 …… 259
满庭芳　湘蘋寿 …… 260
满庭芳　寄湘蘋 …… 260
醉蓬莱　岁暮 …… 260
金菊对芙蓉　仲秋 …… 261
念奴娇　秋夜 …… 261
念奴娇　本意 …… 261

念奴娇　偶成 …………………………………… 261
念奴娇　西湖雨感二阕 …………………………… 262
念奴娇　和湘蘋韵 ………………………………… 262
念奴娇　赠友 …………………………………… 263
念奴娇　春日怀湘蘋 ……………………………… 263
水龙吟　过旧邸感赋 ……………………………… 263
归朝欢　初秋 …………………………………… 264
风流子　和湘蘋旧邸感赋 ………………………… 264
跋一 ………………………………………………… 265
跋二 ………………………………………………… 267

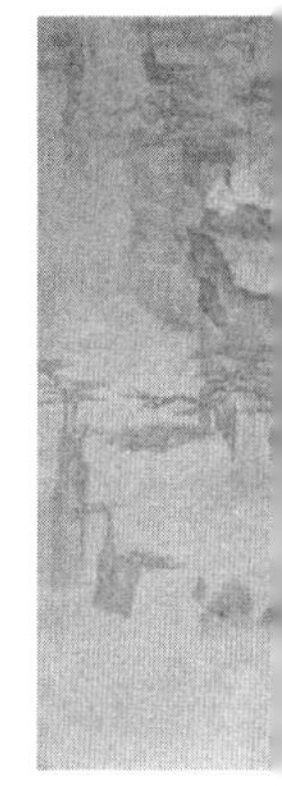

拙政园诗馀

《拙政园诗馀》序 …………………………… 陈之遴 271

拙政园诗馀　卷上　小令

捣练子　春怨 …………………………………… 273
望江南　燕来迟 ………………………………… 273
长相思　别意 …………………………………… 273
西江月　春夜 …………………………………… 274
西江月　感旧 …………………………………… 274
西江月　十五夜雨 ……………………………… 274
西江月　感怀 …………………………………… 274
西江月　水仙 …………………………………… 274
醉花阴　春闺 …………………………………… 275
醉花阴　风雨 …………………………………… 275
卜算子　春愁 …………………………………… 275
如梦令　闺思 …………………………………… 275
如梦令　春晚 …………………………………… 276

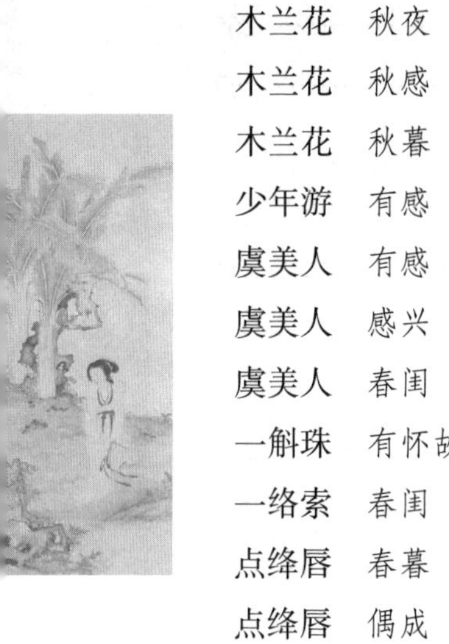

如梦令　和韵 …… 276
南乡子　秋雨 …… 277
玉楼春　寄别四娘 …… 277
菩萨蛮　恨春 …… 277
菩萨蛮　秋闺 …… 277
菩萨蛮　春闺 …… 278
菩萨蛮　不雨 …… 278
武陵春　春怨 …… 278
木兰花　秋夜 …… 278
木兰花　秋感 …… 278
木兰花　秋暮 …… 279
少年游　有感 …… 279
虞美人　有感 …… 279
虞美人　感兴 …… 279
虞美人　春闺 …… 280
一斛珠　有怀故园 …… 280
一络索　春闺 …… 280
点绛唇　春暮 …… 280
点绛唇　偶成 …… 280
惜分钗　旅怀 …… 281
惜分钗　春闺 …… 281
忆秦娥　初晓 …… 281
忆秦娥　春感次素庵韵 …… 281
忆秦娥　春归 …… 282
忆秦娥　感旧 …… 282
诉衷情　暮春 …… 282
浪淘沙　庭树 …… 282
锦堂春　感怀 …… 282

采桑子　春宵 …… 283
谒金门　闻燕 …… 283
踏莎行　初春 …… 283
踏莎行　饯春 …… 283
踏莎行　梦江南 …… 284
浣溪沙　春闺 …… 284
南唐浣溪沙　十四夜 …… 284
南唐浣溪沙　十五夜 …… 284
南唐浣溪沙　十六夜 …… 284

拙政园诗馀　卷中　中调

临江仙　系舟 …… 286
临江仙　闺情 …… 286
临江仙　病中寄素庵 …… 287
唐多令　感怀 …… 287
唐多令　感旧 …… 287
鹊桥仙　梅花 …… 288
苏幕遮　秋老 …… 288
蝶恋花　春闺 …… 288
蝶恋花　春晚 …… 288
蝶恋花　每寄书素庵不到有感 …… 288
蝶恋花　咏事(点就迎郎双笑靥) …… 289
蝶恋花　咏事(蝶不恋花花恋蝶) …… 289
青玉案　春晓 …… 289
青玉案　吊古 …… 289
千秋岁　感怀 …… 290
洞仙歌　梦江南 …… 290
洞仙歌　梦女伴 …… 290

一剪梅　送春 …………………………………… 290
御街行　燕京元夜 ………………………………… 291
风中柳　春闺 …………………………………… 291
河满子　闺情 …………………………………… 291

拙政园诗馀　卷下　长调

满庭芳(丽日重轮) ………………………………… 292
满庭芳　姑苏午日次素庵韵 ……………………… 292
满庭芳　寒夜别意 ………………………………… 293
满庭芳(阀阅无双) ………………………………… 293
满庭芳　寄素庵 …………………………………… 293
满庭芳(银烛有情) ………………………………… 294
满江红　示四妹 …………………………………… 294
满江红　和王昭仪韵 ……………………………… 294
满江红　有感 ……………………………………… 295
满江红　将至京寄素庵 …………………………… 295
满江红　感事 ……………………………………… 295
满江红　闻雁 ……………………………………… 295
念奴娇　初冬 ……………………………………… 296
念奴娇　西湖雨感,次素庵韵 …………………… 296
念奴娇(伯鸾佳偶) ………………………………… 296
永遇乐　病中 ……………………………………… 297
永遇乐　寄素庵 …………………………………… 297
永遇乐　舟中感旧 ………………………………… 297
永遇乐　秋夜 ……………………………………… 298
声声慢　感怀 ……………………………………… 298
风流子　同素庵感旧 ……………………………… 298
水龙吟　次素庵韵感旧 …………………………… 299

水龙吟　春闺 …… 299
《拙政园诗馀》跋 …… 300

拙政园诗集

家传 …… 徐元龙 303
新刻《拙政园诗集》题词 …… 吴　骞 304

拙政园诗集　卷上　五言古

咏史 …… 306
送素庵之白下 …… 309
虎丘作 …… 309
西湖 …… 309
寄素庵 …… 310
观田事作 …… 310
春暮 …… 311
拟古 …… 311
秋日 …… 312
拟古 …… 313
游仙诗 …… 313
拟古 …… 314

拙政园诗集　卷上　五言律

春昼 …… 315
秋夜 …… 315
美人 …… 316
秋宫词 …… 316
舟行秋感 …… 316
重九后见菊 …… 316

分水 …… 317
秋夜 …… 317
天竺道中即事 …… 317
夜坐 …… 318
初春有感 …… 318
舟行偶成 …… 318
暮秋代菊自伤 …… 319
秋日有感 …… 319
送学山侄南还 …… 319
和素庵写《金刚经》作 …… 320
春暮 …… 320
怀德容张夫人 …… 320
秋半有怀 …… 321
中秋夜 …… 321
得云容张夫人书 …… 321
塞上初秋见雪 …… 322
舟行有感 …… 322
折杨柳 …… 323
紫骝马 …… 323
昭君怨 …… 323
长信怨 …… 323
长门怨 …… 324
芳树 …… 324
关山月 …… 324
铜雀妓 …… 324
陇头水 …… 325
临高台 …… 325
出塞 …… 325

入塞 …… 325
乙巳岁除夕立春 …… 326
丙午元旦 …… 326
上巳 …… 326
正月十三夜 …… 326
十四夜 …… 327
十五夜 …… 327
十六夜 …… 327
十七夜 …… 327
立春日感怀 …… 328
太子河 …… 328
人日 …… 328

拙政园诗集　卷上　七言律

秋思 …… 329
梦游湖上 …… 329
暮雨 …… 330
赠柴夫人侍姬,时少参已殁 …… 330
秋日舟行次琼仙韵 …… 330
云鸿 …… 331
闺怨 …… 331
咏雨限匀字 …… 331
答素庵《西湖有寄》 …… 331
赠侍姬华如 …… 332
甲申七月有怀亡儿妇 …… 332
楚林汪源仙为某帅所得,赋诗自伤,有"旧侣故乡"之句,未几而殁,余次其韵吊之 …… 332
戊子除夕 …… 332

己丑元旦 …… 333
夏日留别朱远山李夫人 …… 333
广陵怀古 …… 333
姑苏怀古 …… 333
过无锡 …… 334
秋怀 …… 334
探春花 …… 334
庚寅元旦 …… 334
燕京腊月见海棠和素庵韵 …… 335
姑苏怀古 …… 335
岁暮思归和素庵韵 …… 336
寒夜和素庵韵 …… 336
登楼 …… 336
梅花 …… 337
感旧 …… 337
甲午除夕 …… 337
冬夜和诸儿韵 …… 337
有感 …… 338
怀灵岩 …… 338
乙未元旦 …… 338
送梁少宰夫人 …… 338
送梁大司马夫人 …… 339
赠梁水部夫人 …… 339
玉田县 …… 339
午日和诸儿韵 …… 339
和素庵韵 …… 340
望沈城 …… 340
己亥除夜 …… 340

庚子元日 …… 341
塞上见白雁 …… 341
怀德容张夫人 …… 341
春殿 …… 342
秋感 …… 342
寄德容张夫人 …… 344
游仙诗 …… 344
秋日漫兴 …… 345
秋闺 …… 347
素庵六十初度 …… 347
中秋即事 …… 347
小游仙 …… 348
怀旧 …… 348
忆梅花 …… 348
春暮 …… 349
初夏怀旧 …… 349
人日漫兴 …… 349
咏梅 …… 349
咏竹 …… 350
同素庵游安平泉,时以初度礼佛山寺,次东坡原题韵 …… 350
病中感兴 …… 350
送方太夫人西还 …… 351

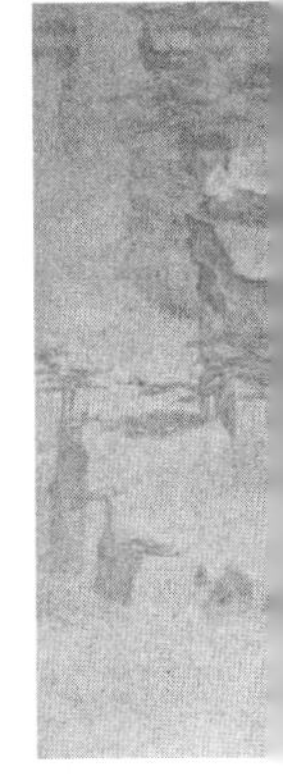

拙政园诗集　卷下　五言绝句

秋怀 …… 352
香橼 …… 352
答素庵 …… 352
乍别 …… 353

云阳驿阻雨 …… 353
石头闻警 …… 353
舟中别恨寄素庵 …… 353
有感 …… 353
三竺 …… 354
春日 …… 354
关山月 …… 354
紫骝马 …… 354
葡萄 …… 354
瑞香 …… 355
紫薇 …… 355
天竹 …… 355
秋葵 …… 355
芙蓉 …… 355
佛手柑 …… 356
隔墙梧桐 …… 356
题子惠马夫人几上画石 …… 356

拙政园诗集 卷下 七言绝句

夏日 …… 357
春日见长女新诗戏作 …… 357
晓起 …… 357
乡思 …… 358
梅妃 …… 358
赠美人 …… 358
出都留别合欢花 …… 358
代合欢感别 …… 358
遥夜 …… 359

梦中偶成 …… 359
到家 …… 359
宫词次琼仙韵 …… 359
明皇曲 …… 360
别恨寄四小婶 …… 360
舟中作 …… 360
题画 …… 360
归朝欢 …… 361
大石桥 …… 361
有感 …… 361
秋夜偶成 …… 361
秋草 …… 362
秋月 …… 362
秋风 …… 362
秋雨 …… 363
秋水 …… 363
秋雁 …… 363
秋砧 …… 363
秋蛩 …… 363
秋夜感怀 …… 363
重午前三日戏赠素庵 …… 364
雪夜偶成 …… 364
寄子惠马夫人 …… 364
画虞美人花并题二首 …… 364
黄河阻风 …… 365
咏虞美人花 …… 365
西湖春望 …… 365
画梅偶题,时在湖上 …… 366
郊外看芍药 …… 368

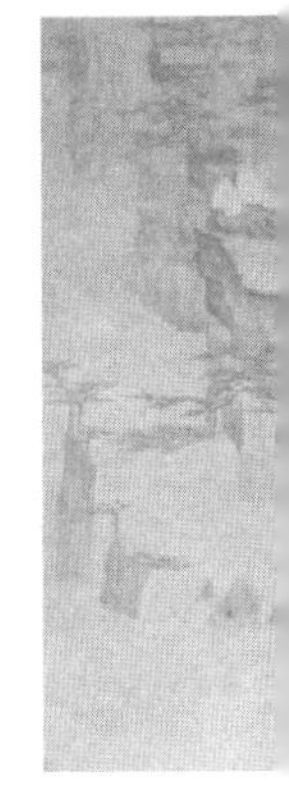

感旧 …………………………………………………………………… 368
附　和陈海宁夫人韵，时夫人携长公孝廉归娶，有诗留别 ……………………………………………… 朱中楣 369
《拙政园诗集》跋 ………………………………………… 陈敬璋 370

附　录

附录一　陈之遴传 ………………………………………… 371

附录二　陈之遴与徐灿 ……………………………………… 373

附录三　徐灿传 …………………………………………… 377

附录四　《浮云集》提要 ……………………………………… 378

附录五　《浮云集》叙录 ……………………………………… 380

附录六　《浮云集》提要 ……………………………………… 381

附录七　《拙政园诗集》提要 ………………………………… 382

附录八　谢徐夫人画大士像书 ……………………………… 383

附录九　吴梅村诗三题八首 ………………………………… 384
赠辽左故人 ……………………………………………… 384
遥别故友 ………………………………………………… 386
咏拙政园山茶花　并序 …………………………………… 386

附录十　陈之遴诸子考 ……………………………………… 389

浮 云 集

（清）陈之遴　著

自　序

唐书家虞、褚、欧、薛，皆本二王，然无一人酷类二王者，故能成其虞、褚、欧、薛，向使笔笔而肖之，岂惟非二王，并其虞、褚、欧、薛失之矣。予少时学诗，服膺诸老先生之论，古体必汉魏，律体必盛唐，罔敢失尺寸，既乃悟其非是。人殊其才，人殊其学，人殊其性情，则亦各为其人之诗尔。其为古体也者，数章而汉魏六朝及唐错出焉可也，一章而汉魏六朝及唐融会而出焉亦可也。其为律体也者，数章而初盛中晚唐错出焉可也，一章而初盛中晚唐融会而出焉亦可也。合而观之，亦汉魏，亦六朝，亦唐，可也；非汉魏，非六朝，非唐，亦可也。作者率其才学性情而为之，一何适也。观者从其所好而取之，又何快也。且夫汉推苏、李，唐言李、杜，使苏、李，李、杜可作，其复为苏、李，李、杜之诗乎？然则，生今之世，为余之诗则已矣。或曰古有三不朽，其一立言，子何率尔与？予曰：上德不德，大道无功，而况于言乎？言而至于文，文而至于诗、赋，抑末矣，而斤斤焉矜位置，争美好，是亦不可以已乎？斯集也，命之曰“浮云”，予志也。

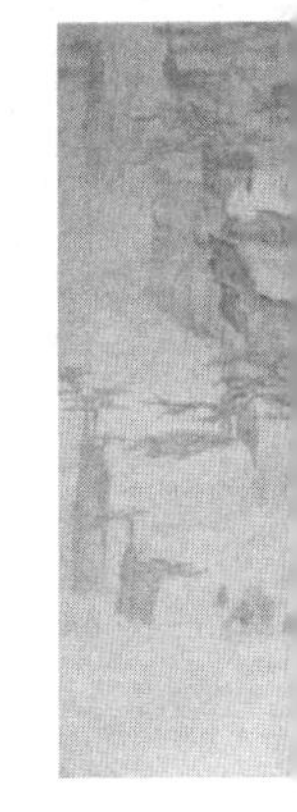

时康熙丙午仲春上浣，素庵老人书于旋吉堂。

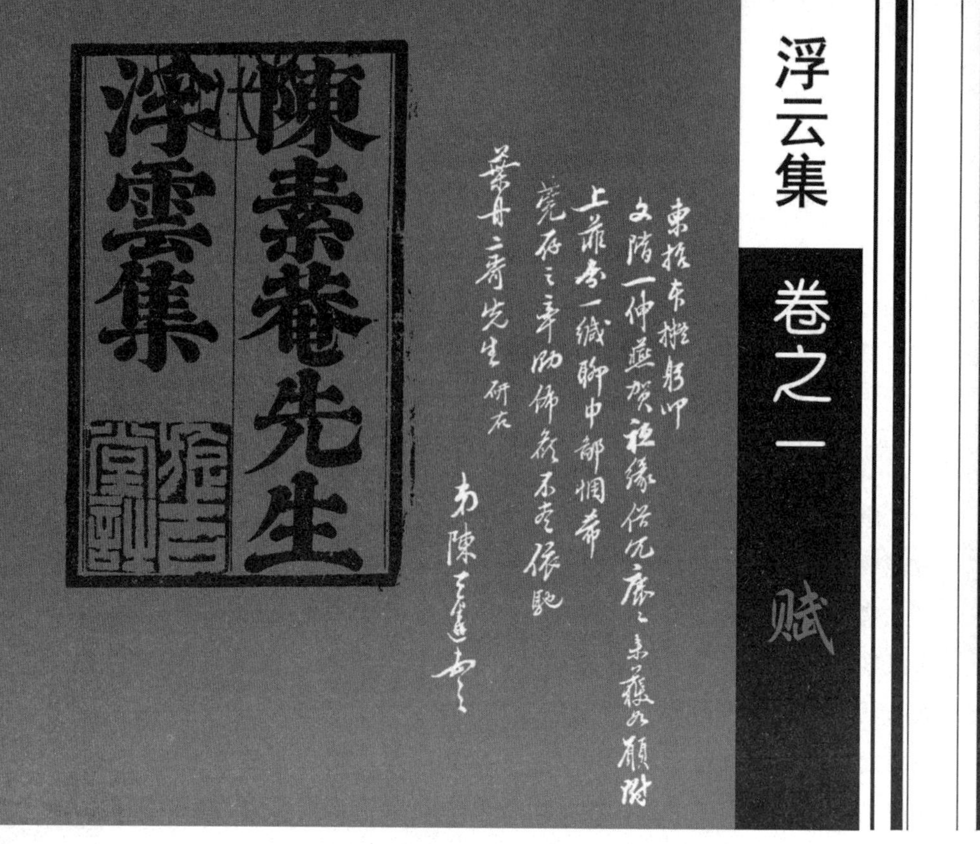

并蒂樱桃赋

孝成皇帝时，赵飞燕姊弟绝幸。尝夏月宴露华殿，上林进樱桃，侍儿郭语琼取一蒂二实者奏帝，帝喜，揽笔赋之，徘徊未就。樊嫕进曰：“盍属班姬?”姬至，奏上曰：“含桃并蒂，贵人之祥，婢子沦废，无宜授简。”帝强之，乃为赋曰：

繄楔荆之殊卉兮，厥移根于西徼。帝苑夭其远条兮，熿朱明之炎曜。赤实累而如璊兮，火齐赫而焜耀。诡媚兹以表异兮，爰奇蒂而耦实。既缘茎而骈缀兮，亦竞甘而齐色。赪乎朱唇微启兮，含言笑而未擘。瑛盘升而在御兮，百果彻而不珍。匪君王之易嗜兮，羌饴口兮以新谓。梅标酢余齿兮，桂辛其罔再登。彼夭桃之灼灼兮敷华,昔惟上春实蕡然,余望之兮胡加大兹麦英。烂双美之炎炎兮，纷含咀其何极。虽赤节之偏永兮，惧秋实之谄咽。愿玉箸之珍重兮，长并萼而无析。乱曰：橘之丛瓤，赘纤指兮。栗之孪核，决瓠齿兮。畴并拂离，企予俟兮。重曰：尝果之荐，羞先祖兮。鸟咮之馂，神其吐兮。味乎热中，无孔取兮。

溯风赋

甲申孟冬，陈子自云间趋姑苏，乘小舟溯泖而西，日下舂舣，荒墅宿焉。中夜风大起，群艇抵击，皇遽莫知其向。厥旦戒楫师西行，愕眙而不敢进，告陈子曰："是，石尤风也。夫冬日烈烈，飘风发发，其谁曰不然。抑昨顺今逆，消息之数尔。虽然，何其暴也。"余览昔贤行役之篇，其困于石尤者，率多羁宦倦游，阻厄骚愤之士。而肆志逞意，沛乎如鸿毛者无与焉。岂风伯顾有所偃蹇耶？感而成赋。其辞曰：

悲乎哉，噫！气之烈也。乘玄冥以作威，属幽昏而为暴。鼓六鳌兮怒嘘，啸万马兮奔蹈。于时阳侯借神，冯夷助虐，层波岳摇，骇浪霆戛。其始至也，千斛之舰，一苇之刀，莫不骀荡挤触，苍黄惕号。其既也，桡棹交错，绋缅絷维，迫则击石而碎，纡则随波而靡。迨夫羿不能缴，奡不能荡，泛彼中流，贲育沮丧。时则胡越之人回惑颠倒，或蹙额而呻，或崩角而祷。然而风伯方拥翠旌，驾苍蜺，以遨以嬉，褎若充耳。殆纵菀而厄枯，亦增怆而益喜。是故游梁倦客，放楚孤臣，辞湛露兮九天，托孤舟兮问津。挹条风而非和，就丽日而不春。况怒飙兮惊澜，俨排击以叱咤。蜮揶揄于沙际，蛟睥睨兮波下。潸垂泗以踯躅，若蒺据而棘挂。或有阵开鹅鹳之雄，剑截龙螭之侠，赴主君之急，徇良朋之约。精迥日以无前，帆凌风而顾却。下至鳞书骋望，羽檄严程。等寸晷于岁年，争隙光兮死生。涛平复起，籁寂旋鸣。柑将鼓而卒留，何怆恍而不情。

及夫青龙彩鹢，锦缆牙樯。彼其之子，宛在中央。翠蛾环拥，紫虬戟张。行将登格天之阁，跻偃月之堂。于时翕河效顺，清风徐起。榜人坐啸，一日千里。别有金穴，中饱郿坞。暂还舳舻蔽河，舸艑如山。珠镠犀贝之货，玉声钗色之斑。瑰奇珍怪，充牣其间。谓波臣之必攫，固灵祇之所祐。陆为清尘，水若决溜。振箫鼓于中洲，咏穆如而清奏。虽或涉、广之属，跻、跖之徒，昼出而御宝赂，宵济以窥神都。莫不安流如驶，顺风而呼。向者落魄蹇滞之士，屏息嗟咨，虽一涉，其必淹驾桂楫以安之。既而揽碧芷兮芬香，抚紫澜兮滉瀁。虽顺逆之殊遇，何余怀之弗广？乃为乱曰：遵枉渚兮夷犹，风伯失职兮天何尤。相彼水兮载舟覆舟，藏之于壑兮夫奚忧？

忧　赋

嗟夫！情之伤人，有甚于忧者乎？非恐非惧，既释则休。非悲非哀，有时而遒。其为状也，纷纶洸洋，诘曲昧幽。一端百绪，寸源寻流。根株盘纡，枝蔓相纠。乾坤广而莫容，日月逝而长留。牵肝腑，罥胸臆，劙筋骸，铄精魄。颜昨丹而今黧，发朝黝而夕白。影何睹而弗疑，声何闻而弗惕。

始则无愚无智，千虑彷徨，揣祸度咎，不可殚量。环走广除，默坐阴房。羞八珍而咽塞，陈百戏而涕滂。虽一昔之须臾，若年岁之永长。

既而回惑颠倒，失其故常。缁素眩视，左右易方。虞引手而掇祸，若举足而蹈殃。自空中而忽降，继来日以未央。挹和风而烈烈，仰杲旭而茫茫。

及夫势穷计索，气尽神丧。呼之罔觉，语焉辄忘。兀如偶人，懵若醉乡。聆足音之跫然，忽蹶起而踉跄。抱于邑为性情，萦烦瀌为肺肠。谓宽譬之见给，憎慰藉之诗张。

呜呼！人何辜而罹忧，忧何故而纷至？悼我生之百六，思古人之一二。若夫安国被拘，亚夫就系。烈士辱于细人，通侯贱于狱吏，死灰燃而欲溺，牍背秘而未示。又如灵均见放，史迁受腐。遘谣诼之龃龉，痛污恶之难处，徒发愤于辞翰，恐湮没乎终古。彼逐臣与弃妇，又何可以悉数？亮今昔之同情，岂厌甘而即苦。虽娱乐其有畔，惟幽忧之无所。乍出入而与俱，恒寝食而为伍。迨百岁而同尽，将共藏乎抔土。

已焉哉，神仙度厄，梵释论空，偓佺何在，瞿昙未逢。吾将遵何有之乡，处非想之宫，绝智谢名，息兑黜聪。庶万念之俱寂，或百忧之莫攻。

短视赋

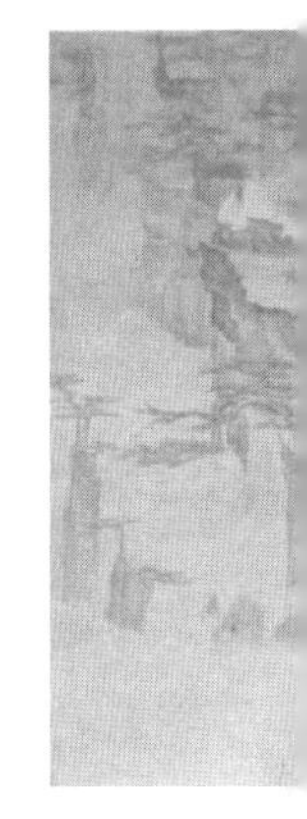

客或戏余曰："伟哉！先生修干岳峙，首若圆阜，口象方沚，鼻翕二气，耳听万里。赤玉作舌，编贝为齿。胡目炯炯而短于视？"余应之曰："察远者精劳，观近者神止。吾视虽短，何失可指？"客笑曰："远视之美，先生不知。谓短无失，请为赋之。日隐阳乌，月抱蟾兔。辰居乎枢，纬次其度。先生仰观，毕世莫睹。"余曰："天道辽莫，无敢深慕也。"客曰："秀岭层叠，清川弥漫，云烟出没，涟漪折旋。珍禽集其颠，文鱼跃其间。属目皆快，先生渺然。"余曰："揽彼胜概，细者置旃可也。"客曰："朝廷之会，圭冕云烂，清庙载启，彝鼎星灿。逼则惧亵，望乃莫辨。"余曰："齐栗将事，无暇周玩也。"客曰："五都之市，珍好咸聚，国工之所雕镂，哲妇之所纂组，一器百巧，方寸千缕，凝睇移晷而厥状不能举。"余曰："与寓目焉，意所弗取也。"客曰："青春紫陌，有女如云，容态婉娈，盛饰缤纷。修蛾欲语，美盼微分。游者目饫，先生徒闻。"余曰："风人有言，匪我思存也。"客曰：“鱼龙角觝，舞絙载竿，吞刀吐火，诡幻百端。秦优罄折，楚舞翩跚，离娄目眩，而况眊焉。”余曰：“百戏小技，斯不足观也。”客曰：“两军相攻，令严势急。白刃飙发，流矢猬集，目不遑瞬，锋镞已及。先生际此，将失伍而逃什。”余曰：“吾褐宽博，是非所习也。”客曰：“执手之友，漠如路人。倾盖未识，谓我弟昆。视寝有年，避不敢亲。黑白易色，妍媸失真。顾雁曰鹜，谓鹊为鹑。展卷摩鼻，吹灯燎唇。简册着面，坎窞投身。食蝇茹塺，蹈垢坐尘。掇画捉影，触柱值轮。苟曰无是，岂能离人绝物，而孑乎无群?”余曰：“予角夺齿，天实为之。如子所嘲，夫复何辞。虽然，人有美好，信余勿窥。物有匿丑，狎余易欺。色之而余则怡，目之而余何私。且夫子视乎显，余视乎微，九天之高，重渊之深，何所遁于余心而以远为?”

憎 蝇 赋

赫曦熯闳，温飙扰除。曼倩先生息偃直庐，郭舍人过之。先生挥拂，从者交扇，疾首蹙额，色若弗燕。先生曰：“吾有所憎而则度之，亿而弗中，榜百奚辞。”舍人曰：“有虫营营，赤帻苍裳，大于蚊蚋，细于蜩螗。厥名曰蝇，驿骚朱明。请数其罪，肆诸棘芒。”先生唯唯。舍人曰：“齐纨之幕，越罗之帏，皎若霜雪，施于玉闱。汝点汝滓，汝薮汝依。”先生曰：“未也。”舍人曰：“虽文绮是襦，集焉则污。虽冰绡是裳，止焉弗素。浣之濯之，色已渝故。”先生曰：“未也。”舍人曰：“溪藤之楮，竹素之书，匪盥手弗展，匪藉几弗舒。藐尔蠉飞，而敢秽诸。”先生曰：“未也。”舍人曰：“宾筵载启，尔肆饕餮。珍馔变馨，玉粒失洁。如麻斯聚，驱之不绝。”先生曰：“未也。”舍人曰：“醽醁甘清，茗荈芬芳，挹以金碗，注以瑶觞。尔投其中，君子弗尝。”先生曰：“未也。”舍人曰：“在庙在廷，百礼孔劳。尔嘬其面，手不敢搔，肃仪正容，肤挠目逃。”先生曰：“未也。”舍人曰：“嘉宾既集，载吟载思。抱我不律，吸我隃麋。捷才以需，妙指或遗。”先生曰：“未也。”舍人曰：“炎蒸困疲，莞蕈是凭，抉目啮唇，牵腕触膺，一卧十起，爰寝爰兴。”先生曰：“未也。”舍人曰：“长征道暍，求荫弗获，鼓翅追随，群騳无息，马为之惊，人为之惕。”

先生乃矍然而奋，勃然而怒曰：“尔悉其罪，未讨其心。四序何择？而惟炎是淫，百物皆旨，而惟膻是歆。淆黑溷白，眩目荧耳。泄赦市恩，集笔逭死。呼党引类，千百萃止。若高张之谗夫，盖物类之媚子。”

于是舍人助瞋，从者侪恶，掌扑尘扫，所击杀无数。先生笑曰：“无以为也。炎不胜凉，膻不胜香。宁人之所嫉，而天弗之殃。荡以疾风，肃以严霜，悉殄厥族，片翼莫藏。子姑俟焉，吾见其形销而影亡。”舍人逡巡而退曰：“此言虽小，可以喻大。彼蝇者流，曾不满先生之一慨。”

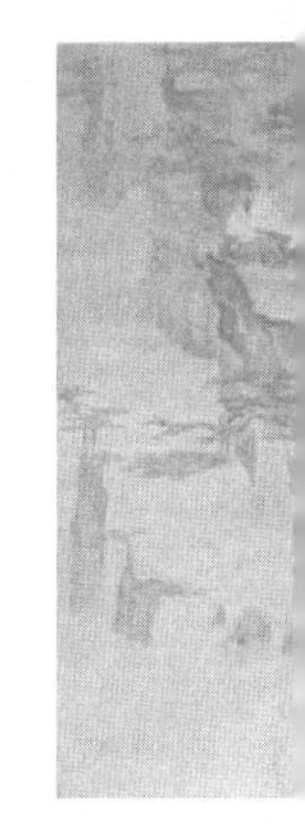

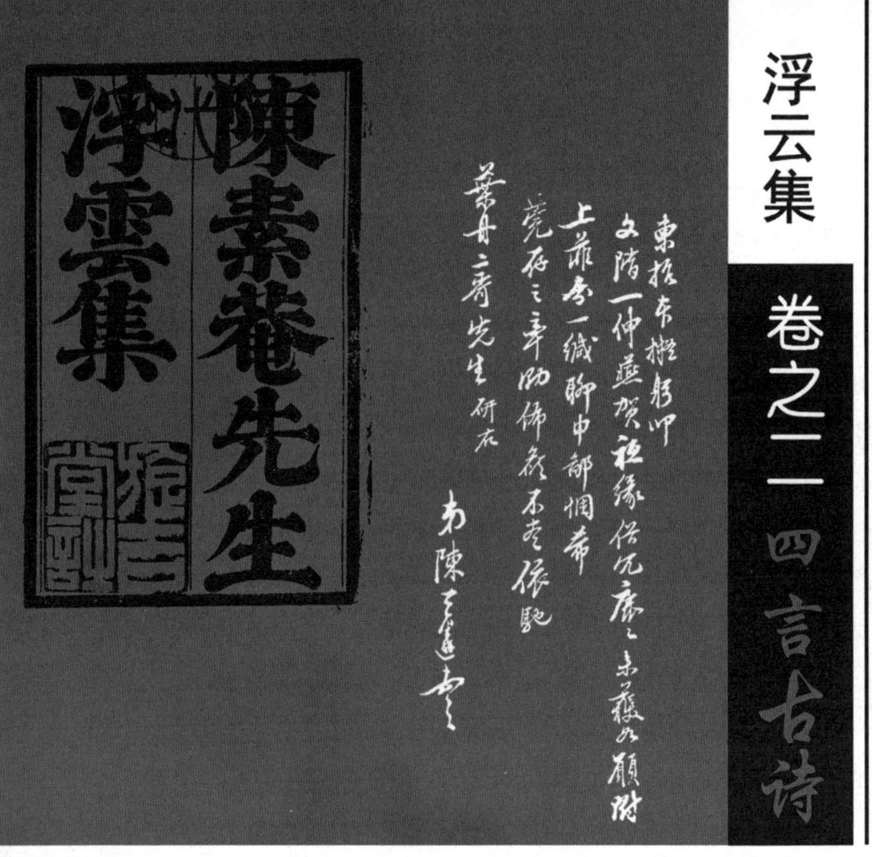

浮云集

卷之二　四言古诗

吴　　山

吴山，思其乡也。

维吴有山，鸿则戾之。维越有川，鱼则萃之。

提提者鸿，尔飞尔休。悠哉鱼矣，尔潜尔浮。

何矢弗利，弗尔集兮？何网弗数，弗尔及兮？吁嗟乐兮！

高　　丘

高丘，怀归也。

陟彼高丘，厥木既疏。我心逝而，言西其车。

爰入渝关，京邑是趋。

春冰既涣，南流汤汤。浮河达江，遂届我乡。
我乡我庐，我毋乐康。

春日融融，卉木芃芃。兄弟觏止，良朋是同。
芬矣觞豆，鼓簧考钟。

有　　橘

有橘，伤迁也。

有橘有橘，逾江为枳。匪土弗腴，维迁丧美。
枳兮枳兮，汝何底兮？

彼曰旨酒，尝若荼苦。彼乐而谣，我闻涕雨。
谓我好语，使我心愈。

翻彼陨箨，怀其故林。逖矣故林，在江之浔。
江水滔滔，我心劳劳。

乔　　木

乔木，伤乱也。

倬彼乔木，其荫侯丰。匪物克拨，厥蠹自中。
维昔之兴，万方率从。弗世其烈，大命永终。

泄泄在上，爰爰在下。惠斯威斯，罔宪尔祖。

旦攻夕谋，惟党是亟。何贞何遹，交殄我国。

言之便便，匪国匪民。言之谔谔，匪究匪度。
黄发之老，乃咻乃逐。哀哉拂士，乃构乃戮。

林之罄矣，弋彼鷫鹴。山之赭矣，薪彼艾萧。
有莩载途，匪天降饥。兆民其殚，汝曰阜哉。

维奄作威，善人卒戕。自坏其栋，夏屋以倾。
不鉴厥祸，曰予明明。罔任匪奸，罔黜匪良。

攘攘寇虐，俾予弼矣。维攫维刘，民是则矣。
譬彼骇兽，莫或格矣。蔓之滋蔓，盗用殖矣。

盗之未繁，师则豢之。盗之既繁，歼我大师。
赫赫司马，盗臣之渠。盗以讨盗，惟善之诛。

右彼武人，群授之钺。匪敌是求，民卒屠割。
人贰其心，语寇则悦。沸彼决河，其何能遏。

皇矣简书，命彼寺人。舍何扫除，率我六军。
输寇以国，覆嘉乃勋。我日告陨，懵莫之振。

我生之初，九域维乂。黍稷载野，革朽弗试。
安安耄老，嘻嘻我稚。呜呼苍天，岂伊异世。

飞　　枭

飞枭，刺奸也。

鴥彼飞枭，升于鼎铉。彼禽而孽，咸警凶变。
此人而孽，云何宴宴。岂緊墨衰，朱绂孔炫。

翩翩诐言，罔我明辟。谓鸱盖凤，谓兰盖棘。
上曰谅矣，孰与诤矣。上曰俞矣，孰与殊矣。

嚣嚣者鹭，载枭其心。嚍嚍者鸾，载枭其音。
百工汝化，凶德是耽。既贼且冒，君子所任。

赫赫九伐，汝则窃之。岳岳三事，汝则列之。
自汝为国，盗日蕃息。汝出帅师，盗祸乃极。

亨尔如麋，我民既痍。磔尔如屑，我国既灭。
在昔哲后，知人安民。二者罔念，天命斯迁。

中谷有兰

中谷有兰，乐君子也。

中谷有兰，蕙则友之。君子来歌，我则酒之。

中谷有兰，荃则臣之。君子鼓簧，我则弦之。

中谷有兰，荪则子之。君子有令德，我则史之。

江　之　水

江之水，感别也。

江之水潭潭兮，子之心兮，与之深兮。
江之水泱泱兮，我之情兮，与之长兮。
江之水湜湜兮，子我忆兮，我子忆兮，与之无极兮。

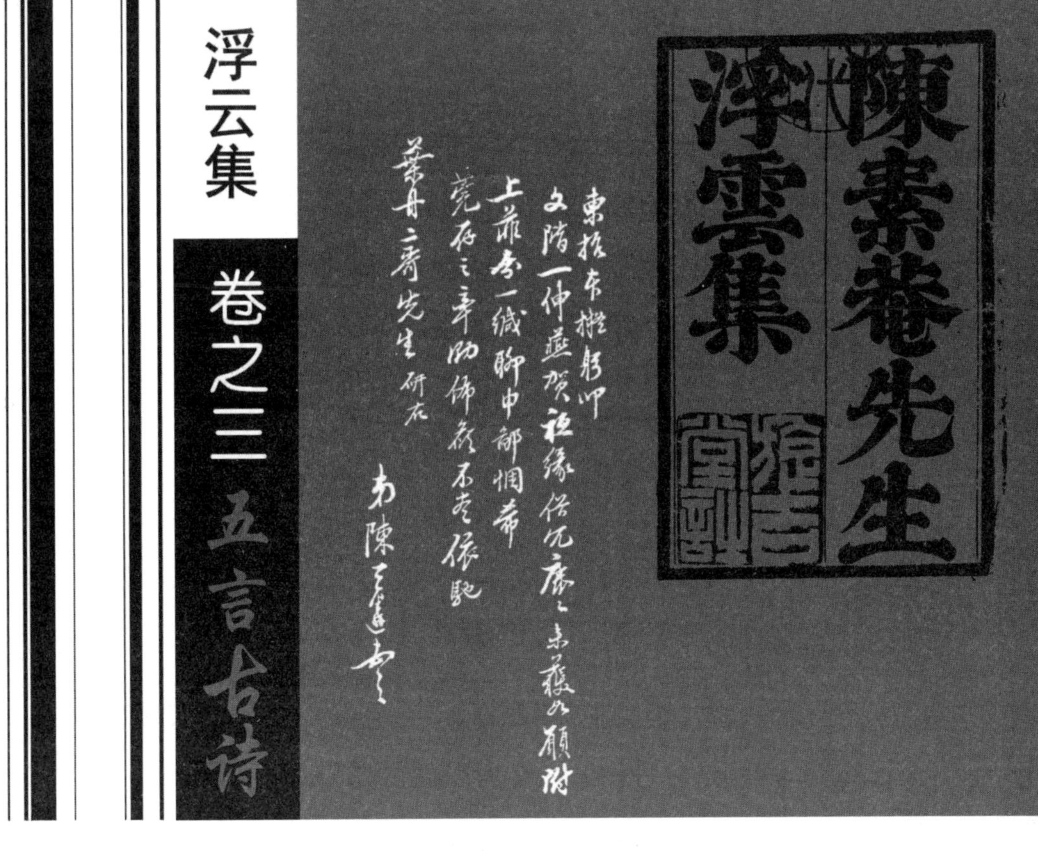

送别夫子

(一)①

朱鸟将南飞，群翼如云翔。
夫子首往路，方舟野彷徨。
炎曦熯修途，河水如沸汤。
匪兕昔所叹，乃复浮江湘。
龙鳞既以撄，凤篏固其常。
陟彼衡岳巅，高挹金风凉。

① 编者按：底本组诗第一首没有序号，从第二首起，其序号依次为“其二”、“其三”……本书在编辑时均改用现在的序号形式。

（二）

仲夏卉木繁，大涤多熏风。
岑崟互阴阳，窈窕自相通。
朱李久寂寞，振铎追崇功。
文章非所摘，闵此万世蒙。
晚悟渊静言，考亭与之同。
羲画闳千载，探乃在我衷。

合　欢　树

合欢树者，陈子邸中树也。青翠扶苏，叶叶相对，夜则两叶交敛，侵晨乃舒。陈子悦之，作此诗也。

奇树粲前除，柯干何亭亭。
秀色擢华滋，叶叶相对生。
吐花如朱丝，灼灼照前楹。
南方为乌绒，北方为马缨。
乌绒结同心，马缨绥远行。

寄张元岵

娥娥深闺女，皎皎茂容光。
忽忽销盛年，悒悒自悲伤。
青楼彼姝子，倚门鼓鸣筝。
艳曲世所重，车马相趋迎。
头上鸳鸯锦，耳后琼华珰。
寄谢深闺人，寂寂兰与蘅。

朝出蓟东门

朝出蓟东门，车毂蔽衢路。
中辇天帑金，榆关饷饥戍。
一车载百镪，百车岂知数。
扬尘浩漫漫，忽与数骑遇。
云奉大帅令，京师徇公务。
负橐何累累，疑即此金贮。
车马互还往，无乃太劳骛。

舟行半山道中，望昔年读书处

韶龄颇遐迈，负笈憩荒麓。
独与一友俱，三四村野仆。
精篮据层嶂，俯视众峰伏。
凭轩纳松翠，卷幌揽飞瀑。
披书取适意，往往不终读。
幽岩迹屡遍，危磴蹑转熟。
默眺动移晷，有得忽相目。
时复游村墟，良苗被修陆。
比屋见耒耜，逢人绝冠服。
卮酒临野桥，春泉奏筝筑。
尘鞅牵我出，十载逝何速。
荣名与清致，天道迭盈缩。
猿鹤或相待，瓢笠未可卜。
三复北山文，俯仰令人恧。

上巳日作

昔有晋逸士，上除憩兰亭。
融融惠风来，涣涣春波清。
羽觞无停挥，慨然齐死生。
北伐何张皇，东迁方宴宁。
岂悟誓墓人，没齿心朝廷。
俗人羡高会，知者谓遗荣。
逍遥修竹间，孰与识此情？

杂　　诗

（一）

严子钓富春，鲁生蹈东海。
赤符既云从，水德亦川汇。
伤哉华亭鹤，岂昧时会改。
瑶圃信可翔，奋翮赴菹醢。
泖水何泱漭，寒风动兰茝。
邈焉在阴和，斯音遂千载。

（二）

松柏寻斧斤，嘉卉尽把拱。
庆卿沉七族，君子贱伤勇。
卓哉汨罗人，洁身殉所重。
百世有同志，抱石不淹踵。
白杨号群鸱，狐狸窜荒垄。

芝刈固有时，恻怆鲜遗种。

赠宋辕文

（一）

翙翙朱鸟翼，飞飞翔阿阁。
离离五文章，雍雍盛音作。
和谐中律吕，凄情协金石。
颉颃怀其俦，永逝归冥莫。
文鹓堕曾波，神鹫委霜锷。
罗毕纷中林，美羽必先获。
眷焉望四表，翱翔将安托。

（二）

首春盛阳发，条风鼓微和。
揽辔遵九逵，百卉含英华。
朱轩错金厄，车马何委蛇。
俯仰忽不怡，去之野婆娑。
翩翩云间毫，采兰相行歌。
古音振川谷，魏晋良不遐。
愚哲各有求，且复徇所嘉。

三月三日作

西京昔清宴，春禊瀍渭间。
朱城带回堤，渌波漫长川。
吉士既云集，佳人亦华殷。

嵯峨冠切云，广袖揄绡纨。
明珰错翠羽，鬒发卷双鬟。
馨香各盈掬，采采芳洲兰。
含意若缱绻，秉礼终难干。
夕阳熏衣裳，紫翠交群峦。
言旋乐未央，车马何闲闲。

杂　　诗

（一）

晨眺崧岳颠，九围何梦梦。
天风若轮驰，吹我上紫宫。
咫尺帝座间，回惑不敢通。
易辙俯洪渎，百川汇其中。
孰谓波涛深，修梁如偃虹。
利涉岂无具，裹足量所从。
返驾将焉如？庶几求乔松。

（二）

有鸟集阿阁，振吭流清音。
羽毛辱珍爱，华屋非所任。
肃肃厉修翰，逝将归故林。
故林无安柯，逸翮犹见禽。
鸱鹖啸高堂，鹯隼盈幽岑。
击飞穷天高，嗛潜极渊深。
戢翼待咀嚼，至死终如喑。
四海莫不然，念此寒我心。

仰视浮云驰，回翔以沉吟。

（三）

佳人从何来，云自吴越间。
皎皎谢膏沐，扬芬若芳兰。
燕赵充后庭，抑蔽不听前。
素手理朱瑟，闻者乃不欢。
筝筑竞繁声，上彻青云端，
更弦效其音，洵美非所安。
揽带遵前除，青苔日斑斑。
咫尺万里乖，何必河与山。
寄言闺中人，慎勿矜玉颜。

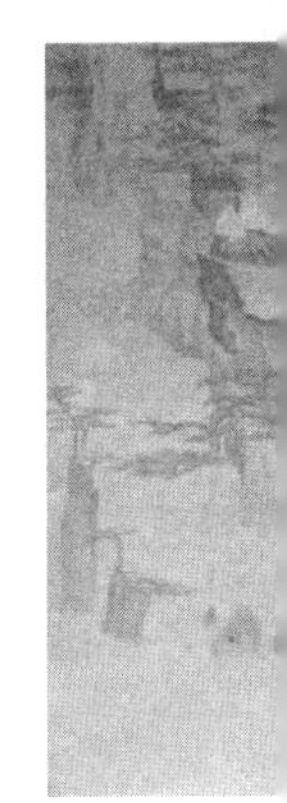

（四）

揽辔行遨游，乃至城北隅。
崇基亘荒皋，云是貂珰居。
隆栋摧作薪，奇树为马刍。
赫赫堂中人，血肉殷交冲。
孙显誓带砺，曹节移辰枢。
公卿拜车尘，庶尹以膝趋。
灼若火燎原，触者燔其躯。
势极取灭亡，炎鼎亦已渝。
小雅刺匪诲，哲后慎厥初。
伤哉窦与陈，千载令人嘘。

（五）

龚君往渤海，天子召问之。

言贼是赤子，弄兵于潢池。
乱民如乱绳，缓之始可治。
天子然其言，得以行胸怀。
悉罢捕贼吏，但问其所持。
田器为良民，持兵乃拘推。
群盗闻教令，解散归畬菑。
斯民无古今，德化亮可齐。
伊人邈难作，缅想令心摧。

（六）

杲日朗素秋，繁霜陨严月。
清晨风羽振，幽夜鸮音发。
贾董拜献策，人主为动色。
膺滂矢危言，党祸一何烈。
消长固有时，昧者死于舌。
命驾目郊原，聊用散忧惙。
蒺藜刺我衣，萧艾被祟璧①。
惜无晨风翼，附之翔寥阔。

（七）

殷殷地中雷，发声及青阳。
旃旒何翩幡，罝罘弥天张。
华轸载戈殳，欻飞若云翔。
狡足窜穷谷，逸材负崇冈。
驯兽饱霜锷，畜禽发必双。

① 编者按：“祟璧”，当作“崇壁”。

麑兔与狐谋，从彼豺与狼。
羽骑暮还镳，啮人昼披猖。
在昔训三驱，走险良可伤。

（八）

大阳丽中天，回光照葵藿。
华闳赫初构，弱躯幸栖托。
竭此精卫力，荼荠靡所择。
女欢不毕席，去我如振落。
观者或太息，群小迭相虐。
进乏宫壸援，退鲜林莽乐。
潸焉念君裳，是妾手所作。
岂敢恤梁笱，愿言慎帏幕。

四月晦夕作

向晦万象敛，繁星烂青汉。
代序一何驶，朱明逝将半。
飘风响高柳，烦襟颇萧散。
良友五六人，杯酒错欢叹。
头须几何时，忽逐青紫换。
荣名信可慕，得之或非算。
仰视长河倾，鸣鸡又将旦。

久　雨

羁人意昏墨，视天亦复尔。

重阴若愁面，十日无一喜。
乍雨膏群葩，久乃糜根柢。
鸟雀鲜欢声，濡首复垂尾。
昔月望云霓，炎曦熯都鄙。
今兹祷霁切，商羊舞不已。
学稼丁斯时，空复劳四体。
仗策跻崇冈，环顾见流水。
泠泠云雾间，何处歌吹起。

白　榴

庭中双石榴，根干同所托。
朝分太阳辉，阴雨亦均泽。
舒荣照朱楹，皎若璠玙白。
结子各累累，滋味异甘酢。
采之荐君子，甘御酢乃掷。
岂不愿适口，禀气非自作。
顾此方太息，南风卷轻幕。

淫　雨

淫雨岁有之，南北固殊候。
江城夏五月，滂沱浃昏昼。
幽燕高凉地，多在烦暑后。
是年愁霖积，葵舒麦方秀。
濯枝殊未已，倾注若天漏。
途潦盈九逵，车辙屡颠覆。

经旬乍开霁，须臾响檐溜。
湿蒸日侵人，头目乃先受。
绡縠胶肌肤，编简润皆透。
前年江南冬，陨雪杀橘柚。
共言寒威异，累世未一遘。
地气岂互易，厥征殆难究。

答宋既庭

（一）

新雨沐群卉，熏风来徐徐。
铿然舍瑶琴，发我良友书。
赠言一何富，粲若琼与琚。
不闻相推嘉，但惜尘网拘。
盛称山川美，颇似歌吴趋。
陶令感松菊，张公忆莼鲈。
险夷固有命，哲者与乐俱。
早聆君子言，岂为钟鼎愚。

（二）

之子江左英，乃与胜流异。
蒿径时不扫，衡门昼长闭。
读书穷高深，岂但见其意。
力欲振大雅，一吐千古气。
恂恂逢掖间，焉识公辅器。
我闻东山人，高卧薄权寄。
爰立秉钧轴，犹有尘外致。

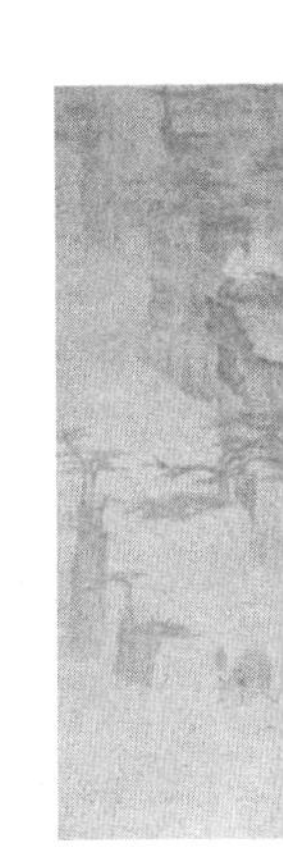

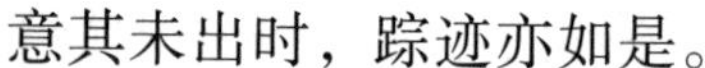

意其未出时，踪迹亦如是。

青松生高冈

青松生高冈，孤石相因倚。
本非耳目玩，樛曲不足采。
君子顾见之，移以置阶戺。
腴壤培其根，溉之清渊水。
托处非所宜，柯叶忽以改。
桃李喜相顾，摧折日可俟。
竞言当剪伐，薪若棘与枳。
异哉岁寒姿，贞疾恒不死。
厥本既不拨，枯菀有神理。
愿彼春园花，夭夭保终始。

杂　　诗

（一）

少小望艾耆，旷若无年载。
羲和不停轨，鬒发忽已改。
譬彼一叶微，茫然泛瀛海①。
故欢复何有，还顾但身在。
啃此黧面翁，夙昔盛容采。
春娱秋更追，卯饮恒及亥。

① 编者按：“泛”，原作“汎”，与词义不合，径改。

（二）

穹苍有时坠，况此蕞尔山。
烈焰空璠玙，顽石以幸全。
慎守处后箴，所遘乃不然。
非必薰与膏，而后罹烧煎。
回车脱修辔，稼圃聊自安。
度世如可求，哲者当我先。

（三）

有客过我饮，丹颜发如漆。
问其年几何，逾六且望七。
既未饵大还，亦无养生术。
食色不异人，有生鲜微疾。
但耳娱乐事，世故非所悉。
客去聊问天，将无有私昵？

（四）

大道一何广，尘壒若苦雾。
车马驱不息，徒者亦奔骛。
颜色异忧喜，衣裳杂霜露。
借问此何求，攘攘各有故。
百岁同一尽，此日岂能悟。
漏下暂归休，蓐食待天曙。

与吴婿

之子茁雪英，赏识自舞象。

冉冉日月逝，聚散屡凄怆。
吾衰已数岁，子齿亦逾壮。
中经阳九会，世事百千状。
客冬走霜雪，相见幸无恙。
重论艺文事，耳目一清旷。
健翮凌紫氛，巨鳞待春浪。

杂　诗

猗彼初生葵，敷华迨朝阳。
君子昔采择，御轮盛龙光。
质贱恩则殊，竟体被琼英。
悃愊不自媚，岂曰谣诼行。
言归守幽谷，在逖敢不庄。
高闳倾百六，所天遂沦丧。
登车授前绥，乃复遵故房。
璇题错金杝，罗帏烂犹张。
旧侣四五人，见我各沾裳。
气结无一言，刃镞交肝肠。

杂　诗

白帝顺时令，非与百卉仇。
飘风假其威，恣意相虔刘。
强干但陨叶，青黄同时休。
弱者倍憔悴，柯条不一留。
回念春华时，枝本自绸缪。

群鸟息其阴，欢喜鸣啁啾。
蜜荫一以秘，翻飞各优游。
岂不怀故栖，荣落理不侔。
松柏虽后凋，斧斤终见求。
何如南山石，崒嵂千春秋①。

答张稚恭赠《柱石图》

岱宗挺日观，华岳峙莲峰。
雪霜必先及，云雾每见蒙。
柱石安可为，宁处丘垤中。
张公作此图，意远境自工。
层层叠云石，历历生梧松。
其颠有危岑，巀嶭摩苍穹。
其麓构茅茨，悄焉幽人宫。
清泉绕其旁，杂卉方蒙茸。
烦公更染翰，添我白发翁。
右手引壶觞，左手披诗筒。
或扶杖藜步，野老相追从。
有若曲蝬藏，绝迹千仞崇。
倘忧青天坠，枝柱自有公。

杂　感

雀角叹闺媛，贝锦感巷伯。

① 编者按：“崒嵂”原作“崪嵂”，依诗意改。

颜氏曾拾塺，屈子乃怀石。
荣辱畴避就，吉凶岂惠逆。
圣典矜青灾①，往训慎流宅。
市虎既已成，篓凤复谁惜。
抚序难为心，反躬有余责。
授衣惊始寒，伏枕愧良夕。
侬侬万事裂，憧憧百忧积。

四子奕棋诗

幼舆国工亚，朋侪固棋伯。
初观鲜奇致，竟局乃多获。
子见好深算，下子动移刻。
当其取胜时，往往称败绩。
子渊颇疏快，不甚计损益。
野战辄自诩，佯死每愚敌。
鹿野置胜负，毕力事攻击。

① 编者按："青"字诸书多无著录，仅《汉语大字典·补遗》引辽王鼎《法均大师遗行碑铭》"上悦甚，因为师肆青，兼免逋负，仍锡宸什"一文时，谓"音义未详"。按此字后人亦罕引用，就愚见所及，此字当即"眚"字。考"眚"有"过失、罪孽"之义。此外，清纪昀《槐西杂志》三有"（廉夫）见板阅上有黑物……盖幽房曲室，多鬼魅所藏，黑物殆眚物之未成者"。认为鬼魅藏身之处的黑物就是"眚之未成者"，也就是认为眚是与鬼魅有关的怪异之物。"眚"这种"过失、罪孽"或"怪异之物"等两种含义，在王鼎、方拱乾与陈氏三人诗文涉及"青"之处也均能解释得通。如王鼎所谓的"青"实指"过失或罪孽"，而方拱乾诗中"令见者攒眉咋舌，指鬼物慑妖青"之"青"，及陈氏本诗之"青灾"等，均指与鬼魅有关之怪异之物而言。可见"青"与"眚"在这两种含义上是统一的，也就是说"青"当为"眚"不规范之写法。这一观点是否正确，尚待方家指正，仅书此俟考。

时或中要害，欢笑破坚壁。
凌晨各求耦，薄暮未肯息。
争道少谦让，悔子互嘲谪。
得志如获宝，恋局屡忘食。
旁观默乃容，多言见挥斥。
小道信可观，聊用遣忧戚。

赠子渊

新鬼不知死，且复遨太虚。
忽挂榛莽间，乃悟非故居。
尔我处犴狴，剌剌谈诗书。
奕棋复饮酒，燕笑娱斯须。
所坐敢曰冤，情实或颇殊。
公冶在缧绁，钟仪正羁拘。
天地信寥廓，尺步将焉如。

杂诗

芳辰发春思，晏温命游屐。
余雪融北林，新荑被南陌。
胜境岂必远，量足寻所适。
碧涧鸣幽泉，青峦列文石。
薄醪四五引，欣豫若有获。
威凤翔高冈，冥鸿下中泽。
云何不同栖，物情固难易。

感　怀

（一）

四序鲜淹晷，春令行复半。
百草未萌蘖，烈风竟宵旦。
出门但荒野，耳目无一换。
客岁尚斑鬓，忽若秋霜粲。
哲人皆集菀，耄及昧长算。
善恶异祥殃，徒为化工谩。
同患怀古人，庶几释疑叹。

（二）

飞鸿西北翔，乘风势弥迅。
磻缴一以发，铩翮不及瞬。
吕梁亦何险，孰云太行峻。
坎窞当我前，投足徇所信。
天地广且博，胡为自屯吝。
悔往固莫追，乐今颇无忿。
端策叩詹尹，厥爻告柔顺。

（三）

不寐迨丙夜，揽衣步前庭。
玉衡久移指，弦月亦已冥。
青天何遥遥，众星烂争明。
悄焉我心恻，慷慨念平生。
所志卒未展，徒与忧患并。
一身为前车，举世鉴其倾。

刈若当门兰，飘若流水萍。

（四）

昔有命世英，决策兴炎刘。
功成薄圭冕，愿从赤松游。
强食淹人间，斯志乃未酬。
悠悠千古人，愚哲同荒丘。
先秦富述作，皆欲名千秋。
祖龙肆狂焰，百简鲜一留。
不朽信有三，何若大海沤。

（五）

屹若岱与华，雀则巢其颠。
浩若江与河，鲋则潜其渊。
高深固无极，二虫不谓然。
至道贵容畜，斯意何足宣。
纵目览九区，寄心托三山。
长啸谢世荣，快如远役旋。
优游卧中阿，白云相与间。

（六）

猛虎负峻嵎，雄虺当险路。
啮人性则然，非必仇与怒。
拔剑往殪之，中道忽憬悟。
大造岂薮恶，并育诚有故。
反戈报知己，下石酬所附。
多恩必府怨，施者诚自误。

不见行路人，漠然罕相忤。

（七）

海中有神山，可望不可至。
贝阙若霞起，琼楼亦鳞次。
霱云覆其上，龙鸾互游戏。
群仙各万寿，少者数千岁。
导引既已末，服食讵能致。
吾将适空门，度世非所事。
真人闻之笑，斯理固无二。

（八）

制泪别亲故，乃在咸阳门。
持觞不尽嚼，车迅马复奔。
弧矢志四方，万里何足论。
此行良独难，欲诉声已吞。
俯顾白草迷，仰视寒云昏。
去去长殊方，形影自相存。
昔御锦与玉，今谋饔与飧。

（九）

少壮盛亲串，分齐齿亦若。
欢宴弥年岁，群居互嘲虐。
悠忽迨耆艾，狎者日凋落。
韶俊盈我前，老耄非所怿。
尊卑复悬殊，勉强侍酬酢。
燕歌与赵舞，情志益辽莫。

寄言世上人，及时早行乐。

（十）

驱马涉荒碛，暮及古战场。
颓景照枯骨，积若丘与冈。
昔岂好凶危，受命争封疆。
上将丧其元，青简存虚名。
部曲累千万，灰没无一扬。
厉阶良有由，覆军在庙堂。
去去不忍顾，恻怆摧肝肠。

（十一）

东京失乾纲，阉竖秉钧轴。
君宗若厨顾，骈首沉七族。
黄巾起多方，赤社忽已屋。
木蠹虫乃生，燎原孰能扑。
岂必无道秦，而后失其鹿。
名城既屠刈，戈铤追穷谷。
我生不后先，伤哉际百六。

（十二）

乾坤孰云广，千里异凉暄。
彼土未授衣，此邦已号寒。
冉冉留严节，飞雪若旌旃①。
豺虎缩深穴，雕鹗戢其翰。

① 据张氏第三次印本谓："留严节"，应为"届严节"。

涕唾成坚冰，未脱口鼻间。
穷冬寡欢悰，况乃罹险患。
终风荡我心，震虩何时安。

（十三）

弱龄际平世，志泰气亦茂。
健若千里驹，峻阪日驰骤。
百觚鲜余沥，卜夜继以昼。
上希骖螭人，次亦老云岫。
吾衰忽垂白，悠悠竟何就。
对酒兴已索，何待三爵又。
物生宁有常，种禾乃成豆。

（十四）

忧来无与言，命车造良朋。
倒屣出门左，延我西阶升。
虽无琼瑶液，宿醅若波澄。
虽无山海馐，新炊若云蒸。
酒酣发浩歌，埙篪自相应。
我心岂难知，夙昔置子膺。
愿言保岁寒，令德贵有恒。

（十五）

垂老乃受田，努力事东菑。
载阳土膏发，率作始自兹。
敝裘不掩骭，冷风无时吹。
犊弱犁遽偾，荒秽不复治。

少小席素封，安坐甘肉糜。
白粲稍未凿，持匕意不怡。
大哉暴天物，虽悔其可追。

（十六）

东南昔清宁，累代偃金革。
一夫毙挺刃，举国共惊惕。
蒐狩耀五兵，聚观若嬉剧。
阳九群盗起，四海饱锋镝。
杀人动盈万，少乃戮千百。
闻昔开国初，诸雄迭相厄。
此始必此终，天道信非逖。

（十七）

涸鱼怀故渊，羁鸟悲故林。
异方岂尽恶，非我夙所耽。
梦想见越江，仿佛登吴岑。
嘉卉无春冬，秾华芬我襟。
几席萦清流，琮琮和鸣琴。
息偃长松间，惠风来自南。
赋命殆有涯，此乐固难任。

（十八）

昔我游边庭，烽烟正飙发。
元戎拥高纛，上相秉黄钺。
连营千余里，鹰隼不能越。
炮炮若震雷，当者悉灰灭。

沦亡不斯须，非必兵势折。
故垒埋蓬蒿，芜城半狐穴。
当时帅师者，自言卫霍列。

（十九）

汤汤陇头水，呜咽东西下。
我心系两地，洒泪愿分泻。
丁年荷戈出，皓首未得谢。
戎轩疲奔命，一月再三驾。
平沙旷千里，苍天望弥大。
免胄偃碛间，严烽骇深夜。
闾左繁有徒，优游处中央①。

（二十）

司马下巴蜀，县令负弩矢。
买臣守会稽，腰章骇乡里。
班生入玉关，功成乃燕喜。
有命既不犹，何敢望三子。
生还志愿毕，倦游久知止。
拥彗扫阡域，登堂奉菽水。
薄田虽污莱，荷蓑事耘耔。

杂　诗

（一）

孩笑辞太始，扰扰迨垂暮。

① 据张氏第三次刊印本谓："央"未协，当作"夏"。

舍乐乃就忧，借问此何故。
仙骨日以铄，松乔岂能度。
春风嘘寒林，花叶各舒布。
万物皆欢喜，胡为独沉痼。
所玩岂足常，聊且快一顾。
天气今日佳，清吟抚芳树。

（二）

叆叆天上云，因风各南北。
人生岂群鸟，而欲长接翼。
遐哉同心友，一朝异所即。
我来辽水上，子役陇山侧。
旦别暮不知，况乃隔邦域。
什袭韫所宝，惧为世人识。
数载得一书，未发泪沾臆。

（三）

幽兰生谷间，霏香及芳节。
黄华何皇皇，舒英素商月。
芬菲岂殊致，采者异所悦。
眷彼命世士，怀贞守岩穴。
匪我干荣名，所立固殊绝。
时来生风云，道消委霜雪。
隐见何必齐，审处在明哲。

（四）

姜公既耄齿，垂钓渭水周。

宁子处辕下，长歌一何遒。
耻与草木腐，颇亦干王侯。
天地既我樊，焉得汗漫游。
逸翮栖长林，潜鳞隐清流。
岂不乐所安，飞跃亦有求。
由光如可作，吾将从之谋。

（五）

荆杞被荒原，地势忽坟起。
借问野老人，言是古城址。
但闻号金汤，时代不复记。
纵横交九衢，巀嶪起千雉。
丹楼高切云，华毂若流水。
陵谷有迁易，宁复问朝市。
城中十万家，当时岂知此。

（六）

力耕南山下，勤劳固非一。
四体违世用，胡容坐嬉逸。
凉秋禾稼登，所务粗已毕。
黄粳饱衰迟，酿秫亦芬苾。
肴烝不掩豆，颇具草木实。
野人皆兄弟，何必亲与昵。
但饮略酬酢，主卧宾自出。

（七）

哀甲垂纯钩，紫骝若飞翰。

北趋瀚海上，西至陇坂间。
古人胜败地，千年但荒烟。
谁见卫霍喜，宁知李广艰。
麟阁图遗形，观者空嗟叹。
一笑拂衣去，高卧终南山。
壮心不自制，投之八琼丹。

（八）

眷眷金石交，指心矢天日。
金坚石未泐，两心已非一。
坦然斯人群，厚薄固无必。
时发千载书，古人在我室。
引觞试问之，今昔谁得失？
拙者率其素，巧士济以术。
寤歌岩阿间，天风和清瑟。

（九）

我生几何时，青鬓忽已华。
不苦来日少，但恐忧端多。
天地何悠悠，大化浩无涯。
菀枯若轮转，愚者乃悔嗟。
耕获志升斗，非必盈篝车。
不见骊山旁，台观纷嵯峨。
转眼丛荒榛，群狐以为家。

（十）

白日百端集，澹荡爱清夜。

万动尽休息，我心与之暇。
不觞亦不咏，夙好岂难谢。
泠泠清露溥，耿耿长河泻。
明月不遽落，寒辉浸茅榭。
形神两俱黜，所乐匪外借。
敢齐羲黄人，优游或其亚。

至　日

兹晨阳气回，四宇忽已和。
白草被广原，郁若含英华。
脱帽释重褐，欣然自行歌。
昔我滞此邦，风霜正交加。
今我再谪居，温如吴山阿。
凉燠岂有恒，谁谓天心遐。

咏　雪

炎曦赫中天，群阴夙已升。
及此觱发月，霰雪纷相仍。
极望但蒙蒙，孰辨丘与陵。
旧雪积未融，今雪势复增。
驱马陟崇巇，逡巡阻层冰。
引吭申微吟，严气结我膺。
仰视云际隼，肃肃方飞腾。

读李杜诗

（一）

太白气高迈，飞尘藐妇寺。
下笔少神检，才情固天恣。
游仙与饮酒，二者亦恒事。
数数盈篇章，殆非达人致。

（二）

杜老迂阔人，自负颇肮脏。
抗章白房公，何取败军将？
赋咏忘妍媸，乃为古今尚。
流离楚蜀间，缅想为凄怆。

山居与客饮

秋风吹白云，宿我茅檐下。
浩浩清川流，尘情与俱泻。
百岁徇所务，此日即为暇。
率略具宾主，无烦尺书迓。
错然陈盘餐，恶草杂精炙。
痛饮任斟酌，麾酒亦从罢。
偕游信远近，遇物偶观化。
山水复何常，片席固天借。
丘垤自言高，何必嵩与华。

苦　寒

燕越亦何远，凉暄遽殊绝。
始悟天地狭，所处即羁绁。
况此辽海客，淹留及严节。
曝日鲜微温，非风亦肤裂。
驾言陟崇丘，弥望但霜雪。
出林罕飞鸟，豺虎匿其穴。
御絺遂忘裘，际寒乃怀热。
辗转尘网中，苦乐固更迭。

冬　杪

是月百役休，吾事亦少隙。
力田际俭岁，十艺犹五获。
朱颜多早凋，须发幸已白。
虽无貂与狐，短褐固新易。
匏尊湛春酒，扫室迟嘉客。
自昔流离人，方我或多戚。
援琴操南音，达者谓跼蹐。
旋归譬黄鹄，拼飞偶西适。

录别十二首

（一）

远游有穷达，别离固一致。

觞豆何匆匆，杯行惨无次。
欲言不成辞，岂待陨涕泗。
杲日丽晴汉，黯若重阴翳。
非无尺素书，终与晤语异。
攀辕絷其驹，往役有期会。
飘风吹行旌，我心与俱逝。

（二）

子车将游燕，我马复适吴。
恻恻互相送，眷眷歧路隅。
一日各百里，十日二千余。
夙昔结同心，我骨属子肤。
岂惟安乐乖，患难亦不俱。
后期弥年岁，笃想令人愚。

（三）

军书昨朝下，奔命不得延。
东出襄平道，西戍陇阪间。
兵刃虽未交，杀气盈我前。
祖帐灞水湄，亲故相追攀。
祝之以封侯，心则忧不还。
前旌已启行，促发一何喧。
挥手若飙驰，安得尽里言。

（四）

冠带纷如云，出入承明庐。
何独宦天末，往与蛮髳俱。

行者强自奋，送者相嗟吁。
山行若登天，水行惧沦胥。
老稚不得偕，涕泣挽我车。
及瓜虽有时，代者将洊趄。
忍泪无复言，夷险信所如。

（五）

眷眷双鸳鸯，绿池相娱嬉。
晨夕侍帏幕，何为遽乖离。
丈夫志四方，儿女安足悲。
身是弱妇人，百尔非所知。
锦衾烂空房，膏沐为谁施。
赠以百宝带，报之金缕衣。
何当复来归，及妾青鬓时？

（六）

逃死适鲁国，避仇入吴会。
谁为祖行者，一二狗屠辈。
岂无贵人交，缓急不足赖。
拔剑拟所憎，悲歌黯相对。
风为萧萧鸣，日为昼霾晦。
百辱非所耻，但宝此身在。
黄鹄奋六翮，翱翔网罗外。

（七）

翩翩五陵豪，执戟始为郎。
诏募绝国使，贵要无一行。

奋身请天子，再拜辞未央。
倾朝送我行，朱毂夹道旁。
众耳但徇声，安知中所藏。
壮士多小心，岂曰意气张。
万里始自兹，矫若云龙翔。

（八）

夙昔好宾客，结交倾汉廷。
黄金若泥沙，珠履纷逢迎。
一朝失意去，饮饯如晨星。
所亲多不来，所疏乃涕零。
默默罢酒去，厚薄心自明。
道旁杨柳枝，春秋异枯荣。
轩车有时至，众宾复来并。

（九）

朝处禁闼间，夕谪遂万里。
宾从何寥寥，薄送国门里。
驱车溯严风，黄尘暗天起。
班荆北原上，伤哉故知己。
握手百端集，欲诉还复止。
寄言同朝人，黾勉事天子。

（十）

人生能几何，而堪屡离别。
少年轻远游，挥手辄辞决。
垂暮复于役，跋涉不得歇。

人马各衰倦，况乃践霜雪。
同行共笑侮，强壮自相悦。
语汝且勿悦，险阻夙所阅。
河流浩无涯，峻坂不可越。

（十一）

少小穷群书，引指控两弓。
本自千人豪，邑邑墟里中。
决策西入关，发愤为世雄。
三妇艳无比，置之若飞蓬。
奋袂辞其俦，击筑未及终。
道逢章甫儒，局趣方固穷。

（十二）

车马何纷纶，乃在渭水阳。
供张若云连，樽俎芬以芳。
新声荡神志，宾主方乐康。
中宴起拜跪，逝将适殊方。
期则无岁年，途则万里长。
四座听此言，动容各彷徨。
宾拜主亦拜，改弦奏哀商。
初赠双纯钩，再赠千金装。
将发又何赠，立德垂鸿名。

送周端臣西还

（一）

双鹄堕幽崖，三岁相因依。

一鹄奋翮去，其一犹羁栖。
判翼歧路隅，颉颃道徘徊。
子今振修羽，行将集兰池。
我欲附子去，翅弱不得随。
我欲与子言，气结无一辞。

（二）

孟夏春卉繁，百草亦已芽。
习习明庶风，融融鼓微和。
去去辞旧京，欣欣指神都。
亲戚见子还，觞豆纷星罗。
朋友见子还，劳苦相咏歌。
振珮趋未央，豸冠何峨峨。
盛年策鸿名，赋颂为国华。

秋日杂诗

（一）

天宇忽焉肃，秋气自西至。
百卉恋华色，荣悴随所际。
素节移我情，自与四序异。
援琴奏清商，木叶应声坠。
一身如飞鸿，兔毕乃羁滞。
夙昔意气交，三载无一字。
岂惜尺素书，恐伤远人意。

（二）

茫茫野草白，黯黯沙日黄。

委此孱然躯，更彼风与霜。
寓形亦何有，犹复怀其乡。
吴山八九月，轻裾尚飘扬。
秀岭带清川，乃在几闼旁。
桂菊相赠遗，襟袖盈芬芳。
昔欢今则悲，盛衰固相偿。

（三）

燕山何崔嵬，凄辰纵遐瞩。
秋空行群云，乍散复相属。
南眺海气升，峦峤互起伏。
东望见帝里，金城耀晨旭。
台观若鳞次，纷纶转朱毂。
繁华一朝尽，所在变陵谷。
平陂古有之，如何及予目。

（四）

仕宦乐平世，栖遁良亦然。
弄兵遍幽谷，枕石安得眠。
黄巾昔纵横，屠脍无愚贤。
华阙尽燔烧，万室无一完。
中原榛莽积，江海扬狂澜。
扰攘匪山泽，生自闱禁间。
至今当秋风，凛若戈与铤。

（五）

夙龄盛意气，驰马游边州。

雄剑七宝装，鹔鹴为我裘。
列将虓虎豪，斗士皆貔貅。
海涛应鼓钲，大旗若云浮。
一朝凿凶门，将士同时休。
国殇不见恤，逗挠为彻侯。
寒月横战场，万鬼啼啾啾。

（六）

穷达命在天，少壮了不信。
挟策干荣名，道路屡颠困。
雪霜杂晨餐，昏夜冒锋刃。
致身匪不早，旋复罹悔吝。
棘茂兰必锄，何待仇与衅。
方舟覆洪波，胥溺不及瞬。
永怀身世艰，万矢集方寸。

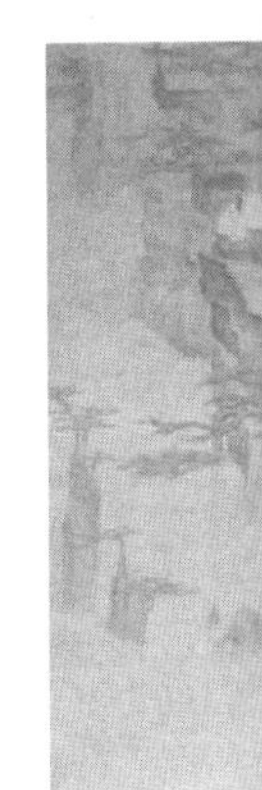

（七）

时序不长燠，人生不长壮。
以此迟暮年，而际摇落况。
开匣揽清镜，旦旦异容状。
遨游豁胸臆，所睹复增怆。
冉冉云南驰，汤汤水西向。
奋飞附阳鸟，翅弱不足仗。
素书聊解忧，晨诵夕已忘。

（八）

凛凛繁霜零，凄凄蕙草衰。

生世逾中年，少乐自多悲。
良朋接踵没，骨肉亦崩离。
亲串存二三，又复非心知。
独歌无欢声，独饮无甘卮。
平生适情事，年往安可追。
欲从赤松游，凡才将见嗤。

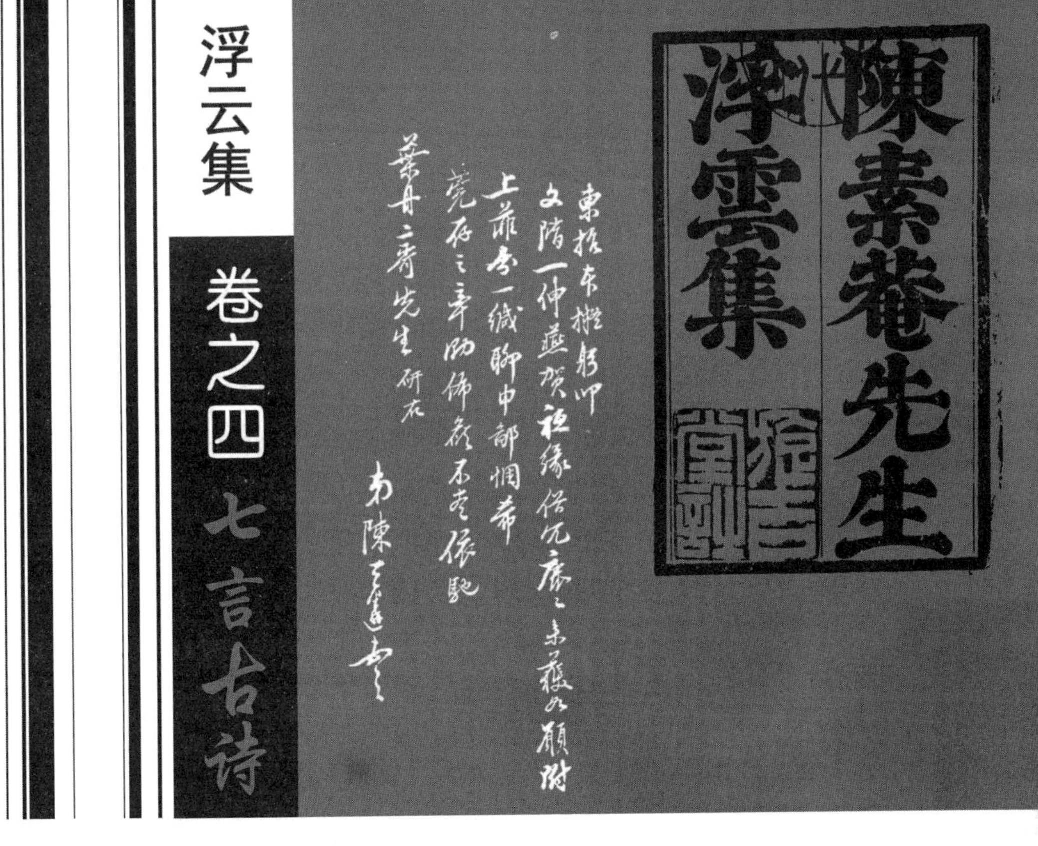

高　梁　篇

高梁桥下春波绿，朱城叆叆衔朝旭。
大道东连紫禁开，晴峦西映金堤曲。
榆燧千家火乍收，柳丝万缕春初足。
龙马银鞍车似水，貂蝉宝盖人如玉。
玉人调笑倚馀醒，红粉青娥拥出城。
新声瑶瑟惟愁和，高揖金鞭不问名。
俱攒翠幰红尘暗，共指芳园画阁明。
芳园画阁春常羡，绣户璇窗人不见。
经年花草任荣凋，一日笙歌恣游宴。
桃李枝头日欲斜，云軿今夜宿谁家？
十三学舞矜回雪，二八怜春叹落花。

落花转眼飘芳甸，且喜芬菲舒未遍。
宝带难输松下心，轻纨先送花前面。
北地脂开笑靥娇，南都黛发修蛾倩。
子夫未入合欢宫，昭仪犹给阳阿院。
阳阿车骑日优游，锦障经过尽彻侯。
此日莺花娇紫陌，此时弦管满皇州。
皇州自昔多豪族，燕台争击荆高筑。
任侠宵排紫闼通，冶游朝拥朱轮簇。
刘生紫剑剑千金，石氏绿珠珠一斛。
中涓骏马大堤头，玉勒雕弓翡翠裘。
秦官旧领中车府，汉宫新拜大长秋。
乱抛金弹垂杨外，列坐琼筵绿水周。
垂杨绿水淹留久，鸣珂倏忽雷霆吼。
声势能移北斗杓，威灵欲喝西山走。
张孔纷纷竞拜尘，谁人白眼惟呼酒。
呼酒狂挥换赋金，蘋香花雾满高吟。
君王已叹凌云气，乐府争传郢雪音。
别有伤心春草碧，粉笔红颜两相惜。
不见当时堕珥人，难逢前度援琴客。
可怜今岁春光早，可惜明年春更好。
几度歌钟丹凤城，千回裘马青楼道。
歌钟裘马日逡巡，寒食东风万古尘。
惟有溶溶桥下水，年年流送御沟春。

姑苏元夜篇

姑苏台上春月明，月照华灯春满城。

绣户凝晖珠错落，朱甍流影锦纵横。
纵横万井春歌起，舞凤飞虬月明里。
火树斜摇翡翠球，星桥半护鸳鸯绮。
绮罗弦管夜氤氲，灯影蟾光望不分。
谁家月晃盘龙帐，何处灯明簇蝶裙？
明灯烂漫百花洲，锦障缤纷接虎丘。
此夜瑶笙桃叶渡，此时绣被木兰舟。
兰舟摇曳不胜春，银箭琤琤玉漏频。
可怜今夜灯光好，不照吴宫歌舞人。
春月春花几歌舞，年年灯火当三五。
皓魄长期此度圆，流光岂耐明宵数。
宵阑月冷迥凝霜，怅望兰灯枉断肠。
依稀旧识灯间路，不见前春月下妆。
月下春情坐飞越，忍使华年暗销歇。
五铢仙袂六萌车，踏灯长醉姑苏月。

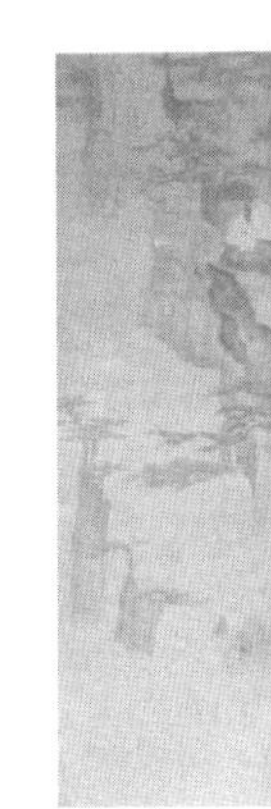

汴 梁 行

君不见，汴梁万雉高入云，今在河南昔河北。
洪涛屡徙固天意，障以金堤亦人力。
青袍白马从西来，摧城碎邑势若雷。
守臣登陴但垂泣，面若尘土心寒灰。
绣衣使者出奇算，中夜决堤使南灌。
须臾盈城作鱼鳖，百姓尽死贼亦散。
九重闻报空痛心，缙绅万舌缄如喑。
千亿苍生走无及，将吏胡不皆陆沉。
龙旗鹊印破层浪，驾筏乘舟固无恙。

朱门妇寺亦利涉，无乃维藩颇知状。
吾闻智伯灌晋阳，三版不沉犹裹创。
秦豫百城处平陆，死贼死法诚天亡。

宝剑歌送友人还山

古来名剑以百数，曾耳其名但浮慕。
异人遗我苍龙精，神物不似人间铸。
龙文鲛室赤玉镡，冰雪凛凛豪士心。
紫骝电发蹑风去，赠子殊胜千黄金。
幸勿持此塞外游，杀人虽多终不侯。
亦勿持此徇仇雠，鄙哉荆聂古所羞。
采芝吸露商山回，千尺寒芒护仙鼎。
斩刈百鬼如烟然，丹成佩往蓬莱顶。

白靴校尉行

长安春昼苍鹰鸷，万人侧目心胆碎。
豺形蜂眼四五辈，白靴腾腾半醒醉。
投身初属执金吾，刺奸兼隶中常侍。
三寸薄虢手密封，重瞳夜彻天阊秘。
谨呶昨获关东书，反接朝收岭南使。
更有累缚如连鸡，舌挢不敢问何事。
须臾论决钳网间，大者斩戮小编刺。
白靴飞扬趾益高，一事一阶酬其劳。
银筝锦瑟日高会，鸣珂结驷驰兰皋。
修蛾北里正醉歌，冤魂西市方呼号。

近闻下诏颇汰斥，岂知荦毂皆此曹。
舞文罢吏不义奴，探丸恶少椎冢豪。
一朝窜籍名锦衣，马前倏忽罗旌旄。
君不见，衣绯横玉印如斗，前年犹曳白靴走。

魏　酒　行

世间美酝谁第一，魏侯所造真非常。
若聚仙果沥其液，又若白璧流为浆。
谓之是酒无酒气，如云非酒仍酒意。
梅花让洁兰失馨，玉觞倾注色无异。
魏侯酒品数难悉，独有此酒不轻出。
饮之必择知酒人，酣呼辞让皆所疾。
花开月朗数得尝，主人欢喜客乐康。
归来偃卧竹窗下，开帏枕席闻天香。
譬如仙姝偶相识，安能更近人间色。
江南河北总凡醪，几岁停杯苦追忆。

东海氏画梅

湖头雪花大于掌，兰舟桂楫空徘徊。
东海濡毫展绡素，满楼馥馥开寒梅。
其一晴晖朗清樾，千花万花如意发。
仙根不自人间来，缥缈琼枝拂瑶阙。
次二冰蕊含幽清，欲开未开最有情。
一双小鸟抱枝戏，春风摇飏时复惊。
玉缀珠离凝霏雪，第三图成益高洁。

湖山树树摇素光，案上帘前两清绝。
焚香更写第四图，石罅屈曲三两株。
梦到罗浮昔曾见，花间双鹤如可呼。
最后一图月明里，寒山几片天如水。
弹入瑶琴兴颇孤，一枝欲寄人千里。
近来名画推三吴，笔有山水胸中无。
东海直自写神致，墨花一夕满春湖。

沈翁画《浮玉山图》

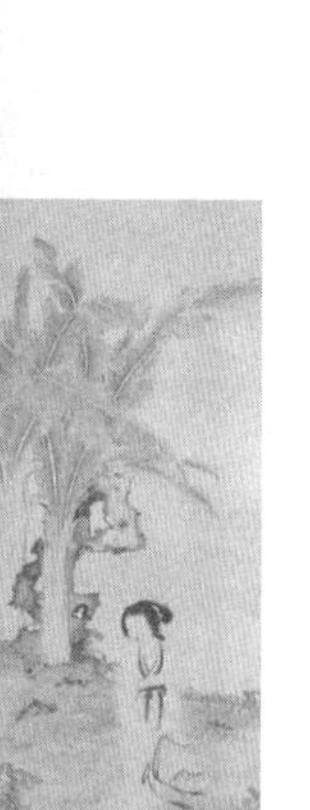

大江之南隐君子，沈翁历落多奇踪。
今秋携客上浮玉，千岩万壑趋其胸。
归来累月但酩酊，捧毫展素笑弗肯。
忽然泼墨涌烟雾，座客皆游浮玉顶。
天风拂面云满衣，飞瀑泠泠出翠微。
抱琴便向林间去，曳杖真从岭际归。
吾家旧图颇工致，一山一水必形似。
沈翁醉笔殊不然，淋漓却满山灵意。

花下醉歌

年年携酒花间酌，喜见花开畏花落。
岂知花落开有时，不似朱颜易销铄。
异时对酒轻百觚，今饮其半醉欲扶。
丈夫精力信可惜，中原况复皆丘墟。
时危自合尚刀槊，弹琴赋诗何为乎？
谁言管葛可轻比，致身亦欲成规模。

江淮宴安势难久，明年还醉花前否？
一声清啸来长风，落花吹满杯中酒。

永和宫词

永和宫里云璈作，銮舆累月留行乐。
冰轮照梦月长圆，玉树承恩花不落。
几年金屋未知春，一夜琼台忽化尘。
可怜龙堕乌号日，不及椒风短命人。

荡寇将军歌

旌旗蔽天鼓震地，荡寇将军拥兵至。
大城聚哭小城走，马前累累缚官吏。
倾储扫境欲未充，步骑四出疾若风。
马驮车辇尽金帛，须臾红粉盈军中。
异时群盗曾驿骚，指麾不若将军豪。
寸苗尺干扫立尽，纤鳞细翼无一逃。
诏书数下忧师老，金觞翠袖方倾倒。
黄巾忽报东方来，将军拔营向西讨。

孤山梅花

孤山处士不可作，孤山梅花自开落。
铁干长凝万古霜，冰枝欲下千年鹤。
西泠桥畔水潆洄，流尽寒花去不回。
何人夜半吹横笛，清雪霏霏洒碧苔。

暮春送客

凄凄风雨江皋路，送客何堪值春暮。
别筵一奏离鸿曲，樽畔飞花落无数。
君今提剑将远行，白马青袍满齐豫。
身经虎穴须出奇，安有人豪但无惧。
朝廷方切鼓鼙思，如君雄略复何疑。
直须净扫中原土，长记春江击楫时。

读《秦始皇帝本纪》

昔者列国累千百，岁争月斗无已时。
秦皇置郡三十六，其制遂作万世规。
后来鼎革乃龙战，往往百年享清燕。
竖儒苦持封建议，夏虫语冰岂能见。
当时罪恶如山丘，求仙采药何足尤。
帝王但须有灵骨，轩辕鼎就乘龙游。
仁义不施攻守异，贾生过之颇切至。
继世若非两庸竖，隆准龙颜老泥滓。

赠汪王二生

芳林几按春风曲，簧舌哀丝倚箫玉。
但能娱耳未娱心，激楚纤阿邈难属。
范生一变娄东调，始为三弦浣凡俗。

玉楼征歌驾螭去，犹有王卿雅音续①。
火云欲铄黄金罍，凉飙忽自冰弦来。
汪子吹箫称国工，乌纱白葛相徘徊。
是时斜阳澹青壁，竹梧如沐无纤埃。
众宾气静蝉亦寂，惟有荷香时拂杯。
清歌徐共箫声引，娇莺春语霜鹤哀。
吐字清历腔精纯，檀牙按拍正且均。
婉转曲尽作者妙，汉卿意思实甫神。
轻挑细滚分复扫，四声为主弦为宾。
宫调十则九异弹，如无定律律乃真。
缑岭仙音满华屋，盈耳清弦若无竹。
以知歌吹如一籁，逸韵深情自相逐。
俗箫和声不和情，随歌苦缓先苦速。
汪子神致殊不凡，音如其人雅渊穆。
吾闻箫有九不吹，今夕何夕闻三奇。
收弦罢拍箫亦阕，余趣犹令心魂怡。
雷轰鲸吸忽欢噪，葡萄百斛香淋漓。
杯阑耳热试借问，吾辈何如钟子期？

坠马行

我昔少年二十许，绣袍紫马榆关驰。
右手臂刀挟三矢，左援乌号缰青丝。
金鞭小指袅飞电，蚁封曲折矜容姿。
悬崖半堕更腾上，一发犹贯双文狸。

① 据张氏第三次刊印本谓：“犹”应作“独”。

自从貂珰逐强项，十万兜牟气摧丧①。
折弓去马三太息，博带裒衣竖儒状。
斑管晨摇白玉堂，银笙卧听青牛帐。
龙性夭矫豢渐驯，髀肉恒满春复春。
骨柔筋缓壮色尽，霜髭勃勃欺朱唇。
昨朝骑马国门里，金城贝阙连三市。
两手抱鞍忽颠陨，康庄徐驱尚如此。
道旁老革顾我笑，昔日榆关少年子。
曾闻车前须八驺，辟人除道行夷犹。
乌台赤棒不复惮，肩摩毂击如其俦。
回轮九折亦人子，焉得交扇遮颜羞。
君不见，桐江逸人卧不起，安坐披裘钓江水。

题　画　像

十涉杨子江，三蹑金山巅②。
但眺六代余云烟，不知江峤藏高贤。
上阳先生晓读易，澄心冷浸秋潭碧。
古来砥柱多逸民，义声或震蛟龙宅。
谁为先生写此图，令我凭几游江湖。
胸中柴棘一涤荡，安得借我小艇还西吴。
吁嗟乎，先生白发日行乐，我发苍苍但缠缚。
金山如拳能笑人，矻矻吹藜天禄阁。

① 编者按："兜牟"应作"兜鍪"，古代战盔，此处借指军队。
② "杨子江"，即"扬子江"，盖"杨"与"扬"为通假字。

不雨行

三冬不雪春不雨，晴霾昏昏作寒食。
桃花李花尽尘土，强放春堤少颜色。
恒旸未测上天意，播种但费农人力。
我闻吴浙颇丰稔，邦畿拜恩理先得。
如何昨潦今苦旱，越货探丸路充塞。
或言三辅吏道杂，大县豺虎小鹰鹯。
白简一摘如撼山，铜符继至仍滔天。
蝗蝻一生九十九，此曹绳绳将无然。
君不见，汉时卜大夫，片言悟明主，
云烹弘羊天乃雨。

冰车行

城南玉河冰绕城，小车辘辘冰上行。
绋缅缩版铁龂轮，一夫牵挽如叶轻。
金鞍倦客行次且，褰裳下马坐此车。
河冰若砥车若矢，四体逸泰神闲舒。
长堤森柳含金雾，车中片晷江南路。
明铛锦袖交冰衢，仿佛吴船荡春渡。
寄言御者慎勿驱，垒冰作山倾斯须。
伏流蠕蠕狐迹绝，苍龙青辂来东隅。

送薛既扬

君不见，梁溪四月繁花落，客子褰裾别香阁。

玉钗挂冠留不得，出门笑说长安乐。
长安罗绮艳青春，赵瑟燕歌解殢人。
但愿紫霄翔锦翼，莫教碧水断丹鳞。
丹鳞锦翼长相恋，红蕖黄菊流光变。
玉岫烟疑浅黛眉，金台月想凝妆面。
烟眉月面梦依依，强洒冰毫赴锁闱。
楮上云霞争变态，行间珠璧烂生辉。
麾珠抵璧无人识，南威西子空殊色。
纨扇长从箧笥捐，罗衣渐觉风霜逼。
霜逼征衣归思浓，花笺小字发重封。
争羡文鸾随彩凤，宁知菡萏妒芙蓉。
菡萏芙蓉谁厚薄，回骖早拂青丝络。
辕短仍须麈尾催，镜飞莫负刀头约。
经时相隔转相怜，中妇清讴小妇弦。
华灯自续情边句，璧月长期醉里缘。
醉里再倾红玛瑙，三缄莫泄回文好。
温柔乡梦半醒时，有人斜抱云和恼。

春　雪　篇

长安二月春初好，舒红袅绿青楼道。
七成宝帐夜微温，五出霏霏点芳草。
斜舞瑶空已半融，薄铺玉戺无须扫。
绮树俄添浅素辉，罗衣渐觉轻寒恼。
浅素轻寒剧可怜，迷离春望惜春天。
低侵春院长兼雨，遥集春山半带烟。
入梦每伤莺唤后，怀人多在燕来前。

寻芳畏湿莲花步，对景慵联柳絮篇。
柳絮浑如荡子情，紫骝当日踏花行。
凤凰城里雕轮度，鹦鹉洲边晚棹横。
此时见雪还相忆，此际看春转自惊。
雪想玉容临宝镜，春随纤手入银筝。
春雪春风几朝暮，春花自恋琼台树。
妾恨宁如雪易销，君心愿共春常住。
冷霰先欺玄菟城，阳和不到黄花戍。
夜雪金垆共夕香，春游莫向天涯路。

羊皮半臂行

秋高风紧客衣薄，装绵着絮总不温。
垂首抱膝坐长叹，笥中故裘无一存。
羊皮蒙茸众所陋，才作半臂少襟袖。
上不覆肘下露骭，仅免胸背朔风透。
几年碌碌秉国均，天下岂少无衣人。
不如贤守歌五袴，微躯皴裂何须颦。
清樽暖室曾自奉，神气融和笔泉涌。
翻就霜风醒醉颜，紫貂狐白犹嫌重。

赠潘子子见

潘郎江左知名久，三五年前始相识。
再入棘闱不得意，一旦修翎堕缯弋。
仰天长鸣曾不闻，斗大茅茨共栖息。
诗成每就老人正，意思清新气英特。

我学此道今皓首，少壮精神误修饰。
上溯汉魏下迄唐，模形肖貌颇自得。
譬如临拓古人书，依式双钩复填墨。
老来悔悟稍脱落，齿衰才尽日已昃。
吾子下笔如春花，腻白夭红好颜色。
结成秋实会有时，且须烂漫逞胸臆。
即今局促尘网间，塞马得失安可测。
鸺鹠夜啸魑魅舞，转眼阳光破昏黑。

筑墙移菊作

黄菊离离短墙畔，欲残未残更堪玩。
一朝畚锸不相容，瘠壤荒篱复迁换。
悴瓣犹思湛露滋，孤根不受贪泉灌。
死抱寒枝未肯离，情依故土难中断。
君不见，芳园桃李春芬菲，金铃绣幕长护持。
微风才吹辄零乱，辞条倏忽东西飞。

白头宫女行

白头宫女自何至，缁衣褵褷不曳地。
合掌长持净土经，伤心尚忆前朝事。
前朝当日选娇娃，涕随阿监入西华。
黛冷修蛾难奉辇，琴操别鹄苦思家。
思家荏苒韶年度，自怜长在云霄住。
兰殿千重不记名，桂宫九品宁知数。
桂宫兰殿倚天开，玉柱琅璈彻夜催。

妆镜未收红粉艳①，羽书忽报赤眉来。
赤眉攘攘天初曙，十万貔貅不知处。
长安市上虎群游，玄武冈头龙独去。
珠沉翠死满瑶阶，何幸昭仪玉早埋。
鸳鸾合殿旌旗乱，蓰若珍台剑戟排②。
剑戟丛中身偶脱，香奁宝钿人争夺。
梓里凋残何处归，花宫寂寞无聊活。
萧萧白发竟谁依，魂梦时时到禁闱。
请看锦绮袈裟片，犹是椒房旧赐衣。

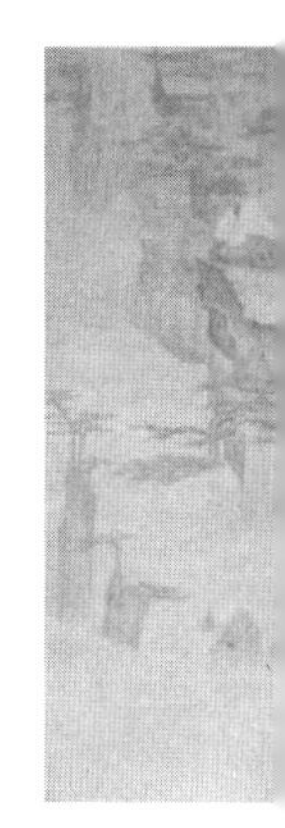

寄　衣　曲

绿窗夜静蟾光白，掺掺素手亲刀尺。
借问裁衣寄阿谁？黄沙紫塞长征客。
征客迢遥几度秋，未开纨素涕先流。
金针缝处丝丝恨，并剪裁来寸寸愁。
君衣长短犹能记，君身肥瘠知何似。
添线还忧朔雪侵，装绵那御边风刺。
昨夜边风送梦归，分明携手诉无衣。
短裘蔽体花全落，敝葛经霜雁已飞。
千山万水难亲致，重重结束殷勤寄。
将去兼传锦字书，著时试看兰闺泪。
泪尽兰闺春复春，龙城疑有织缣人。

① 编者按："红粉"原作"红纷"，乃讹误，径改。

② 编者按："蓰"字底本如此，音义不详，据文意推测或为"莅"字的异体写法。

应怜菅蒯长如故，莫似衣裳更喜新。
衣新人故情无极，绡縠何如妾颜色。
彩缕挑为并蒂花，香机织出双飞翼。
并蒂双飞最可怜，心随针线到君边。
玉帐近移雕鹗岭，金戈方枕鹛鹈泉。
金戈玉帐偏憔悴，却拥寒衣不成寐。
夜半惊看烽火光，秋深厌听边笳吹。
何日征车去贺兰，何时归马渡桑乾？
翠裘赐出方承宠，鸳被裁成待合欢。

昭　君　篇

古来女宠亦非偶，无盐娇好昭君丑。
君王有心妾有命，颠倒何必画师手。
玉舆珠勒出萧关，龙庭一去不复还。
夜夜胡笳搅愁耳，年年沙碛损红颜。
老死深宫空局促，嫁作阏氏复身辱。
抚今追昔无一可，弹尽琵琶不成曲。
披香合欢隔死生，齐国家山梦不成。
惟余孤冢青青草，朔雪边云万古情。

古　槐　行

正德年间锦衣狱，空同先生曾桎梏。
狱神庙中槐青青，诵其遗咏犹涕零。
百五十年狱市改，古槐葱郁依然在。
虬须龙爪凝繁霜，阴阴欲蔽白日光。

万叶号风扫深庙，惨若怨鬼夜群啸。
我闻古树多神灵，况乃历纪居此庭。
云旗缤纷集其下，扶疏长护青螭驾。
明末顾厨钩党时，百千荼酷知不知。
我来倚树几心恻，缅想皋陶迈种德。
生时作士没作神，必非尚法不尚仁。
槐叶初浓就羁绁，重阴雕尽未洗雪。
编摩吟咏朝复昏，冀幸身辱言或存。
君不见，空同诗篇满人口，古槐附之亦不朽。

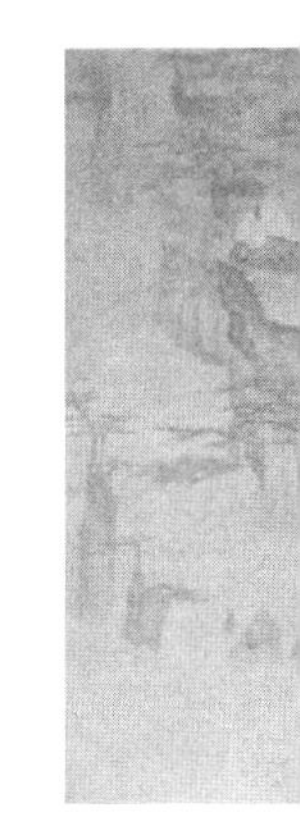

射　虎　行

木叶惊飞北风烈，群虎耽耽出深雪。
咆哮未入城市间，蠢尔不知人可啮。
拟金大叫辄奔逸，但攫畜兽窜其穴。
山间健儿能控弦，弟出虎后兄虎前。
譬如用兵错奇正，只轮匹骑何由旋。
大黄未发目无虎，射罢一笑神恬然。
所乘两马亦腾达，视若犬豕恣蹴踏。
邀我升堂进虎肉，熊掌貙肩递烹割。
持觞请敛弦与筈，有虎如此不足杀。

逐　鹿　行

龙沙迁客长苦饥，种禾莳黍食其力。
麇鹿纷来恣吞啖，千百为群逐不得。
不见猛虎蹲崇冈，强弓劲弩潜其旁。

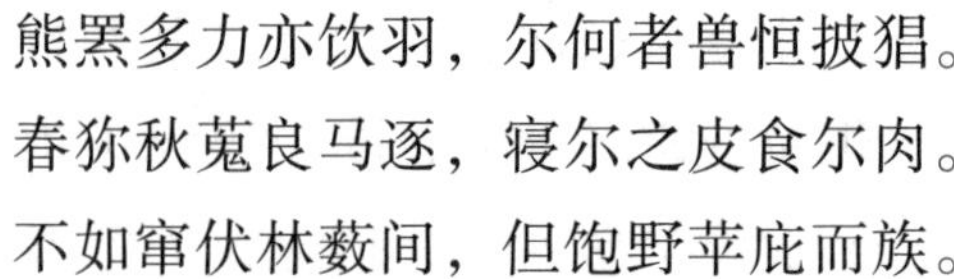

熊罴多力亦饮羽，尔何者兽恒披猖。
春狝秋蒐良马逐，寝尔之皮食尔肉。
不如窜伏林薮间，但饱野苹庇而族。

采 参 行

神农尝草累千百，惟有人参益神气。
宋时颇贵上党产，前代清河亦其次。
迩来晋中鲜遗种，远者多自朝鲜至。
质虽莹洁味颇薄，不若辽山土膏异。
紫花碧叶玉作根，人形食之仙可致。
春秋撷取献所司，上供御药次颁赐。
辽左贫人竞偷采，弱者徒步强者骑。
官府法令颇严峻，乃有巨猾董其事。
今年解网不穷竟，明年群出势弥炽。
榆关守将职讥察，大车小车过如戏。
吾闻古者弛山泽，惠此小民事亦易。
不然税若盐与茶，长使大官擅其利。

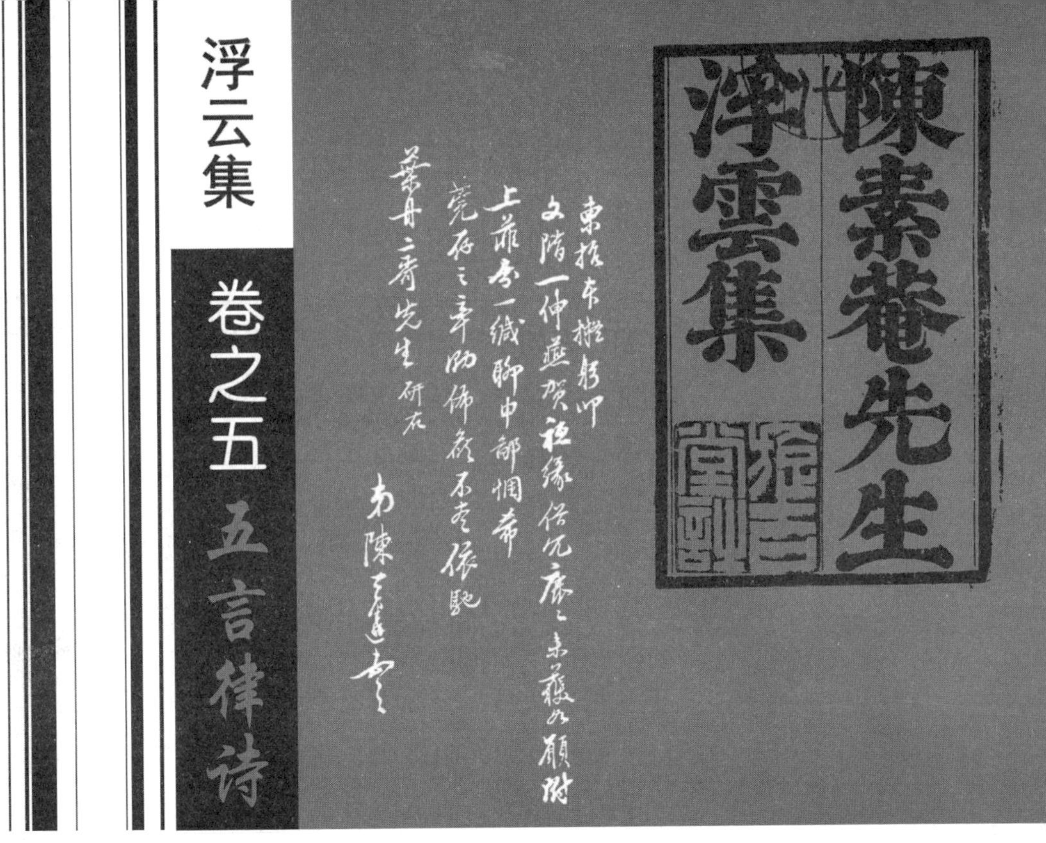

折　杨　柳

灞桥杨柳色，阅尽别离人。
远道何时返，柔条与岁新。
垂阴亲绮席，舞絮泥雕轮。
吹入龙堆笛，应回塞草春。

紫　骝　马

逸足追飞电，调良自性成。
更增珠弹巧，顿使铁衣轻。
晓辔胭脂映，春鞭翠黛迎。
几年随骠骑，蹑敌过龙城。

铜爵伎

霸气一朝尽，深宫罗绮哀。
空怜瑶瑟奏，尚想玉舆来。
黛色三秋柳，兰心五夜灰。
漳流如有恨，呜咽绕高台。

关山月

共此清秋月，天涯不忍看。
度关光自惨，临碛影长寒。
甲拟何年解，衣从昨岁单。
遥怜思妇苦，通夕倚雕栏。

昭君怨

徘徊辞玉殿，临去识君王。
指沚琵琶月，心寒觱篥霜。
寄音希节使，掩泪改宫妆。
不及图中貌，犹存乙帐旁。

长门怨

金屋承恩日，情深不自量。
长应辞柏寝，曾得备椒房。
辇路春芜绿，宫墙夕照黄。

千金虚买赋，沟水怨何长。

长信怨

奉恩谁毕夕，辞辇久心知。
芳树留花少，寒阶到月迟。
时移惊素节，梦醒感凉飔。
歌吹椒风舍，为欢及盛时。

临高台

高台当曲渚，日暮一登临。
风雨三秋色，关河万里心。
断云依岫合，归鸟入林深。
彼美何由见，低回涕满襟。

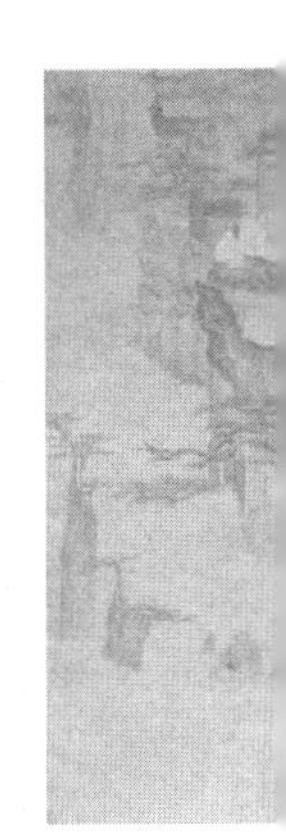

芳树

花叶故相依，枝枝绕翠帏。
久看惊烂漫，欲折惜芳菲。
草色将愁远，春情与梦违。
年年二三月，长自素书稀。

有所思

始信张平子，伤神赋四愁。
书来人不见，梦去道无由。

河汉年年泪，云山树树秋。
知君明月夜，怯上最高楼。

妾薄命

妾命由来薄，君情雅自深。
水清终见石，花落尚依林。
锦织伤心字，琴操堕泪音。
明明天上月，长照故人心。

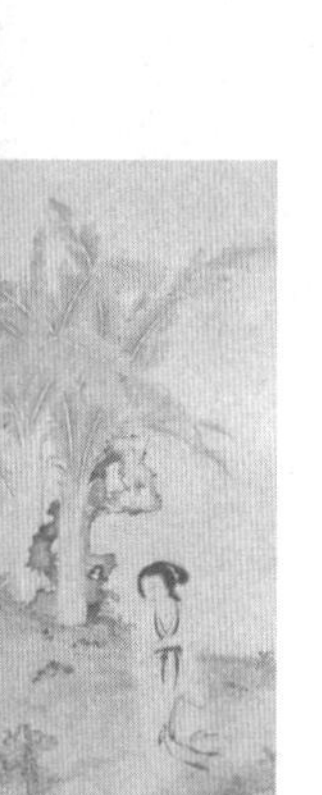

梅花落

玉笛一声发，寒花万点飞。
忍看春寂寂，还共月依依。
色借宫妆巧，香贻驿使稀。
明年霜干下，一倍恋芳非。

出塞

阴风吹不歇，转斗过龙堆。
千古杀人地，一身提剑来。
血腥胶甲缝，霜气透弓胎。
敌阵前驱近，苍黄夜探回。

入塞

已分沙场骨，今朝入汉关。

功高惟计杀，身贵却愁闲。
手抉边云出，髯携塞雪还。
中宵惊梦觉，鼙鼓震阴山。

陇 头 水

陇水与征客，东西皆不知。
分流自何日，驱马去安之。
万里九回坂，一身双鬓丝。
秦川空极目，幽咽正鸣悲。

巫 山 高

千古伤心色，宠炊十二峰。
翠旌朝掩映，玉珮夜从容。
云树碧无数，雨山青几重。
可怜三峡水，流梦去淙淙。

戊辰下第作

圣主龙飞日，愚生蠖伏年。
网罗非独漏，黼黻固多贤。
岱色留游屐，江花引放船。
此归殊不恶，未许俗人怜。

山 行

闲逐白云去，幽溪皆未经。

山深殊气候，树古宅精灵。
半岭夕光紫，一天秋气青。
乞茶寻曲坞，寂寂竹扉扃。

山　　家

云气杂炊烟，茅茨古树边。
因溪便水碓，恃雨熟山田。
稚子狎宾客，老人忘岁年。
桃源只此是，何地更寻仙。

北山最深处

度险山弥曲，穷源径屡迷。
蛇行穿藓洞，猿挂下松溪。
触石腥云出，憎人怪鸟啼。
昔游谁过此，漶漫翠屏题。

游玉龙山

玉龙蟠碧岫，千载积烟霞。
迸石松生瘦，从风瀑挂斜。
星坛临宝树，月御拂瑶华。
不解来游客，何心更忆家。

辛未下第作

上林春色好，几度让人看。

先达持衡当，微长入彀难。
无花分宴席，有柳送归鞍。
色养三年在，高堂意必欢。

对　　雨

（一）

对雨忽不惬，怆然伤早春。
候迟梅尚压，膏动麦将匀。
圭组因时贱，戈矛与岁新。
颇怀花坞集，偃仰共芳辰。

（二）

春事非畴昔，沧浪卧亦难。
锄荒场稼少，屐懒寺花残。
鞶帨违今好，杯铛减旧欢。
寂寥耽雨坐，风响碧琅玕。

晓泊放生池

客梦在春水，碧林闻鸟声。
山披花雾出，天带绿芜平。
率尔古堤步，澹然初日明。
不须羡鱼乐，吾意欲无生。

晓行即事

破梦轻桡发，披烟渡碧林。

残星疏晓色，小雨弄秋阴。
客思一萧瑟，回波时浅深。
荒塍遗穗少，树树噪饥禽。

横塘寻菊

菊候迟霜月，林容肃野塘。
共携秋兴出，不觉昼杯长。
一径踏幽翠，数枝霏静香。
重寻恐萧瑟，郑重把斜阳。

秋郊观射

气肃雕弧劲，原平画鹄开。
六钧知绝力，一发见殊才。
草白风惊卷，沙黄照返来。
少年曾射石，袖手重徘徊。

梅

委砌寒芳歇，攀林野趣哀。
气犹芬晓幔，影已绝深杯。
素手曾怜折，春眸自倦开。
何人横玉笛，纤月吊苍苔。

甲戌下第作

穷达亦何有，惟嗟壮岁徂。

时艰虽右武，上意本崇儒。
欲泣元非玉，频投敢谓珠。
良朋半腾达，身遇复何殊。

分　水

诸泉疏瀹远，分派此山阿。
润下南流少，朝宗北注多。
投鞭虞寇盗，沉璧视江河。
飞挽年年迫，惊心抚逝波。

伤　季　弟

二俊吾非匹，三常尔独贤。
何堪花萼泪，并洒蓼莪前。
刺股宵陈箧，椎心昼橐饘。
长号犹在耳，鸡骨委穷泉。

登莲花峰次黄夫子韵

灵气随芒屩，溪云得所从。
墨飞多洒竹，杯静每闻钟。
侧帽穿垂乳，回筇就古松。
诸山知拱伏，交翠绕莲峰。

游　中　峰

共散午余步，偶登尘外峰。

轻飔歆白岭，危磴滑苍筇。
院静惟闻瀑，云深稍辨松。
老僧徐出定，微笑说南宗。

啸碧堂同徐元叹诸君小集

荷潭鉴毫发，似写丈人心。
永日淹深爵，徐风惬静襟。
试泉调茗性，哦石恋桐阴。
咫尺分城阈，重欢岂易寻。

雨后饮徐氏庄

阁爽驱残暑，帘疏入众峰。
晚凉生酒力，时雨沐花容。
荷递风香细，松筛月影重。
习池吾喜过，诘旦更相从。

憩月明庵

竟日梵宫坐，悠然何所怀。
不曾参白法，偶尔伴清斋。
云尽月当阁，叶飞霜被崖。
老僧能送客，半下草堂阶。

伏虎禅师塔

伏虎亦何异，禅林传至今。

虚空留幻相，定慧想安心。
一片碧山在，九秋丹叶深。
缅思竖拂日，缁素绕松阴。

真歇禅师塔院

五叶纷无已，惟师歇是真。
我来林下宿，独扫塔前尘。
石火观三界，风花悟一身。
休心如有法，狂象亦堪驯。

寄汰如上人

致讯东林老，清言久未聆。
几人窥大道，近日说何经。
两地月同白，一窗山自青。
每怀秋爽夜，茶话竹间亭。

再谒密云师

法席开云壑，斋心此再过。
当机知悟浅，闻道悔辞多。
优钵花争供，频伽鸟善歌。
他生如不昧，长拟侍维摩。

秋　　泛

碧水荡秋情，轻舠缓棹行。

气清千树出，兴到数峰迎。
远渚浮鸥色，回汀隐雁声。
偶然思胜友，乘月度江城。

瓶　　菊

残菊有殊色，佳人贮玉瓶。
若为伤折赠，暂尔惜飘零。
托润依杯水，扬姿照尺屏。
摩挲秋烛下，耿耿倦怀醒。

舟　　菊

孤清非异节，欢戚自殊端。
昔敞重阳宴，今弹两泪看。
选枝尊正色，放蕊敌初寒。
容尔亭亭立，因知钓艇宽。

白　　菊

绝品黄英贵，分芳素萼奇。
种闻银锁异，名擅鹤翎宜。
白节符珍赏，清霜发玉姿。
自伤淄涅久，惭把出尘枝。

僧持黄夫子书来，盗投诸水

夫子淹梁岳，书邮藉老禅。

字珍宜诲盗，言洁合投渊。
肝胆蛟龙得，精神鲤雁先。
不将持告密，犹叹胜时贤。

哭　大　舅

五十虽非夭，流离少定居。
病深胠箧后，没值覆巢余。
浅土难浇酒，今春尚赐书。
舅贤甥未似，千载恨何如。

喜张卿子至

江城春渐好，吟醉不成欢。
老友随年减，新知托契难。
时危惭我逸，句险待君安。
不厌云根坐，飞花满箨冠。

集庆寺同僧观宋理宗像，寺有两妃墓

（一）

灌莽空王殿，残缣宋帝容。
凝旒知侧席，失策在销烽。
电火僧同叹，香华鸟或供。
玉娥双冢近，幸不葬黄龙。

（二）

两山诸宝刹，强半宋离宫。

兹寺松溪邃，何年石径通。
阴岩沉夕翠，枯树坠秋红。
衮绣虚图画，宁惟粉黛空。

斐庵感旧

（一）

梧岩连桂壑，斜对玉兰阿。
叶细留莺浅，香深抱蝶多。
倦云归藓壁，疏月满烟萝。
忽起东山卧，支扉正咏歌。

（二）

据石论诗细，觞花得句豪。
精堪穷棘末，雄可拔崧高。
典则归周雅，渊源溯楚骚。
鹤阴恒属和，凄绝忆垂髫。

（三）

凉照延虚牖，桐阴澹半庭。
清弦一再抚，秋雨霏微零。
和气悦瘖瘵，古音深性灵。
如何广陵散，却向夜台听。

（四）

咫尺河山邈，三年不忍居。
拂琴如动操，凭几见摊书。

锦石明红药，香波隐玉鱼。
白头宾从在，洒涕子云庐。

寄余武乡孟威

黾勉绥残邑，名应冠冀方。
劳人多练达，孝子必循良。
地冷铜鞮古，山春墨绶香。
石盘登憩处，知已植甘棠。

舟行杂诗

（一）

苇荻有霜色，寒江远溯游。
云横天断续，涛浴屿沉浮。
铁马荒陵夕，铜驼废殿秋。
石头城下水，谁挽向东流。

（二）

射阳连甓社，泽国旧甘肥。
水涨鱼虾少，耕虚黍稻稀。
俗柔无战伐，兵久易凋微。
闻近陈琳墓，无繇酹落晖。

（三）

啮曹河势怒，涌峄岱支遥。
沉璧蛟宫窅，残碑藓篆消。

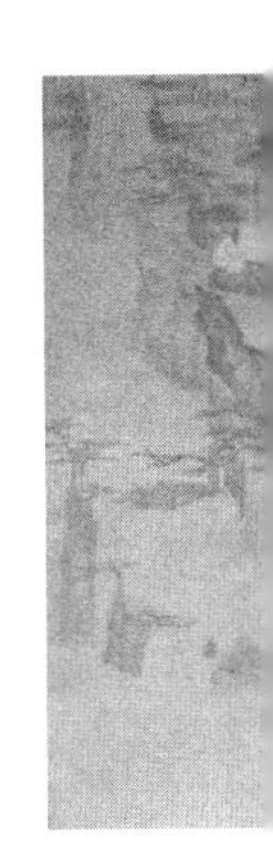

烬村时有寺，危渡总无桥。
所见皆桑海，宁惟叹黍苗。

（四）

淮浦达钟吾，浮漕二百途。
治非无上策，时或弃讦谟。
骇浪蛟龙缩，中流日月俱。
古祠喧夜赛，仿佛翠旌驱。

（五）

湍迅新渠水，疏从万历中。
存亡非地利，通塞岂河工。
巨浸连徐宅，寒芜没沛宫。
孤桡竟何意，汩汩暝湖风①。

（六）

逸致无今古，吾来太白楼。
南池明月好，中夜一樽浮。
地络襟清济，星躔割降娄。
燕吴各有恨，双泪洒分流。

（七）

汶济已无民，孤舟强问津。
蒿长堪隐骑，狼聚欲邀人。
颓雨墙高下，啼霜鬼旧新。

① 编者按："汩汩"，原误作"汨汨"，径改。

寥寥同济客，燕粤若周亲。

（八）

八九凉秋月，东南竟日风。
阳和余律转，欢噪众舟同。
渚气浮城白，林姿逼幔红。
栖栖别有痛，不是阮途穷。

小 元 旦

三叶春蓂吐，双樽柏酒新。
土风传小旦，觞祝半元辰。
泽动烟云变，庭和鸟雀亲。
帝城行役始，绎绎转朱轮。

杨村道中

复有燕台役，朝宗路欲迷。
春冰危渡马，午陌远闻鸡。
壤黑川膏动，霾黄日气低。
载途纷组练，攘攘向三齐。

寄 湘 蘋

（一）

之子吴趋秀，清才小淑余。
渊源芝种共，燕婉凤占初。

数载流连地，残冬涕泗书。
何当芳草陌，云送七香车。

（二）

吟就谁欣赏，题笺只寄君。
衣寒宽带觉，枕寂远钟闻。
旧邸寻芜径，愁空数雁群。
几宵襟绪扰，朦眼梦纷纷。

答秋岳即席留别之作

计日骊驹发，停杯有一言。
交宜求国士，家勿卜雄藩。
闻道诗名细，全生酒德尊。
三齐烽不定，书剑且津门。

送胡循蜚之任衡州

（一）

莫嫌官僻远，便道得宁亲。
忠恕无危地，贤劳譬古人。
映袍湘水绿，迎幰岳花春。
凿齿流风在，千秋尚可遵。

（二）

近说湘东郡，秋来梗乍驯。
捷闻称按堵，痛定少完民。

金革销疑畏，川岩护隐沦。
雁回君适到，一札报同人。

戊子人日

蔼蔼元正日，栖栖再世人。
不灵齐万物，无力念蒸民。
元节愁淹候，青阳望越旬。
却怜河畔柳，含意待芳春。

赋得绿杨三月时

春与美人暮，柳丝摇玉津。
如何韦曲雨，长送灞原尘。
波暖萍初化，花残鸟尚亲。
攀枝方怅望，络绎过雕轮。

答赵韫退

赵宋山东妙，论交自昨年。
鸡坛俄聚散，虎观竟流连。
丧乱嫌身在，文章恃友贤。
五湖安敢忆，梦断钓鱼船。

寄　　友

怀君若江水，日绕石头城。
着屐何山好，编书几岁成。

洞云封古色，松月澹秋情。
莫忆浮沉客，霜颠愧友生。

春暮送客

伤春频作恶，况复引离觞。
生事燕游薄，归心楚梦荒。
袖痕留别泪，鞭影没斜阳。
从此长悬榻，闲云过竹堂。

送人游秦

三剑指西京，高秋古渭城。
三峰悬汉月，万树起秦声。
年少轻为客，时难患得名。
怀人登紫阁，应忆别筵情。

己丑人日

违亲长此日，抚景愧为人。
彩胜余吴俗，银幡想汉春。
暖将霜色去，晴发客怀新。
黔首犹鼙鼓，应烦帝力均。

元　　夕

（一）

芳夕当三五，华灯与岁新。

酒随年力减，宾借物华春。
邈莫缯楼宴，喧呶紫陌尘。
不须看火树，自有月新人。

（二）

战鼓何年息，银花照剑镡。
土风怀泛粥，客梦记传柑。
竞醉月狼籍，静观天蔚蓝。
省中安寂寂，官茧不须探。

十 三 夜

眩目东华市，豪奢忆往年。
一灯钱十万，四座履三千。
榆柳繁新火，龙螭贱旧悬。
翩翩红叱拨，初试月明鞭。

十 四 夜

朱毂暮交驰，绣茵金屈卮。
灯欢将盛夜，月看未圆时。
渍雪春堤软，分梅锦袖私。
少年曾乐此，忆杀越江湄。

十 六 夜

不放灯宵假，金罍适未虚。

踏歌怜景促，起舞幸生馀。
宝炬彤云乱，春衫碧草如。
君看燕市月，已减一痕初。

十　七　夜

此夜犹燃烛，钱王昔买灯。
驾虹桥已没，迟月槛同凭。
永漏淹丝竹，馀欢恋毾㲪。
来年春倍好，郑重约良朋。

送友人备兵潼关

送君逢好春，青柳拂朱轮。
赐履兼分豫，当关独控秦。
岭暄宫树绣，雨霁岳莲新。
偃武方归马，还宜问隐沦。

清　　明

清明身万里，雪涕荐馨香。
筵几增新鬼，粢盛出异乡。
礼悲筋骨短，愁逐岁时长。
肠断吴山麓，霜风冷白杨。

二月闻雁

此地尚未暖，尔归应更寒。

冥飞怀海雪，稳宿想江滩。
故国人千里，虚堂瑟一弹。
何烦重嘹呖，前夕泪阑干。

寄桂林王郡守嗣皋

从军趋幕府，得郡桂山阳。
岭表蛮风杂，行间汉法妨。
援枹空象阵，列囷实瑶粮[①]。
为问离江外，何时入职方？

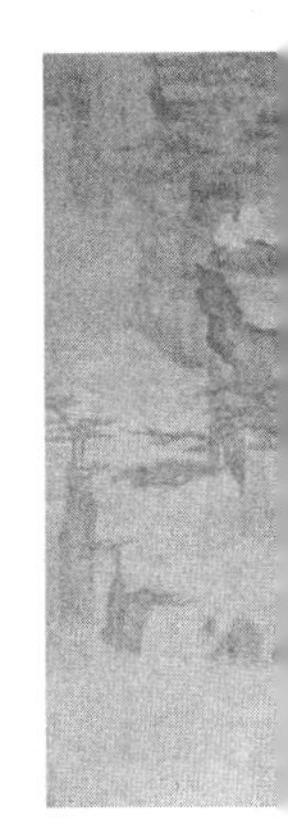

送张生游粤

平生诗数卷，持此欲安之。
交态绨袍见，雄心宝剑知。
桄榔阴昼陌，翡翠乱春枝。
若陟浮丘顶，应生世外思。

庚寅清明

（一）

丘垄三千里，京华四五春。
无田供俎豆，有弟扫荆榛。
月闪朱旗影，虹埋玉剑尘。

---

① 编者按：“瑶”，原作“猺”，是古代统治阶级对“瑶”这一少数民族污蔑的称呼。

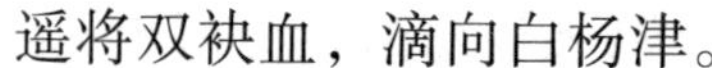
遥将双袂血，滴向白杨津。

（二）

春阴连海峤，惨黯蓟门天。
仗钺经营地，藏弓挫折年。
荐饧心共冷，钻火恨同燃。
泉上遗碑在，边氓几涕涟。

送王中丞抚宁夏

远略今南仲，雄边古朔方。
先朝曾蹙地，此去好开疆。
烽静龙旗月，寒生兕甲霜。
春耕贺兰下，莫使汉渠荒。

送人之蜀从军

乱后鱼凫国，荒残未易过。
荆榛连郡没，豺虎较人多。
栈雪驱晨马，营霜枕夜戈。
不知投笔士，何策达岷峨。

人谈蜀事

天府长瓯脱，遗墟望不真。
横戈惟有贼，膏刃更无民。
剑阁成虚险，瞿塘绝问津。

分符先后出，强半寓三秦。

送括苍吴六吉令临武

邑有热石山，置物其上立焦。

驱车炎徼去，吏隐舜峰旁。
瘠邑轻虞寇，残民远馈粮。
云容连晓岳，雨色引秋湘。
但抱冰心在，应令热石凉。

同诸公移酒集秋岳新居，去余寓咫尺

（一）

逸致黄尘外，高斋紫陌阴。
冰花纡骑滑，雪气入杯深。
倦耳嫌朝事，馀身恃友箴。
酒徒应让我，跬步易招寻。

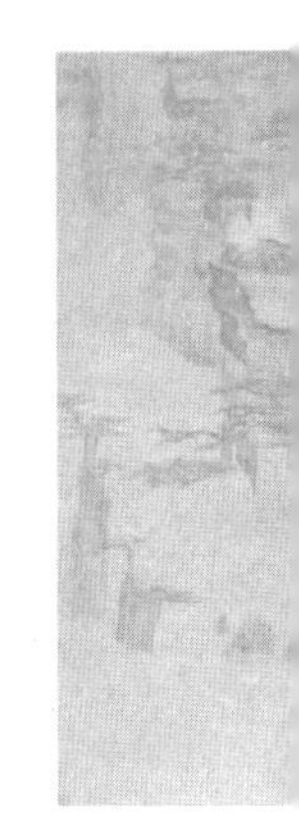

（二）

兽樽移未至，风纸咏先成。
传看兼惊爱，深哦得性情。
闰年人共厄，残腊序应更。
差喜条风早，春枝欲试莺。

偶　成

颇讶清和月，炎歊不可当。

齿衰先受暑，心定欲生凉。
远岫云舒卷，长空鸟鹄鸠①。
谁知天地大，辇毂有沧浪。

临武吴令迁武冈州守赋寄

旧泽留疲邑，新除出大廷。
时危三楚急，兵久两冈腥。
熊轼巡春陌，羊关肃夜扃。
公余吟眺好，七十二峰青。

即　　事

徘徊枯树下，始信子山悲。
摇落岂天意，华滋曾盛时。
息阴争密叶，推爱护微枝。
自是输桃李，年年逞艳姿。

赠张雪尌妹倩

浃岁犹羁泄，凄凄老弟兄。
飞霜侵梦冷，孤月照愁明。
骨肉应同运，悲愉岂异情。
只凭杯酒过，不敢念平生。

① 编者按：“鹄鸠”疑为“颉颃”之讹。

秋　　暮

（一）

春色应无分，秋光复遽还。
盛衰真转毂，愁病若循环。
夙果三生就，馀身百虑关。
何如黄落叶，犹得点燕山。

（二）

沉湘非得已，蹈海岂徒然。
薄命知今日，穷途信昔贤。
助愁通夕雨，催老早寒天。
恻恻捐乡国，如何在死前。

寄　　内

闻道鱼轩出，城南憩敝庐。
他人行入室，数载昔安居。
尘暗春眠榻，编残夜看书。
只应共儿女，流涕步前除。

初　　冬

（一）

渐短初冬日，偏长久客心。
从风疏叶尽，带雨暮钟沉。
安乐轻珠幕，饥寒惜布衾。

低回霜月下，不忍作吴吟。

（二）

世事已如此，馀生将若何。
自惭为德薄，敢望报恩多。
陋室长枯坐，高轩昔屡过。
何妨来日少，不必鲁阳戈。

冬日书怀同汉槎作

长空横断雁，故国杳双鱼。
谁道颠连久，今方患难初。
名污轻性命，身废怨诗书。
他日重携手，应连万死馀。

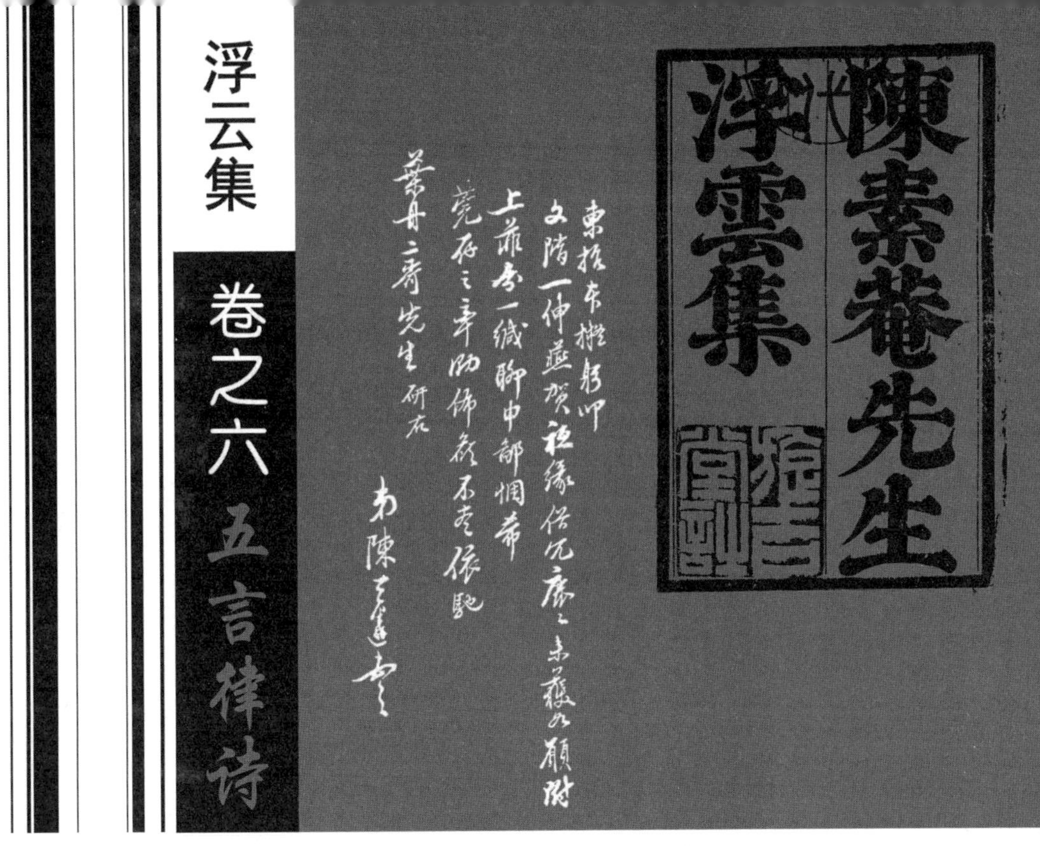

发 京 师

颂系俄经岁，长征欲赴边。
有生蒙难数，不死奉恩偏。
荒陌催班马，疏林乱晚鸢。
恐增迁客感，亲友罢离筵。

齐 化 门

国门今一出，步步向边庭。
暖日霜犹白，深春草未青。
家余空橐在，途感敝车经。
尚想回轮入，重窥紫禁扃。

通　州

他时潞河曲，几度命归桡。
流水仍通越，劳人却渡辽。
驱驰才一舍，宠辱不崇朝。
咫尺天阊隔，何须万里遥。

白　河

交亲离别泪，曾洒白河滨。
垂老无安土，凌晨复问津。
长萦芳甸色，犹接御沟春。
去去惭兹水，回头望玉宸。

三　河　县

四野连残雪，三河灌古渠。
分田腴壤尽，奔命力耕虚。
西日低征旆，东风引去车。
邦畿寥落甚，前路更何如。

蓟　州

（一）

京左精兵处，渔阳势特雄。
藩屏连上谷，厄塞控辽东。

代易芜城在，兵销故垒空。
忽闻羌管发，呜咽暮云中。

（二）

先人开府地，经画竟徒劳。
剑去龙长逝，弓藏鸟尚高。
雄风余俎豆，阴雨见旌旄。
清梦依稀接，长号挽战袍。

玉田县

昔时生白璧，此日起黄埃。
缅想仙缘异，弥增世网哀。
风尘春遽老，跋涉客重来。
怅望燕昭墓，招贤昔筑台。

还乡河

东窜人将去，西流水自还。
三年疲道路，万里隔乡关。
善病身如寄，前来发已斑。
丹鳞书信远，绠涕落波间。

丰润县

畿东诸郡邑，此地未经兵。
颇喜三农就，依然百室盈。

洞留仙字古，峰漏月华明。
溲水如人意，朝宗向玉京。

自丰润之永平

京兆连冯翊，遗民业屡抛。
探丸当白昼，胠箧满青郊。
蟠踞多营窟，谁何久借交。
近严乘马禁，廷议正呶呶。

永　平　府

分镇开东协，专城领北平。
万家今宿莽，千里昔连兵。
峻坂愁车覆，昏林信马行。
交情馀故吏，樽俎尚逢迎。

卢　龙　驿

孤竹高风邈，双松晚致清。
倦眸开翠色，愁耳豁涛声。
一扫征尘尽，萧然返照横。
忽思三径里，虬干拂檐楹。

沙　河　驿

恶草虚供帐，平芜识驿亭。

节财劳曲算，足国有常经。
地僻人烟冷，原荒战血腥。
嗷嗷未归雁，愁绝夜深听。

抚　宁　县

蓟丘东鄙地，残邑几家存。
巨浸濒沧海，层峦望石门。
沙晴春涨减，风横夕阳昏。
触目蓬科转，飘飘别故根。

山　海　关

（一）

北扼重山峻，南临大海环。
节旄雄异代，锁钥巩重关。
举义孤城奋，推锋剧盗删。
武宁人杰杳，英略许谁攀。

（二）

趋庭方弱冠，意气颇粗豪。
习勇麾龙盾，论兵薄豹韬。
壮心随发短，穷鬼笑人劳。
莽莽荆榛里，当时月榭高。

凄　惶　岭

入关者至此而喜，出关者至此而悲，故一岭二名。

关前欢喜岭，亦复号凄惶。

入塞瞻天近，投荒去路长。
土花生宿雨，边草杀春霜。
何日扬鞭笑，欣然返帝乡。

中前所

道左祁连冢，将军昔护羌。
先朝勤表饵，杂部习阴阳。
白虎盟难恃，红螺险遂亡。
遐思三卫地，失策自文皇。

前屯卫

九边农战日，辽左盛屯田。
宿饱征无敌，环攻守必坚。
几年轻募士，九赋困输边。
竟日蒿莱路，茫茫少爨烟。

中后所

税驾荒城里，聊登古戍楼。
度关山渐断，并塞海长流。
尘合疑昏暮，风来似劲秋。
黯然收泪眼，不敢望神州。

宁远

先子曾持节，贤王复建牙。

安危身并系，兴替事空嗟。
蔓草埋残堞，阴风卷乱沙。
尚传余部曲，扶义赴京华。

塔　山

野戍停车牵，茅茨压帽低。
短墙驰马度，斗室共鸡栖。
朋好乖双剑，生涯想一犁。
暮年空壮烈，魑魅欲相迷。

松　山

决战由中制，沦亡十万师。
天心知有属，人力欲安施。
碧海鲸长饱，黄沙鬼聚悲。
及枯多圣泽，谁吁九重知？

大　凌　河

辚辚车轸接，晓涉大凌河。
断岸春流急，平原野烧多。
风轻横俊鹘，沙软卧明驼。
尚忆婴城日，如云万骑过。

医巫闾山

巨镇神仙宅，征骖不可停。

盘纡知地脉，憔悴愧山灵。
月洗千岩白，松留万古青。
终期携象管，重扫翠云屏。

广　宁

风鹤西宁溃，残疆遂不支。
何如苏武节，谁指太真旗。
重地长瓯脱，余民偶孑遗。
连云多幕府，禾黍自离离。

自小合山之黄白旗堡

见说长征客，崎岖此路穷。
轮蹄交塞外，旬朔滞泥中。
出险欣晴日，清尘爱晚风。
却忘乡国远，引领盼辽东。

辽　河

夙驾临辽水，逡巡欲渡难。
同舟人马错，绕岸叟童看。
渺漠天弥大，荒凉地早寒。
居然穷塞客，几日别长安。

至　盛　京

丰镐兴王地，孤臣再谪居。

依稀趋贝阙，梦想见銮舆。
寒服暄犹着，春花夏始舒。
遗簪恩未薄，木凤且衔书。

过上人精舍

昔别元非意，重来亦偶然。
道心安绝塞，秋色净诸天。
茶熟松风里，花香石槛前。
病身殊怯棒，不愿更参禅。

柬 上 人

宝刹藏祇树，萧然独闭关。
心空青海外，身老白云间。
出定疏钟彻，忘言短拂闲。
翻经何所得，片月朗寒山。

庚子元夕

微雪兼零雨，潇潇洒客窗。
气寒灯不焰，愁剧酒难降。
烟火繁吴苑，莺花暖越江。
遥怜今夜月，朗照玉樽双。

雪

土膏殊未动，久燥颇愁人。

霰雪虽虚腊，沾濡尚及春。
润生瓜架色，清失草堂尘。
不日霏甘澍，欣看百卉新。

饮 郊 外

野人今渐狎，杯酌屡逢迎。
塞酒兼甘酢，村庖半熟生。
日长余暮色，溪暖动春声。
共卜西成好，清明永昼晴。

上 巳

几曲桃花水，他时泛羽觞。
酒分春渚碧，兰借美人香。
令节愁应祓，闲情老未忘。
右军差旷达，恨不共徜徉。

冬日柬上人

（一）

花宫晴雪里，潇洒病维摩。
云气留空少，松声入梦多。
一犁耽作苦，双屐倦经过。
为问西来意，拈提近若何？

（二）

悟后鄙神通，行藏与众同。

病仍亲药物，闲辄玩花丛。
疏牖春山入，澄潭晚照空。
相过无一语，何处著宗风？

三月晦潘子生日

（一）

安仁居骑省，已感二毛侵。
吾子犹青鬓，相交各素心。
花随斑管发，春入绿樽深。
诘旦看蓂叶，重新玉卮阴。

（二）

人事频年异，乡心此日长。
随春归未得，如酒算难量。
塞暖莺啼喜，风恬蝶翅香。
桑弧曾遍射，应不怨殊方。

暮秋积雨

木叶满霜空，萧萧日夕风。
客来人境外，秋老雨声中。
世事看残菊，乡心送远鸿。
如何高爽地，卑湿似江东。

季秋感怀

（一）

忽忽销长夏，凄凄及劲秋。

衰年恒伏枕，前月已披裘。
菊引乡园梦，杯淹旅舍愁。
浑河竟何意，日夜向西流。

（二）

莽荡龙沙外，秋情自不禁。
衣裳搜箧尽，霜霰剥床深。
倦送登高目，空怀见猎心。
萧萧清夜里，风叶亦哀吟。

寿上人

僧腊当初度，岩栖息众缘。
真空无量寿，大悟未生前。
野水归深壑，秋云淡远天。
共贪茶话好，暝色满林泉。

赠雪尌

暂乖移节序，重晤杂悲欢。
雪泞纡征辔，河冰罢钓竿。
老贪亲友聚，贫虑米薪难。
惊耳燕台事，翻思戍客安。

元夕无灯

此地亦元夕，风光何处多。

土寒膏未动，春浅气微和。
月尚怜蓬筚，灯应媚绮罗。
忽思青鬓日，火树照婆娑。

雨　　中

绝塞知交少，晴和屐罕过。
旧欢长寂寞，今雨复滂沱。
当暑亲狐貉，从人假笠蓑。
多惭翟廷尉，犹有雀堪罗。

八月二十五日雪

未到黄花发，先看白雪飞。
寒侵疏幌切，暖挟敝裘微。
物态怜秋草，吟晴爱晚晖。
江南丛桂下，犹自着罗衣。

慈惠寺拜密云禅师像

师曾住余邑金粟山。

锡杖来沙塞，袈裟坐石龛。
震威将一喝，作礼欲重参。
大地慈云覆，千山法雨含。
往时金粟会，一再宿精蓝。

送刘郡丞之巩昌

辽幕幽栖久，迁乔快此行。

卑车轻远役，五马亚专城。
陇坂今安堵，仇池昨偃兵。
当令西汉水，长似使君清。

苦　　雨

江国黄梅雨，如何此地同。
浃旬稀见日，入夜更兼风。
未许茅茨就，还愁稼圃空。
恒阴竟何意，不敢问高穹。

冬日感兴

朔气来无际，号寒万类齐。
日经愁地短，天入大荒低。
强酒徒高枕，加衣只敝绨。
古人殊可念，皂帽久栖栖。

冬　　夜

荒碛黄云老，幽岩白雪屯。
贫安蓬牖寂，衰恋土床温①。
远道驱残梦，岩更警静魂。
殷勤故山月，万里到衡门。

① 编者按："牖"原作"牖"，据张氏第三次校刊本，径改。

偶　　书

落落龙城外，将如岁晏何。
称怀新句少，感梦故人多。
下舍羞弹铗，长林想荷蓑。
乾坤元广莫，咫尺限辽河。

日　　短

日短山常暗，风高雪渐微。
谁家曾送酒，是月尚求衣。
耽睡貉群卧，冲寒雕却飞。
柴门弥寂寂，莫怪客来稀。

读诸君怀李尊师诗

此老昔相识，云亡倍可思。
杜门良有意，酬客若无知。
鼎冷丹还久，坛虚月到迟。
最伤支许伴，尘榻坐题诗。

冬日杂兴

（一）

凤城沧海北，龙塞白山东。
霜气浮危堞，岚光入旧宫。

四时风动地，千里草连空。
何处铙歌发，喧喧暮霭中。

（二）

驻马荒原上，苍然极望迷。
日随雕影落，天带雁行低。
沃野今耕凿，严城昔鼓鼙。
胧胧青嶂月，自向玉关西。

（三）

东北来群岫，西南汇众流。
风云随世远，冰霰逼人愁。
虎气腥松径，鸿声乱荻洲。
寒空聊骋目，野戍有高楼。

（四）

幽营长异域，箕尾本同躔。
每对沙场雪，如依汉苑天。
禁花寒不落，潜鲤冻弥鲜。
从狩临芳甸，传觞武帐前。

（五）

翠微连紫极，宝刹对琼台。
昼讲群龙下，春游八骏来。
黄霾沉涧壑，白月浸蒿莱。
异日登山屐，深幽夜未回①。

① 据张氏第三次校刊本谓："深幽"应作"探幽"。

（六）

池草名醒醉，庭花号合欢。
园依天际辟，山爱雪中看。
耳热麾貂帽，身轻狎玉鞍。
朔风迎剑珮，差觉五更寒。

（七）

一室栖幽洞，三冬卧冻云。
宿醅前岁熟，香粒老农分。
榛麓迷蛇径，松阴静鹤群。
花宫读书夜，曾爱北山文。

（八）

一夕同云合，开轩失众山。
玉骢鞭雪去，画舫载烟还。
终古明湖色，长春醉客颜。
几宵花月梦，迢递入榆关。

冬日闲居

（一）

亦在乾坤内，何妨寄是乡。
眼空开霁雪，骨老狎严霜。
从兽方焚泽，登禾早涤场。
岁寒谁可共，一室自行藏。

（二）

寥廓襄平地，苍茫肃慎墟。
陶匏余古制，茨土奂新居。
混迹差无竞，忘身颇自如。
停云忽有感，近得故人书。

（三）

浴日他年梦，樵云此日心。
几看沧海变，不厌白山深。
须发供寒暑，文章役古今。
朔风来万里，潇洒豁尘襟。

（四）

佳品原非乏，南人到始谙。
佐觞菱芡美，下箸蟹虾甘。
莲泊明秋水，松屏郁晓岚。
数寻王郦传，如共古人谈。

（五）

短日逢迎少，悠然物外情。
尝羹分蔌品，收种记花名。
雪气温先集，山容冻益清。
谋生初未解，不待到边城。

（六）

纫珮芙蓉剑，调弦琥珀篪。

土床延上客，烟酒醉新知。
介胄长为伍，琴书欲自疑。
淋漓黄叶上，濡笔强题诗。

（七）

较甚嵇公癖，年来懒习成。
五弦宁问调，二篹不求精。
迎客惜书废，出门憎路生。
经时青塞月，何意向人明。

（八）

海曲桃花岛，城阴麦子山。
冻云千里合，尘鬓一宵斑。
蒿径谁停辖，荆扉不上关。
何时泛舟去，得似幼安还。

寄怀吴子汉槎

（一）

季子暌违久，幽栖历岁年。
谁赓丛桂咏，忽废蓼莪篇。
堕指繁霜里，椎心冷月前。
最怜双袂血，因梦洒旻天。

（二）

夫征犹绝徼，妇叹复长途。
稍慰三年隔，难胜百感俱。

天长家更远，草白泪同枯。
太息终军妙，于今悔弃繻。

（三）

蒙难身何辱，求伸道未穷。
彦方来塞外，安国起徒中。
帐冻连绵雪，书稀断续鸿。
遐陬异天气，珍重御春风。

（四）

老病知胡底，心期属后贤。
敢云千古在，犹望片言传。
学道余今我，逃名失壮年。
故山如可到，待子白云边。

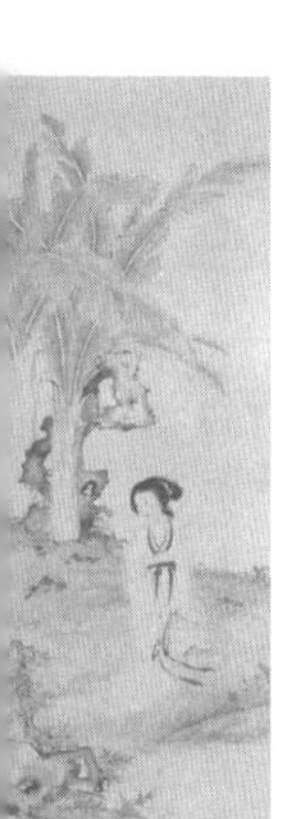

苦　　寒

故老惊相告，频年无此寒。
弥增茅舍寂，倍觉客衣单。
触雪求薪远，穿冰得水难。
凄清聊伏枕，不是拟袁安。

与子渊夜话感逝

江左如云士，词场快得朋。
整遗双白首，相对一青灯。
世故谁工拙，天心岂爱憎。

泫然闻断雁，叫裂暝烟层。

送陆子渊

好雨知人意，连朝滞客鞭。
暂欢殊未足，共老较相怜。
芍药红荒径，菖蒲碧浅川。
谁云近重午，才似暮春天。

秋日漫成

（一）

晚岁诸缘尽，逢秋更不悲。
虚窗含月好，凉簟席云宜。
瀹菊充香茗，羹葵佐薄糜。
偶从山寺憩，懒屐暮归迟。

（二）

朝来秋水至，滉瀁客怀开。
拂石观鱼坐，浮槎采芰回。
茫茫天地意，汩汩古今才。
何处舒馀兴，还登月下台。

（三）

峰峰青未改，八月候犹和。
水大求鱼少，霜迟获稼多。
闲身看木石，往事问山河。
窗外来吟伴，嘹嘹数雁过。

（四）

地僻何嫌寂，朋来不厌喧。
心空书剑累，耳绝市朝言。
皓月无虚夕，寒花尚满园。
少年何自苦，奋翮事高骞。

（五）

琐琐文章事，何劳镂肺肝。
不成诗更好，少饮酒弥宽。
宝笈开松院，珠琴静石坛。
却嫌宵梦里，犹恋旧渔滩。

（六）

齿长更哀乐，年来颇豁如。
物情元易见，身计不妨疏。
栖谷随深浅，看云爱卷舒。
霜丛剩生意，荒蔓未须除。

（七）

朱颜依禁苑，黄发卧荒林。
半梦异荣落，一身成古今。
转蓬浮世迹，如水素秋心。
入夜商风远，吹来钟磬音。

（八）

秋情将木叶，飘洒遍林丘。
野性违朱绂，馀生爱白头。

径深零雨积，坞曲过云留。
却老须灵药，吾心未拟求。

癸卯中秋雨

经岁盼兹夕，重阴何不情。
疾风斜雁阵，密雨湿笳声。
坐久烛频跋，吟哀杯强倾。
只应欢乐地，圆魄照分明。

邀 雪 尌

(一)

秋气日萧瑟，霜飙摇草亭。
相过希骨肉，谁与话飘零。
客久装逾薄，年衰药不灵。
车音今咫尺，侧耳几回听。

(二)

气爽秋霖绝，风高碛路干。
清樽迟骑从，皎月足盘桓。
棋品闲应进，诗情老耐看。
绕篱红蓼色，仿佛越江干。

追 旧

(一)

寝食荷香里，兰桡水一方。

腕闲聊翰墨，心醉岂壶觞。
沉渚月逾白，出林风更凉。
最怜清绝处，皓首未能忘。

（二）

才离歌舞地，数曲即幽岩。
青壁月斜挂，白云松尽缄。
半空悬石屋，绝顶度江帆。
信宿依灵境，神魂迥不凡。

（三）

小筑他时兴，烟霞喜地偏。
层轩开翠嶂，曲径引红泉。
夜梵香华室，春嬉罨画船。
栖心非动静，何处有尘缘。

（四）

何必穷珍错，湖头味故饶。
素鳞随手得，碧藕入唇消。
铃语烟中塔，箫过柳外桥。
胜流多集此，晨夕易相邀。

（五）

湖天当岁晚，幽兴更无双。
霜肃诸峰静，梅清百卉降。
小楼温象管，曲浦冷渔釭。
纵眼看残雪，中宵未掩窗。

（六）

齿少诸欢集，时平百虑闲。
会心惟竹石，入梦亦湖山。
蹑屐青千尺，鸣榔碧一湾。
三潭清似镜，长拟照红颜。

寻僧不遇走笔柬之

携筇随所适，偶尔叩精蓝。
野色围丹叶，霜容静碧岚。
空归良有得，无住更何参。
闲暇须过我，新粳味颇甘。

喜雪尌西还

（一）

懿亲环赐日，无异此身归。
揽辔霜威在，还台柏影稀。
物情随转毂，旅况视征衣。
重到兰闺里，应悲旧锦机。

（二）

二贤同伏阙，得请竟归兄。
感事怀昆仲，伤心隔死生。
去留应有数，离合不胜情。
却羡南翔雁，随君向凤城。

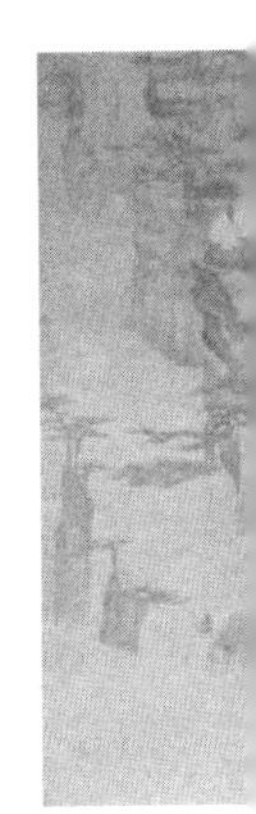

雪　　菊

（一）

几年秋塞菊，多在雪中看。
正色凌寒易，幽芳见晛难。
宵清繁急杵，候惨切哀弹。
移尔依温室，孤清恐未欢。

（二）

木榻栖迟客，愁来只独吟。
久知时序易，敢怨雪霜侵。
默默黄花意，凉凉白发心。
盛年何所见，倾倒向春林。

谷日立春

谷日何晴好，青幡拂曙光。
占年宜黍稌，应候减冰霜。
老爱春为伴，闲安客是乡。
惟应贮神水，酿酒味偏长。

寒　　甚

非意奇寒逼，弥悲旅况艰。
霜生温室内，冰凝锦衾间。
著物恒胶指，看人各改颜。

玉京春色好，何日度榆关。

老僧贻一笋

山肴多美味，清绝故无双。
万里来辽海，千林忆越江。
配茶名不忝，方藕品堪降。
何日还亲斸，盈盘荐雪窗。

初春闲居

（一）

扰扰憎残岁，春来兴颇从。
风云驱暮气，天地改新容。
释负重裘减，书情老笔浓。
山僧昨有约，扫径待支筇。

（二）

百卉怀生意，无花亦自春。
疏窗多得日，小室最宜人。
历落年来事，从容物外身。
条风殊快意，连夕扫边尘。

（三）

霜林迎旦旭，鸟雀有欢声。
渍药芬春酿，藏蔬美夕羹。
火围茨屋暖，冰度笋舆轻。

此际桐江畔，良朋待耦耕。

（四）

杜门非谢客，俗朴少交欢。
漫兴酬春色，高眠避晓寒。
花迟须酒发，月好代灯看。
颇忆幽栖处，梅香满石坛。

（五）

百事争春序，颓龄懒未能。
陆沉初不意，石隐久无称。
霁岭吞残雾，晴河走断凌。
东郊踏青地，行乐两年曾。

（六）

川原余古意，凭眺亦悠哉。
仙迹怀华表，兵威想誓台。
翠生山色动，青染烧痕回。
异日轻桃李，于今恨未开。

立春日感怀

时难为客久，岁闰得春迟。
尘土增颜甲，冰霜逼鬓丝。
颇甘新节酒，渐淡老人诗。
夙昔青山约，茫茫未可期。

春暮送子渊

雨雪残春尽，泥途古道深。
冲寒资酒力，却病遣乡心。
花种从人乞，茶经共客寻。
笑看儿戏好，掷果引文禽。

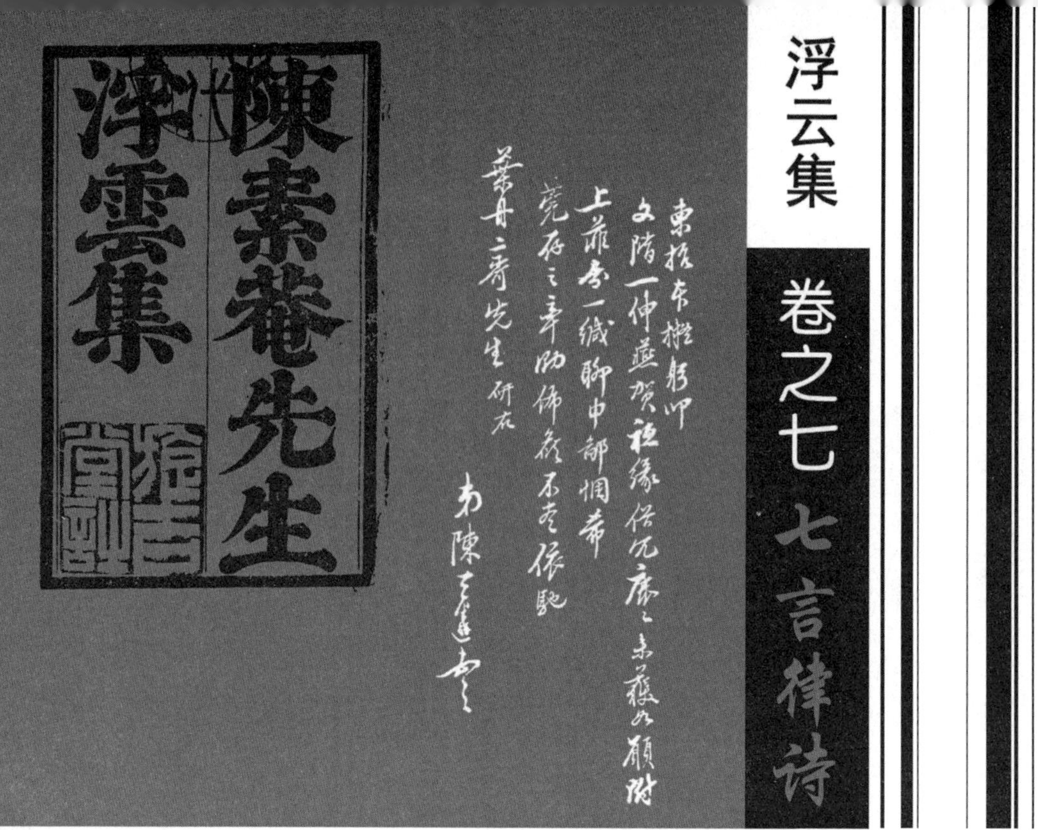

望泰山

岩岩万仞奈层空，叠嶂回冈望不穷。
碧海三山浮世外，白云千载起封中。
天门东辟萦河济，地络西连引华嵩。
闻道神房藏玉策，采芝还拟问三宫。

来青轩得青字

鹫峰南畔起危亭，倚槛烟霞望杳冥。
众壑春阴生朔气，累朝宸翰捧山灵。
行云忽涌蛟龙窟，返照斜开紫翠屏。
树色至今犹望幸，年年遥送汉宫青。

西山泉源

溪山回互碧雪阿，石濑淙淙出薜萝①。
剑戟晓喧春雨急，笙竽秋奏月明多。
御沟东注萦三殿，碣石南流合九河。
列坐清音听永日，更催燕赵进弦歌。

碧　云　寺

琳宫绀宇烂春晖，七宝庄严出禁闱。
总为苍生敷五福，非缘紫极事三皈。
晴峰蔼蔼慈云覆，午院闲闲法雨飞。
东望玉京佳气绕，极天台观郁崔巍。

玉　　泉

风回轻絮拂游鞭，水色初开碧岫前。
园出天家金作地，波萦帝苑玉为泉。
仙宫昼静知鱼乐，宝树春荣羡鸟迁。
九剧红尘何处浣，芳樽那惜久留连。

江行感兴

茫茫江树暝云重，秋气初凝北固峰。

① 据张氏第三次校刊本谓：“雪”应作“云”，“薜”应作“薜”。

一水蒹葭横白雁，千帆风雨下苍龙。
当年拟击中流楫，此意空惊野寺钟。
欲寄所思南浦外，烟波何处采芙蓉。

戏赠头上巾

半杯糟粕蠹鱼羹，郑重良辰饯速行。
移傍短衣终未称，倩陪香鬓久为伧。
独怜日日供齑杵，暂放星星付酒枪。
一笠寒江满头月，不须宫帽亦辞卿。

先太史小祥感赋

龙门曾见倚云开，佳客森然并柳槐。
一自岁星归碧落，只悬寒月照荒苔。
雄文何日埙吹合，拙宦他年鹏赋哀。
自是九原难再作，非关珠履倦重来。

登榆关望海楼

海戍高楼四望开，云从诸岛对蓬莱。
空传甲楯经年驻，不见戈船破浪来。
列校论功谁绝漠，旧疆挥涕一登台。
悲歌且醉沙场月，万马秋风夜猎回。

秋日侍大人同诸公宿云栖寺礼莲大师塔

远公遗伴未全稀，古院同敲落日扉。

树点禅心当涧出，风飘法韵入江微。
偶留泡影云长护，竞散香华塔共围。
五叶莫争灯孰在，曹溪元自不传衣。

登北固山

（一）

危磴支筇上碧霄，琳宫积翠拥岧峣。
烟开铁瓮生残照，风起金山激暮潮。
北府战兵今寂寞，南朝词客旧逍遥。
千秋佳丽依稀在，花月春江响玉箫。

（二）

萧梁遗构此荒丘，客里登临亦胜游。
斜日澹连孤屿没，怒涛高挟暮天流。
吴都东尽分京口，楚甸西回控石头。
极目中原方战伐，风尘何处望神州。

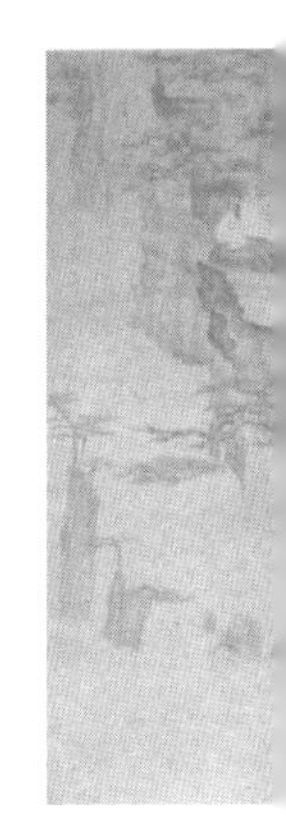

同诸子登北固山追和吴明卿韵

三月江头野兴多，金焦晴翠对嵯峨。
舍人当日题诗处，我辈重携赋笔过。
万壑风涛摇日月，几朝天险限江河。
自怜未击中流楫，犹向春风衣薜萝。

过微山湖友人别业遥赠范君

大名南国盛当年，我到湖干见榻悬。

遥赠但搴寒圃菊，何时同采碧溪莲。
风帆雪棹人千里，象管蛮笺酒万钱。
惆怅征途回首处，沛宫秋树峄山烟。

鲥　鱼

荐新多自陪京入，仲夏鲜鲥贡不迟。
方物未应勤玉箸，膳夫虚解脍银丝。
龙船冰护炎敲候，貂使霆驰水驿时。
为咏多鱼怀祖泽，赐腥宁许滥恩私。

送吴君如南还

榴花蒲叶满幽燕，别去江南路渺然。
载道干戈惊乱后，到家鞍马及秋前。
梅黄是月多山雨，草白中原尽石田。
为报吴门诸旧好，钓船相待五湖边。

咏　垂　柳

柔条旖旎弄轻阴，翠黛如低怨别心。
贴地舞腰娇夜半，倚栏长袖怯春深。
情多欲共游丝绕，力软难禁晓霰侵。
金茧三眠浑未起，玉窗长伴梦沉沉。

漕事杂诗

（一）

燕台龙起帝京迁，九赋迢遥走朔边。

地汇清淮开幕府，道分沧海盛楼船。
黄粱齐豫征输俭，白粲东南税敛偏。
犹忆先朝多雨露，岁无干潦诏频蠲。

（二）

几朝沉璧祝宣房，昭代兼虞运道妨。
一自九河湮碣石，遂令诸水注淮阳。
桃花浪怒防难恃，瓠子堤劳害未央。
陵寝龙蟠还咫尺，岂宜汤沐有沧桑。

（三）

丰穰神庙鲜凶灾，高廪如墉拥蓟台。
万斛锦帆嬉道路，九衢玉粒餍舆台。
护堤节使金籯满，挽粟材官绮席开。
一夜辽阳鼙鼓急，大农庚癸日相催。

（四）

鼠雀争蟠岁月繁，胥徒佣贩尽期门。
量沙未饱关东戍，填海空縻岛上屯。
九塞盐官输粟令，三春田畯省耕恩。
芳纛湮后征求急，不是皇仁隔九阍。

（五）

异时创业有良规，海内屯田若布棋。
岂必旧军皆予敌，更须精卒始成师。
书纷白羽东输急，道梗黄巾北上迟。
飞挽诸司尽无状，更烦中贵出旌麾。

（六）

河堤外府备非常，谁括金钱助柏梁。
自此三冬虚畚锸，至今千里滞艅艎。
分疏济水秋伤旱，别凿洳河夜决防。
岁岁祈羊禋岱岳，只凭灵雨慰吾皇。

（七）

星轺络绎指江东，两浙三吴督促同。
治赋竟劳梧掖凤，转漕虚借柏台骢。
耰锄何地求遗种，竿木频年长乱风。
自是庙堂忧寇盗，非关无意悯农功。

（八）

治河策运满朝端，封事纷纭袖手观。
重浚胶莱功未易，初航淮海道仍难。
弘羊圣世犹言利，卜式今时尽欲官。
加赋每宣哀痛诏，来年应拜主恩宽。

西山道中

芳甸霏微晓色催，万峰如绮接蓬莱。
弥空积翠西山满，回望晴云北极开。
七贵楼台随地涌，三春箫鼓自天来。
柳堤闻道銮舆驻，侍从谁传奏赋才。

早朝四首

（一）

周庐罣警掖门通，庭燎光先曙旭红。
仙乐夙调龙栋北，乘舆初列凤墀东。
渐移璧月低青琐，犹绕珠星卫紫宫。
济济垂绅听漏箭，玉声来往瑞烟中。

（二）

禁扉鱼钥彻明开，鼍鼓鲸钟次第催。
烛晃衮衣临夹殿，扇交雕辇驻瑶台。
侍臣伏谒班先集，中使前驱跸渐来。
闻道鸡鸣频警旦，旋宫不共月徘徊。

（三）

芙蓉春殿敛余阴，庭满阳和识圣心。
遂许日华瞻咫尺，虚疑天路隔千寻。
出烟御盖龙衔迥，浥露朝衣虎拜深。
万里梯航方贡享，远人丹陛列如林。

（四）

珠缀金茎辨晓光，五云开处睹垂裳。
清明旦气簪裾静，睟蔼天颜黼黻香。
玉署独跻诸省列，银台三引外臣章。
彤庭仗散鸣珂出，犹自神依振鹭行。

送德清旧令张石夫之任鄱阳

水清不及使君清，去后清溪满诵声。
自昔巨卿多令长，由来吾道贱功名。
柳香晓陌朱轮远，花放春江彩鹢明。
闻道楼船雄烈在，公余携剑一纵横。

金阊五日

游龙飞舸簇银塘，回合霓旌忽乱行。
隐岸玉笙吹午雾，并船珠袂散晨香。
重逢采艾人三岁，别有褰裳水一方。
凄骨繁弦多楚调，似将歌舞慰沉湘。

酬张卿子

兔园鸡塞凤凰池，孟浪青春鬓有丝。
陈箧尚缄千卷在，读书真悔十年迟。
身更哀乐逃名早，遇饱平陂衍易宜。
静对未须翻绿字，道心渊古足吾师。

隔院闻歌

戏效韩偓体。

（一）

窥花长恨未分明，一曲弥催百感生。

缓拍有情如寄语，穿帘无翼但闻声。
回肠遥共纤音绕，细耳偏宜羽调轻。
绣户玉屏金缕帐，歌阑谁伴月孤清。

（二）

不共乘云共月明，深深珠箔啭娇莺。
渐高想见催檀板，暂歇悬知待玉笙。
似度脂香魂已醉，倘亲兰气命应轻。
听残咫尺成银浦，莫按阳关第四声。

燕京杂诗

甲申四月作。

（一）

幽燕都会历元明，九鼎迁来自旧京。
天子待边常自将，通侯出塞几专征。
南包百粤开荒服，东引三齐绕大瀛。
谁使金瓯终缺陷，赤眉青犊满都城。

（二）

未歌玉树已亡陈，不筑阿房亦覆秦。
一旅卒然挥白梃，九州强半著黄巾。
求为黔首悲龙种，别有蛾眉辱马尘。
痛忆文皇南下日，大廷幽谷尽忠臣。

（三）

尽剪诸边贼算深，一宵风雨忽南侵。

翻城虎旅元牙爪，揖寇貂珰总腹心。
黑青早从三殿出，黄霾频障九天阴。
卜年亦拟齐周历，洛鼎安危匪自今。

（四）

中人戚里竞豪华，勋爵重封几世家。
十万买春灯市酒，两行照夜玉楼花。
忽惊流矢丛丹阙，尚有鸣珂导锦车。
玄武冈头霜树色，年年寒食吊群鸦。

（五）

神宗中叶久熙康，龙战玄黄在庙堂。
从此群公轻国恤，终令剧贼乱天常。
八鸾晚出金堤月，五凤秋芜粉堞霜。
莫叹簪绅刀俎尽，鼎湖遗憾杳难偿。

（六）

烈皇亦是英明后，辛苦兴邦反丧邦。
南渡有臣曾死诤，西征无将不生降。
鹃枝血洒春宫六，龙驭魂归夜阙双。
差幸孝陵弓剑地，寇氛犹自限长江。

（七）

片石才看勒汉铭，几番烽火照彤庭。
腹心未见恢河套，肩背何缘割大宁？
千帐美人歌夜月，四郊残鬼哭秋星。
高皇颇有都秦意，遗恨当年失地灵。

（八）

中书罢省启文渊，阁老仍专宰相权。
非少萧曹扶汉日，终如牛李乱唐年。
荒陵石马寒风里，废沼金凫落月前。
行过黄扉长太息，虚将误国恨中涓。

（九）

他时旄节总书生，军覆潼关国已倾。
造膝主臣徒对泣，同心兵贼久输平。
犹驰铁券封诸将，虚拟铜车指旧京。
闻道榆林俱斗死，至今磷火遍荒城。

（十）

安定门西旧教场，朱旗玄纛岁翱翔。
风云尚想团营壮，狐鼠多从禁旅藏。
没马乱蒿迷废垒，惊人斜雁起回冈。
霜前北望松楸少，千里平芜落照黄。

（十一）

芳湖西绕夹城隈，翠辇龙舟昨日来。
波黑夜腥秦苑血，风黄秋卷汉宫灰。
朱楹系马肥瑶草，锦袖呼鹰下玉台。
何处如云行十二，洗妆楼上镜重开。

（十二）

朱城绣岭接西山，缥缈花宫紫气间。
塘上水嬉陈百戏，楼头春望出双鬟。

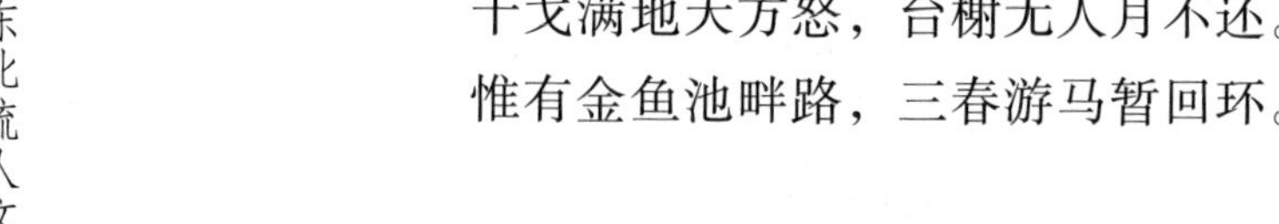

干戈满地天方怒，台榭无人月不还。
惟有金鱼池畔路，三春游马暂回环。

次答湘蘋

貂玉翩翩笑荷蓑，何曾燕赵有悲歌。
毡车飞电妖姬度，羽箭鸣空猎骑过。
尘陌怒风旋暮雪，故山佳月漾春萝。
金戈满眼文章贱，谁向寒机问锦梭。

送　秋　岳

（一）

他时鹤禁望回车，强起中台涕泗余。
西北浮云俄叆叇，东南美箭日萧疏。
三年避世聊金马，五月还山及白鱼。
漫向河梁悲去去，只今犹是别离初。

（二）

衰亲弱子略相同，百感凄其别酒终。
桑梓几年荒浙右，干戈千里出山东。
桃花春水归舟稳，梧叶秋风对榻空。
迢递可怜烟月梦，随君先到五湖中。

冬日感兴

（一）

朔风驱叶乱黄沙，宫树喧喧散晓鸦。

冠盖幽都仍帝里，雪霜孤宦自天涯。
南书涕尽山阳笛，北酒心寒塞上笳。
不为浮名谁误我，异时春苑悔看花。

（二）

昭王宾客满燕台，台满寒芜客再来。
秘阁渐瞻金殿远，御沟犹绕玉堂回。
汉廷爱少多终贾，鲁史微文纪定哀。
故里莫嗟松菊尽，切云陵阙总寒灰。

（三）

霜蹄千里六钧弓，曾侍高牙紫塞东。
他日鹤归无羽翼，几年龙战有雌雄。
裂肌裘薄秋飞雪，堕指戈寒夜朔风。
只有兴朝诸将帅，至今犹叹亚夫功。

丁亥冬至

泰坛晴旭暖华裾，剑佩将将相祀余。
天步有时还道长，帝心今日共阳舒。
柑来燕市香春酒，梅动江城想雪庐。
太史登台曾望否，东南云物竟何如？

戊子上巳

青绮门东玉溆阴，上除良日此重寻。
芙蓉锷沓秦祠废，芍药香销郑水深。

老去春情长浩荡，兵余风物久沉吟。
紫芝绛雪仍多事，更向清流祓道心。

春日怀旧

（一）

虎林双黛入芳湖，丱角遨游鬓已枯。
桂楫水嬉天一碧，石楼云卧树三珠。
醉欹台笠随今日，病话渔蓑想后图。
瑶洞绛桃兵气外，岂无天地置狂夫。

（二）

春蒐万马桃花下，忽转阴崖雪数峰。
焚泽虎踪惊彏箭，鸣弦雕翅掠芙蓉。
是时鞭石梁青海，几岁耕烟事赤松。
潦倒抱鞍双腕脱，铿锵重听未央钟。

饮韦祠海棠下

（一）

不是空门隐异姿，乱余那得把琼枝。
名花绝世非徒色，老眼看春幸及时。
开似故园双树好，赏当迟日百觚宜。
倾城飞盖匆匆去，谁见清宵带露垂。

（二）

城南野寺春风里，藉草觞花此一时。

即恐飞英嫌醉少，实怜含蕊愿开迟。
锦帏蔽日谁家院，绮阁留春昨岁诗。
芳树美人元易暮，不须风雨妒胭脂。

（三）

有意寻花不厌迟，古祠深坐爱残枝。
全移白昼稀珠勒，渐洗红妆表玉姿。
香国卧来云澹荡，酒人吟罢燕差池。
殷勤更与春光约，明岁来看未放时。

三月晦日

三春何事茫茫尽，花下方惊一日过。
触眼大都无故旧，剩身聊复共婆娑。
金堤倦马移时立，玉树残莺背客歌。
犹喜闰年迟入夏，强延芳节到清和。

忆　故　山

钱塘东北古盐官，吐海吞江势特蟠。
百怪银涛秋出没，群龙宝树昼盘桓。
仙觞花照青霞乱，神剑虹飞白月寒。
惭愧双松能念客，每招尘梦返星坛。

刘泗源初度转经百日

十年不见刘公干，君面如朱我鬓斑。

无恙桃花明汉苑，翛然云屐上春山。
丈人燕喜悬弧日，公子朝回珥笔班。
更向法王参寿相，八琼谁屑问丹还。

老母初度日

露华如玉菊舒金，岁岁怀亲此日深。
遥想斑衣群进爵，喜闻黄发尚胜簪。
王阳实切回车志，毛义谁知奉檄心。
更祝南邦销战伐，板舆长戏圣湖阴。

雨　怀

（一）

日日青郊雾雨沉，敢从天地问恒阴。
林峦尚积戈矛色，筝筑都为战伐音。
掩镜气怜今我尽，耽书春共古人深。
渔舠昨梦知何涧，流出桃花满碧浔。

（二）

危楼春望想吴天，海国诸峰在槛前。
此月游山多笋蕨，有人对雨念幽燕。
狐骄窟遍藏书洞，犊懒耕荒种药田。
何限归心愔怅坐，掠花双燕自翩翩。

春暮赠郭彦深

（一）

春来病足长枯坐，忽向东风见落花。

榆柳渐应移旧火，溪山何处试新茶。
瑶坛雾净青全出，宝树云深绿半遮。
强饮且收南望眼，谁言越水即吾家。

（二）

燕子巢成雁未归，北方物候近多违。
春当三月花俱暮，人及中年事尽非。
笳鼓渐便迷旧乐，绡纨将御感新衣。
请看鸡树虚名误，莫向青云羡一飞。

（三）

几载兵戈扫客踪，交情惟见郭林宗。
早知剑佩终云散，只忆图书叹火攻。
龙厩乍归南下马，凤城犹彻北来烽。
优游敢望朱颜日，一瞬花前且过从。

（四）

昔同张子住黄村，此日桃花照酒樽。
喜说故人犹健在，寄来书札尚温存。
烟开锦石当山阁，月满春潮上海门。
旦晚君还俱啸傲，可堪燕客独销魂。

赠开封守

大梁千载竟为鱼，三版沙间想故墟。
绀宇仅留隋寺在，青磷不独宋宫余。
盈城鸲雉迎熊轼，绕树饥乌避隼旟。

生聚最劳良太守，一犁春雨杏花初。

秋日杂感

（一）

太行秋色度居庸，丹叶如霞点碧峰。
朔野暮寒连海气，西山朝爽变云容。
残毫久罢陈宫赋，愁耳重闻汉苑钟。
回首桐江千万里，几年霜月冷芙蓉。

（二）

燕京旧是繁华地，瀚海龙飞北极开。
八部旌旗环紫禁，九逵车骑击黄埃。
狗屠尚爱荆卿剑，骏市虚传郭隗台。
日暮歌钟天上发，菊花梧叶满蓬莱。

（三）

万岭西回玉涧阿，燕昭遗墓尚嵯峨。
青丘挂月松楸尽，绿沼浮霜雁鹜多。
九鼎至今沦泗水，六飞无路渡浑河。
骎骎白马知何客，秋老愁听麦秀歌。

（四）

如云突骑拥雕弧，旦下兵符夕戒途。
三辅满篝初纳稼，六师飞檄豫樵苏。
乘秋督府趋东郡，避暑离宫启上都。
共喜干戈将倒载，诏书今已赦诸逋。

（五）

金鱼池上有秋霜，古迹闲寻万柳庄。
佛刹新凉生众壑，帝宫积翠上穹苍。
贫宜橡栗辞兼馔，老泛茱萸爱满觞。
不是闻鸡中夜起，十年踪迹耐思量。

（六）

漠南漠北皆王会，万里秋防罢鼓鼙。
蕞尔公孙犹据蜀，居然张步尚窥齐。
输漕渐少冰前棹，辟土犹悬雨后犁。
霆击莫论山左右，异时要领在关西。

（七）

青嶂犹翔五色龙，穆王飞骏此从容。
惊看锦幄丹霄见，果有瑶池紫雾封。
半岭莓苔埋汉碣，穷秋霜霰剥秦松。
碧云绝顶愁东眺，高下楼台自九重。

（八）

黄崖青海抱岩关，西望渔阳战鼓间。
出塞功名终剑镞，行边涕泗想河山。
荒原五丈龙真卧，华表千年鹤不还。
曾见银珰开幕府，翠裘貂帽及秋颁。

（九）

钱塘江北圣湖滨，莝柳薪桃几度春。

玉洞阴风吹黑月，绮窗残雨湿青磷。
舟迷桂渚香秋断，剑啸莲台血夜新。
少小独悲游侠地，六桥曾是醉归人。

（十）

南郊积水接仙坛，骑马看云眼暂宽。
霜老菊丛终落落，秋深乡梦转漫漫。
史迁授简名山远，刘峻论交世路难。
犹喜菰芦遗老在，每劳书札慰长安。

燕京腊月见海棠和诸友作

燕山腊月少花开，忽有川红照酒杯。
倚醉攀枝聊破雪，弄姿偷暖怕欺梅。
芳菲竟拟游香国，赋咏都堪擅玉台。
少待青皇催更好，即看葭琯动春灰。

端午忆湘蘋

满院葵榴枉斗芳，谁言今日是端阳。
罗襦绣扇人千里，桂楫兰舟水一方。
天禄阁闲鸡树里，辟疆园在虎丘旁。
愁心彩缕谁长短，雨湿虚窗午梦凉。

忆王大宗伯馆师

（一）

霜晓瀛洲万象清，奉持书卷拜先生。

两贤抗疏轻迁谪，十友齐名起治平。
烽烛甘泉斑管罢，月荒丹地藓碑横。
河汾弟子今谁在，独向龙池忆履声。

（二）

亲提铁槊冲群盗，南走吴门旅话哀。
几处纵横鹅鹳阵，片时凭眺凤凰台。
引经曾折千秋狱，钩党能全一代才。
差喜旧编经乱在，灯前同拭涕痕开。

送刘晋明许饷余家酿

德水孤城百战余，良朋频岁少宁居。
不图千里能飞棹，遍问诸郎总嗜书。
花底别觞莺老后，山间轻屐麦黄初。
青州从事何时到，磊块胸中待涤除。

岁暮思归

枯树啼乌破晓烟，怒风驱雪满台前。
投身世路常千折，屈指明春是十年。
伏腊壶觞随岁减，醉醒词笔畏人传。
遂初赋就归何暮，羞抗衰容见辋川。

寒夜偶成

（一）

频秋兵气酿奇寒，撼枕终风卧未安。

老骨渐须亲兽炭，壮心今合付渔竿。
穷年案牍题诗少，载道流亡献策难。
十万横磨南下急，可怜飞挽遍江干。

（二）

虎林明月虎丘山，画舫雕轮往复还。
别业几年荒乱后，酒徒强半去人间。
烽连闽海鲸波恶，櫜卧江城羽骑闲。
已办荷衣尘梦断，不知何地掩荆关。

雨　霁

灵雨晨从紫极来，郊坰倾耳听鸣雷。
待时百果成非晚，忧旱三农意忽回。
京国轻衣还白葛，江城熟蚕正黄梅。
莫辞浊酒看新霁，艾叶榴花节又催。

望西山有感

曲坞幽岩未到多，异时朋好约重过。
繁霜一瞬移青鬓，古月千年冷碧萝。
宦拙久醒金马梦，酒酣时记璧人歌。
朝来西向山灵笑，垂老清时见止戈。

至　日

十年至日客中过，至日今年恨更多。

澹旭未堪温塞草，薄冰何意泮浑河。
曾经百病怜身在，拟学三空奈晚何。
入夜敝裘惊栗烈，只应京国有阳和。

初发盛京

举家翘首望西还，一日殊恩忽赐环。
敢谓赤心通魏阙，幸扶苍鬓入渝关。
寓公谢病门常杜，地主多贤辙竞攀。
却惜此来游兴懒，未携筇竹问千山。

渡　辽　河

残星黯淡月微棱，短晷长途每夙兴。
气息着髯皆积雪，唾珠脱口即坚冰。
总缘寒暑催人老，况复悲欢逐岁增。
却忆方舟东渡日，迅湍回卷白波层。

黄白旗堡

二堡分屯辅旧都，福馀故壤入舆图。
异时乘障严分界，此日驱车出坦途。
碛里乱流兼雪冻，原头荒草未霜枯。
九边蕃庶推辽左，百里人烟乍有无。

土　　井

旧边设险颇迂回，驿路新从塞外开。

驻牧种人多北徙，留屯余众尽西来。
穹庐卧雪依孤井，营窟炊冰拾断荄。
却望长安还近远，扬鞭齐上夕阳台。

小合山

班荆蓐食晓遄征，仍入重边识旧程。
古戍孤悬临大漠，小山回合抱荒城。
暂眠且喜轮蹄息，忽暖还愁雪霰生。
病腕角弓弯未得，满前狐兔自纵横。

广宁

马首寥寥散晓星，几行征雁点青冥。
每逾一水殊天气，忽涌群峰识地灵。
关左藩屏尊北镇，辽阳都会治西宁。
异时文武多开府，勋业谁留片石铭。

登医巫闾山

北条万里度渝关，特辟神区绝塞间。
回拱紫微连蓟岭，并雄元极配恒山。
仙亭宴月云开合，羽驾朝天鹤往还。
五岳有怀游未得，晚从兹镇试跻攀。

自闾阳驿趋石山站

西宁西去半南辕，道出闾阳并塞垣。

喜背朔风苏冻面，爱迎禺日暖征轩。
陪京献鹿虞人过，戍将呼鹰猎骑喧。
闻道石山曾负固，攻心弥信古人言。

大凌河

大凌河畔有颓墉，匝地长围堑几重。
终见楚材供晋用，枉将墨守抗输攻。
黄沙漫漫惊鸿落，白霰濛濛倦马冲。
生聚十年良不易，几家烟火事春农。

锦州

锦州各堡昔连营，铁马金戈几战争。
海内脂膏输列帅，辽西锋锐聚危城。
黑云覆堞高牙仆，白草摇风故垒平。
差喜诸屯凋耗后，此方民物稍丰盈。

自杏山至塔山

塔山松杏乱烽烟，一战精兵尽九边。
黔首岂堪频竭泽，赤眉从此遂滔天。
旌麾北寺专征日，罗网东京党锢年。
极目霜风斜照里，可怜错绣旧山川。

宁远

万户重城没草莱，先人幕府此曾开。

久提武卫纾雄略，兼领文宗育众材。
云冷旧祠冠剑在，月明空碛节旄来。
门生部将多专阃，几向残碑涕泗回。

中后所

冈阜盘纡瀚海渍，犹闻此地起风云。
报韩志壮椎曾奋，归汉功高券特分。
异代哲人知国士，前年揖客重将军。
车前何限沧桑事，倦眼茫茫送夕曛。

前屯卫

后所前屯一鼓开，关宁中断撤防回。
才收辽水残兵入，已报居庸剧盗来。
秦塞雪深埋古戍，汉宫风急卷寒灰。
先人汗马经营地，故老徒思应变才。

山海关

（一）

重关天险蓟门东，阻海依山虎豹雄。
千里萧然兵火后，一城无恙战争中。
昆阳阵覆新师尽，垓下围重楚众空。
屈指销烽逾十载，戍旗闲拂往来风。

（二）

职方分部典关时，保障曾贤十万师。

异日奄人仇直道，几年父老泣遗祠。
櫜鞬从狩颜如玉，俎豆升馨鬓已丝。
种柳射堂今拂汉，攀条无那泪交颐。

登望海楼

层楼高宴倚云开，万顷鲸波入酒杯。
地势西回连碣石，涛声南下卷蓬莱。
田横岛上残烽熄，姜女祠前晚照来。
尚忆趋庭登眺日，月中曾从玉骢回。

深　河　驿

入关山势转嵯峨，地脉崚嶒陟降多。
一望雪云迷片石，几重冰涧到深河。
年逾艾齿晨兴懒，候近阳春午气和。
道左累累京观在，土人欢笑说兵戈。

抚　宁　县

邑近岩疆半仳离，偶停车辙问余黎。
哀鸣鸿雁非今日，荐食蝗蝻止一时。
亦有皂囊陈疾苦，非无丹诏沛恩施。
几年惭愧调羹在，吏困民艰总未知。

永　平　府

北平雄郡控京东，万雉参差霁雪中。

障叠燕山环虎落，襟开沧海瞰蛟宫。
采薇尚想殷仁意，射石谁追汉将风。
厄塞诸军裁汰尽，待边他日恐匆匆。

七家岭驿

贪程宵发月朦胧，揽辔登车尚梦中。
压帽繁霜浑似雪，刺肌寒气不须风。
渡看狐迹驱征马，沙响雕翎起断鸿。
记否江南梅放日，高春安枕竹窗红。

丰　润　县

兵余残堞傍荒丘，小院寒樽客暂休。
五夜松风摇旅梦，千秋霜月照边愁。
碧山带玉云根古，仙洞题金藓字留。
岁晏趋朝心倍切，先随浭水向西流。

还　乡　河

还乡河上旅人还，杨柳枝枝忆旧攀。
辽海几程通越海，燕山何处似吴山。
苍颜白发睽违后，菊径松溪想象间。
苍昊久怜乌鸟意，来年应试舞衣斑。

玉　田　县

阳樊故壤倚无终，被野连冈雪半融。

徐乐昔曾干汉帝，田畴终不事曹公。
地经种玉云长护，灶想还丹火未空。
遐眺漫生尘外想，孰催霜辔逐飞蓬。

蓟　　州

（一）

蓟门开府总幽燕，节钺三分柄不专。
独倚孤军张国势，忽惊元老罢兵权。
渔山终古雄图在，尾宿当时杀气缠。
满目冰霜追往事，正提突骑朔风前。

（二）

渔阳塞上草初齐，省觐高轩度柳堤。
袍笏御筵香未散，笙镛春帐日初低。
台倾冷月无遗构，碑卧温泉有旧题。
长愧析薪虚负荷，短衣衰鬓尚栖栖。

三　河　县

纷纭冠盖集残墟，乘传谁曾畏简书。
红粉舞留征马辔，青蚨飞集使臣车。
一城逼腊啼号日，三辅频灾旱潦余。
发赈不须惭长孺，年来金粟久空储。

白　　河

骊歌曾此别亲朋，携手舆梁感再登。

紫塞客来千里雪，白河春动一宵冰。
便烦残腊将愁去，渐喜群阳与道升。
少长一时西向笑，凤城遥出五云层。

通　州

东南漕粟几催科，乱济浮淮达潞河。
万里蛟龙争不易，千仓鼠雀聚何多。
民劳入目稀安土，国计惊心感逝波。
辇毂更深赍盗虑，分防诸将列雕戈。

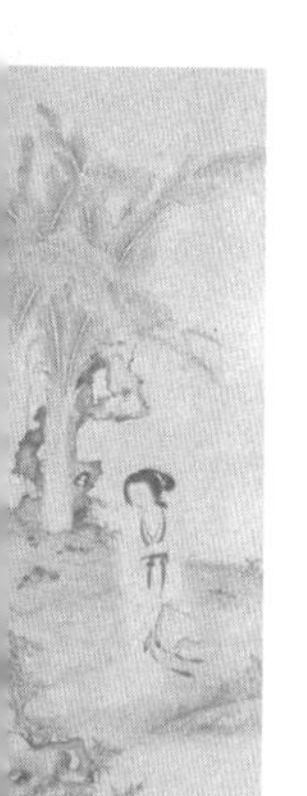

至　京　师

葭琯初回帝里春，条风袅袅拂朱轮。
还朝适际三阳泰，入国欣看万象新。
生菜玉盘将进酒，彩花罗胜倍宜人。
慈宫即日隆徽号，锡类应知有至仁。

丙申除夕

团圞岁岁不知欢，此夕方欣聚首难。
辽海客归尝险阻，越江书去报平安。
虽非故里亲差近，已入新春夜不寒。
甲煎熏天笳鼓竞，依然乐事五云端。

感　奋

古丘残树暮江南，阵阵霜风逼素骖。

欲吊左徒非宋玉，最伤太傅是羊云。
九逵冠盖真如戏，七尺须眉怪尚男。
枕上涕痕消不尽，夜来魂梦渡龙潭。

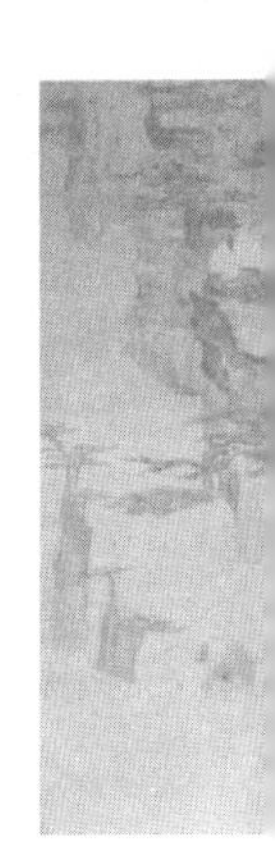

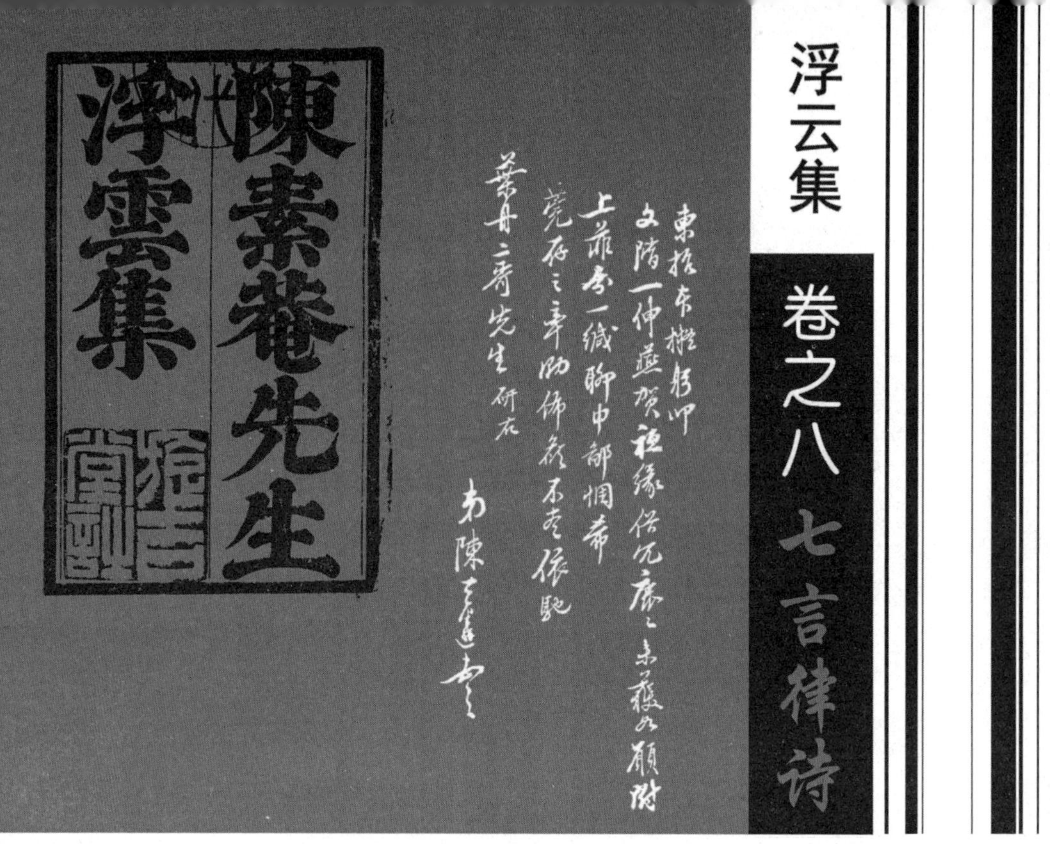

咏水晶葡萄

江国葡萄紫翠殷，水晶佳品独燕山。
帘前欲夺珍珠色，杯畔微分玛瑙斑。
生摘酢堪醒酒后，善藏甘每到春间。
传闻西域多奇种，恨不俱随汉使还。

病　足

久罢趋跄只闭关，双跌何事重蹒跚。
羊肠踏遍伤心易，虎尾当前拟步艰。
已办短筇扶白首，犹思高屐上青山。
云间愧杀双黄鹄，健羽翩翩自往还。

读苕上诸子岘山秋禊诗怅然感旧

叶丹峰碧岘亭秋，三十秋前此拍浮。
犹忆尔时群彦集，正如公等少年游。
看山共豁双青眼，作赋今存一白头。
自古名区非易到，牧之垂老得湖州。

含雨上人过访赋赠

（一）

海滨遗老曙星残，江上荒庐劫火寒。
只有梵宫无恙在，喜逢高座至今安。
空门意味心双照，浮世功名指一弹。
吾鬓久分公顶雪，肯将尘网易蒲团。

（二）

少小栖迟祇树林，屡逢重九发高吟。
一身旅雁恒南北，几度霜花忽古今。
天幸有缘皈白法，地惭无力布黄金。
秦山幽胜应如昨，终伴休公策杖寻。

夏日招集金鱼池

晚来飞盖集危亭，烟际神皋望杳冥。
佛水静涵千树碧，帝宫高夺众峰青。
人来物外鱼同乐，天旷尊前月共醒。

欲借玉箫吹旧恨，十年游伴似晨星。

送张完真司马开府畿南兼督齐豫

金城千里汉关中，控豫连齐节制雄。
岂谓萑苻烦仗钺，应知钟鼓待櫜弓。
雷霆昼挟三军气，海岱秋生万马风。
天下安危忧扼吭，都燕从古重山东。

答张元岵

读书兼得事空王，嘉树重重覆讲堂。
竹色沁肌成绿玉，桃花侑酒胜红妆。
暂栖灵境缘非易，误入尘寰梦未忘。
羡杀鹤书征不就，久无姓字落名场。

雨中伤残菊作

佳辰草草过重阳，孤馆艰难尔共尝。
老去自应禁宿雨，开时原未识春光。
萧条天地重阳合，栗烈冰霜旅况长。
同是菀枯休更问，醉移卮酒酹残芳。

人日戏为绝句

玉京人日感年华，此日何人不忆家。
曾共酒杯传柏叶，爱从妆镜见梅花。

帘迎丽旭金猊暖，钗拂和风彩燕斜。
试问灵辰谁最称，自裁新曲度琵琶。

谷　日

为农学圃真吾事，较雨量晴信有征。
老惫尚须分五谷，阳和差喜兆三登。
初迎暖律花将动，欲沃穷愁酒未胜。
江上水田宜晚稻，食新何日共亲朋。

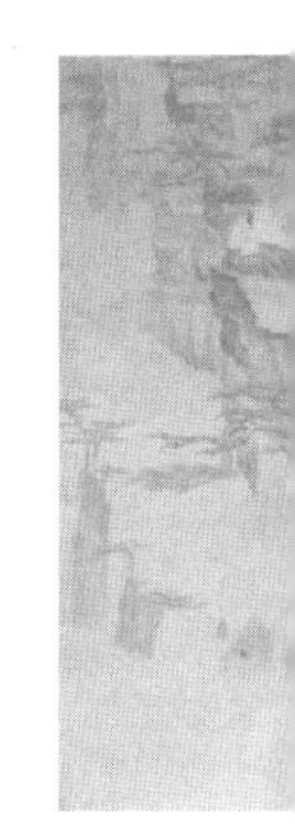

元　夕

正阳门外春游夜，弄酒看灯十载余。
岂谓电光如往事，最怜月色但幽居。
六街烂漫银花发，一室凄凉玉斗虚。
太乙莫吹藜杖火，近来情绪倦观书。

寄怀吴子汉槎

（一）

已度重关更出边，江东才子独颠连。
流年转眼人三十，故国伤心路八千。
拔帐怒风深夜里，没阶飞雪季秋前。
金鸡莫道无消息，只在天心一转圜。

（二）

藜藿充盘裋褐完，殊方风俗渐相安。

新诗率意成篇易，旧疾多端饵药难。
仅有东林堪憩息，翻思北寺共盘桓。
黄花不异乡关色，那得持杯共尔看。

答吴汉槎

乌龙江外海东陲，白月黄沙夜夜悲。
自是汉家常远戍，相传唐将有丰碑。
千群鸣镝凌风出，四野哀笳带雪吹。
犹有惊人诗句在，醉濡柔翰一扬眉。

悼　剩　公

朔雪萧萧祇树林，紫衣长掩石龛深。
公真圣果身如寄，我身凡情涕不禁。
电火难留方外友，风霜偏集客中心。
千山尚有莲花座，夜夜松涛想法音。

雪　　夜

三春不见一花开，社后空梁少燕来。
薄酒强支今夜雪，异时轻别故山梅。
每从野鹿寻樵径，漫对游鱼忆钓台。
廿载客踪长踯躅，未游龙塞已多哀。

馆师王觉斯先生述嵩少之游

神山吟眺几徘徊，如带黄河绕客杯。

昼静碧霞封二室，春深朱草发三台。
犹传汉帝鸣鸾过，信有仙人驾鹤来。
瑶洞玉浆如可乞，愿追飞屧上崔嵬。

送江宁大帅

紫髯如戟蓟门豪，茂齿翩翩拥节旄。
万骑帐前开虎阵，一编灯下注龙韬。
江涛秋应铙歌壮，钟阜宵连剑气高。
南国几年征缮急，请停鼓吹赋民劳。

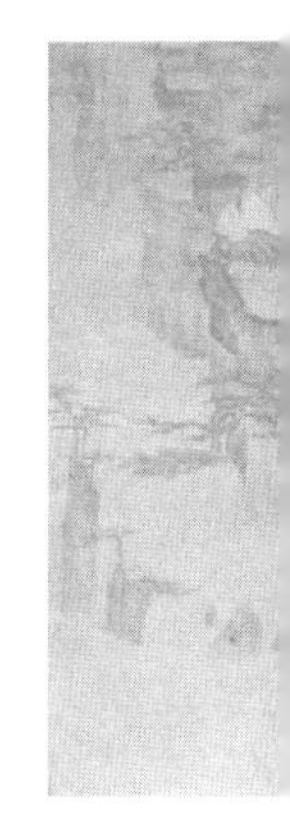

秋日偶成

（一）

幽燕东北古营州，乱碛惊沙起客愁。
万里关山重出塞，一天风雨漫登楼。
吟诗每共哀箫咽，伴老空怜短剑留。
昨上荒原醉萸菊，萧森满目故园秋。

（二）

度辽车骑几纵横，虎帐龙旗上将营。
草木千年含杀气，鼓笳终夜作边声。
猩红岭外要荒尽，鸭绿江边障戍平。
闻道公孙曾据险，一时海外自威行。

（三）

白露初零玉蔽葭，商声萧飒动京华。

纫兰佩冷三秋客，宴菊杯喧七贵家。
深殿风笙留素月，芳湖龙舸荡明霞。
只今紫塞金风里，才熟东陵五色瓜。

(四)

三山遥对凤凰台，台下寒江去不回。
霜老白门秋寂寞，月明青盖夜归来。
金莲曲院谁人见，玉树秾花异日开。
犹忆乌衣诸贵客，艰难非乏济川才。

(五)

人物江东故不群，剑花诗草日纷纷。
浅深秋水扁舟月，远近寒山两屐云。
越绝书探琼笈古，吴趋歌送玉杯醺。
卧游此际看丘壑，似有松声静夜闻。

(六)

扰攘东南战伐余，櫜弓归马竟何如。
斗牛一夜缠兵气，吴楚同时急羽书。
江黑怒鲸嘘浪立，月黄惊雁堕云疏。
五湖钓艇今安否，犹自莼鲈兴未虚。

(七)

白狼河上望京师，皎月清霜共此时。
七萃旌旗长缭绕，三朝剑珮自委蛇。
伏波铜柱成功易，横海戈船献捷疑。
南国余黎供上切，输将争恨役车迟。

（八）

巑岏古戍倚层丘，冰雪长凝万古愁。
天接燕台劳北望，水趋辽海羡西流。
三更梦破孤城笛，六月寒生久客裘。
醉揽短衣随羽猎，呼鹰驰马一销忧。

秋尽日作

晚岁驱车再度辽，冻云衰草倍萧萧。
榆关东出皆荒戍，沧海西回自暮潮。
衣薄漫搜霜后箧，曲悲长罢月中箫。
寒风又送清秋去，肯剩黄花伴寂寥。

九日遥同诸公登三清观

银州城畔蕊珠宫，闻道登临有数公。
放眼霜峰佳兴发，侧身秋汉旷怀同。
晴川渐落渔矶水，乱荻斜回雁阵风。
更想江南诸旧好，凭高酾酒望辽东。

元夕感旧

吴趋觞咏昔凭陵，三五春宵逸兴增。
步缓故宜兼玩月，眼憨非尽为看灯。
缯楼曲罢低珠斗，绣陌车回转玉绳。
十载风城行乐地，尔时追旧已难胜。

白　蝴　蝶

莺黄燕紫竞差池，粉翅双双对舞时。
扇底扑分香腕色，钗头集并璧人姿。
倦依玉蕊飞才见，闲傍晶帘看未知。
素质自伤飘堕久，几时重上苑梅枝。

再咏白蝴蝶

入夏初看塞草春，双双蛱蝶舞芳晨。
何枝素蕊堪留汝，几点清姿欲映人。
翅粉最怜彤宿雨，鬓霜还共困缁尘。
乡园万里花丛杳，栩栩徒伤梦里身。

闰　七　夕

老大长惊去日多，两逢佳节且高歌。
依然玉卮延凉月，无恙金波静绛河。
青鸟信从前度杳，斑龙驾肯几回过。
犹余斗酒温霜鬓，未许西风袭绮罗。

再赋闰七夕

闰月七日夜气凉，黄龙塞下已陨霜。
横空云川白浅浅，矫首天路青茫茫。
此时鹤驾岂再过，何处兰灯仍九光。

帝京瓜果更高会，击鼓吹竽欢未央。

看　荷　花

客里流光恨不轻，郊垧金伏有秋声。
自看飞絮心如醉，忽对新荷眼暂明。
细草碧滋前夜雨，遥天青插数峰晴。
兰舟采采江南日，正向花间倒玉觥。

秋日感怀

（一）

漫空木叶下龙沙，萧瑟孤城日易斜。
三载樵渔长混迹，九秋霜露独思家。
平原忽过追风骑，古戍谁吹向月笳。
醉眼不惊乡土异，依然篱菊放黄华。

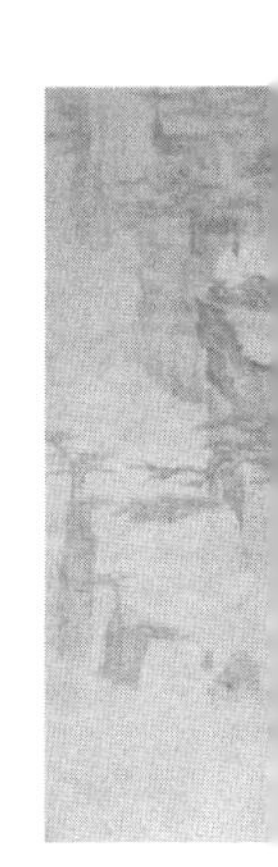

（二）

大火西流草半黄，秋容千里望苍茫。
茅茨小筑新编伍，沙碛余腥旧战场。
毳幕夜围青海月，竹帘寒卷白山霜。
故林丛桂应无恙，折赠曾携满袖香。

（三）

异时鸣珮出蓬莱，拂面西山爽气来。
新酿最宜通曙饮，好花偏不让春开。
辇书连乘张华宅，下士悬金郭隗台。

犹忆登高裁赋罢，九龙池上共徘徊。

（四）

蒋山云物变朝昏，飒尔金风度白门。
凤去高台空岁月，龙蟠半壁自乾坤①。
芳湖千里莼羹滑，小院三秋桂醑温。
谁向芜城寻往迹，望仙阁畔最销魂。

（五）

秋老吴门万叶丹，百花洲畔几盘桓。
往来顾陆多名士，左右江湖表大观。
锦石月明歌管细，玉窗风急酒杯宽。
最思橘绿橙黄日，缥缈峰头放眼看。

（六）

江折山环宋旧京，潆洄绿水浸朱城。
人来湖上无穷思，月到中秋一倍明。
画舫钿车前度梦，采莲攀柳少年情。
龙城夜半闻芦管，犹道芳堤玉笛声。

（七）

闻说罗浮有洞天，曜真灵阙俯龟渊。
石楼挂月青霄上，玉树凌霜白凤边。
曼倩取容终弃俗，景纯多故欲游仙。
临风颇发骖螭兴，华发盈头已数年。

① 编者按：“半壁”，原作“半壁”，疑误，径改。

（八）

庭树俱随客鬓秋，秋花秋月自悠悠。
积霜澄水鱼龙见，风撼穷山虎豹愁。
生计不堪筹倒橐，归装还拟絮征裘。
亦知三径存松菊，猿鹤将无笑浪游。

冬日过一粟斋怀李尊师

去年冒雪恸支公，此日乘云失葛翁。
世外有交皆寂寞，人间何事不虚空。
霜封玉匣残经在，月冷瑶琴雅奏终。
真觉此身如一粟，莫从沧海问西东。

怀　　仙

曾向春台接玉颜，芙蓉阙下旧清班。
星归天上谁能见，云散人间不可攀。
仿佛翠华临碧落，迷离瑶草宿青山。
更怜仙史璇宫去，一夕罡风冷珮环。

初春大风

狂飙日日卷黄沙，极望寒空万树斜。
但挟浮尘长蔽日，不吹客梦暂还家。
幽幽野戍低哀角，影影昏林敛乱鸦。
差喜傍檐微雪舞，且娱愁眼当春花。

秋日杂书

(一)

金飙晨夕扫龙荒，野旷天清自一方。
心醉不须千日酒，骨寒犹耐九秋霜。
黄云箭擘看雕落，白月笙高想鹤翔。
几曲吴江无恙在，明年应剪芰荷裳。

(二)

风号冰积总无春，只此秋光尚可人。
久滞竟忘乡是客，暂归宁计梦非真。
诸川入塞群趋海，巨镇通天迥绝尘。
且任白头贪发兴，莫教黄菊为伤神。

(三)

芦管哀鸣万古情，几人沙塞怨秋声。
行间岁久边烽狎，闺里魂来碛路生。
此日歌钟喧虎落，当年战鼓动龙城。
只应华表归来客，俯看沧桑叹屡更。

(四)

谁向昆明问劫灰，汉家陵阙昔崔嵬。
玉箱瑶杖云犹护，绣拱雕梁燕不来。
从古卧龙常混迹，一时逐鹿自雄才。
乐游原上曾凭眺，万里霜空倦眼开。

(五)

清泉白石笑膏肓，落落秋怀入渺茫。

谁使桃源知汉魏，不劳蓬径过求羊。
箫声晓度遥天迥，杯影宵寒碧月凉。
试语篱花应信我，野人何处不徜徉。

（六）

团瓢幽壑忆从容，小隐南山第几峰。
怪石雾收蹲虎豹，古松风急舞虬龙。
偶然泥酒如元亮，率尔书怀类嗣宗。
三十年来犹在耳，白云深处数声钟。

（七）

寒空倏忽转双丸，大火才流已戒寒。
月皎不嫌容老桂，霜飞何暇惜芳兰。
无多人物尘中老，或有乾坤世外宽。
回首少年高会日，紫萸黄菊几为欢。

（八）

摇落无烦楚客悲，蕊宫琪树正华滋。
斋心汉武祈灵日，挥手王乔谢世时。
洞里芝坛思息驾，云中珍馆待题诗。
却嫌艺苑浮沉久，姓氏犹教浊世知。

秋日闻鹤

（一）

黑山白水暮萧森，树树寒烟聚乱禽。
八月短衣无壮色，三年长铗有归心。
回肠月下龙城笛，素手霜前汉苑砧。

万里秋空同骋望，几行霜鹤度哀音。

（二）

千岩木落素秋分，发发飘风送雁群。
旧日松间曾伴我，于今塞外重相闻。
琴含别怨弹清夜，笙和仙音下碧云。
便拟太空生羽翰，奋飞随尔出尘氛。

杪冬感兴

（一）

葭琯灰飞候复更，喧喧腊鼓沸边声。
怒风宵撼孤城动，急雪朝吞万嶂平。
已分寒花同老态，不妨鲁酒似人情。
此间栗烈凄肌骨，何事群鸿更北征。

（二）

涉貊遗墟接盖牟，梨云千里望悠悠。
野清牧马皆归枥，雪霁饥鹰竞放鞲。
柏叶且谋新岁酿，梅花谁寄故园愁。
乘风破浪非无兴，渤海茫茫冻不流。

（三）

王管风流久寂寥，挽强引满故相骄。
筵轻玉斝珍银碗，裘尚苍狼亚紫貂。
霜后鼓筝弦转急，月中传箭漏偏遥。
故侯潦倒常高卧，野老羹葵昨日邀。

（四）

连宵猎火烛云黄，羽骑初回木叶旁。
四座割鲜争鹿尾，八珍陈馈益狍肠。
茅斋故让穹庐暖，椽笔难争舞剑长。
听曲每怜征客苦，不知垂老到沙场。

（五）

高牙当日护乌桓，突骑何年出白檀。
鸦鹘关荒亭障尽，凤凰城掩雪霜寒。
三冬讲武还蒐乘，十载销兵欲舞干。
黑水红崖千古色，日斜愁上戍楼看。

（六）

草亭花坞越江浔，入腊群芳尚满林。
一自北游成梦境，偶逢南客爱乡音。
风沙急送愁中日，齿发深惊岁暮心。
耿耿壮怀销未尽，欲挥长铗拨层阴。

冬　夜

风雪孤城戍鼓迟，平生心事一灯知。
相韩家世羞先烈，入洛声名误盛时。
万卷读残今若此，百年过半欲何为。
近来入梦多尘境，白石青松岂易期。

寄子渊

朔风驱雪雁群高，咫尺银州望郁陶。

千局虎争惟我敌，百觚鲸吸让君豪。
更无嘉客愁悬榻，谁向衰龄问鼓刀。
闻道卜居殊适意，恰逢春色到东皋。

壬寅除夕

越西燕北总人间，谁道萍踪限汉关。
紫塞乍逢春色早，白云长共客心闲。
已分彩胜堪娱目，何待金丹为驻颜。
回首自怜青汉上，蓬莱金阙旧鹓班。

癸卯元旦

璇题珠缀焕层霄，此日龙墀散早朝。
忽向尘中淹岁月，更来天外混渔樵。
青幡拂曙将催柳，绿醑迎春好泛椒。
云路重寻应未远，紫桃花下玉虹桥。

元日霁雪[1]

雪光如月月如灯，极望清辉思不胜。
照读未须藜杖火，赏心还映玉壶冰。
客辞玉宇无多岁，春在瑶台第几层。
忆从仙坛祠太乙，异香宵共霭云升。

① 据张氏第三次刊印本谓：“日”当作“夕”。

子见初度日感赋

塞垣初度几题诗，诗在人亡此一时。
碧浪夜湖流恨水，桃花春坞长愁枝。
仙山自得长生乐，尘世难忘永诀悲。
白首红颜凝望切，可怜归旐尚迟迟。

寄陆鸣五

陆生诗兴近如何，绝塞春残候渐和。
万里归心乡月冷，一天愁望岭云多。
擅场句好争年少，作客怀宽恃酒歌。
寄语赤城诸俊彦，莫因佳节感蹉跎。

癸卯五日

午筵聊复泛菖蒲，天末良辰兴转孤。
扶老故须长命缕，偷安无事辟兵符。
黄尘塞外欺迁客，青眼花前向酒徒。
小圃葵榴无恙在，旅魂昨夜到西吴。

有　　感

谁遣仙凡境忽分，匆匆瑶席卷灵文。
一群鹤影还青壁，万点梅花自白云。
曾守庚申仇未绝，已周甲子道无闻。

漫言词笔堪千古，满楮空华更误君。

秋日感旧

（一）

年来身世竟茫然，少小追游记忆偏。
泽国风流长澹荡，江城景物故清妍。
白云时引寻山杖，丹叶纷迎泛月船。
最是观涛当素节，泱泱东海旷怀前。

（二）

曾驱匹马向关城，阻海凭山十万兵。
便着兜鍪随斗将，谁言鞭弭屈书生。
金鏕击月边声起，宝剑凌风杀气横。
当日护军皆绛灌，不将奇计问陈平。

（三）

几年挟策待公车，当路长麾季子书。
边徼漏师轻胜负，中朝钩党竞乘除。
避人沧海冥飞日，罢酒秋风痛哭馀。
犹有荆高燕市里，短歌哀筑漫相於。

（四）

乾坤十载失清宁，珥笔空惭侍禁廷。
阃外彤弓频锡命，殿中玉几尚横经。
除名敢负孤心赤，忧国初移两鬓青。
宵旰岂应逢板荡，久倾炎鼎自桓灵。

（五）

渔塞趋庭玉帐春，国情边事正艰辛。
拥旄兵势归藩镇，授钺皇灵寄寺人。
肯剩膺滂终佐汉，岂知涉广竟亡秦。
长城万里何缘坏，纶阁于时有重臣。

（六）

一夕欃枪逼紫微，龙旗无路溃重围。
虚筹南国铜车出，不檄东宁铁骑归。
上苑台池昏毒雾，荒原弓剑杳寒晖。
离离禾黍谁悲吊，敝履遗簪在亦稀。

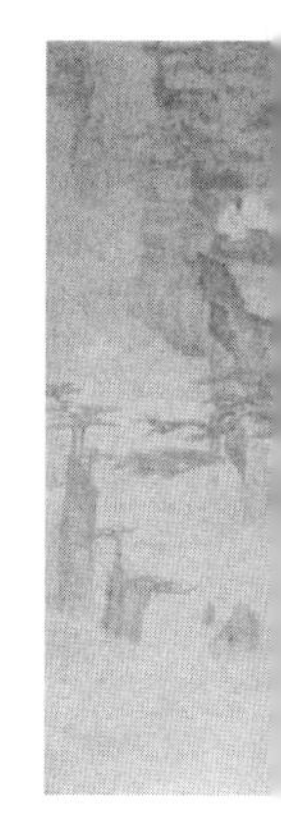

（七）

白波青犊尚凭陵，扰扰江湖丧乱仍。
谁觅桃源深避世，未皈莲社早依僧。
蚩氓争拟从孙泰，醉卒犹能脱庾冰。
邺架最伤零落尽，强扶残息对寒灯。

（八）

异时朋好满衡茅，经乱深林总覆巢。
暮笛未消嵇吕痛，素车长愧范张交。
偷生白发依愁国，入梦青春想乐郊。
独倚西风歌楚些，数声霜鹤怨松梢。

寄吴子汉槎

（一）

翩翩公子滞遐荒，日夕山窗事缥缃。

经笥偶然倾万卷，史才犹自晦三长。
依松月共秋情澹，挟叶风侵晓梦凉。
险阻备尝身更重，莫将鸡骨久支床。

（二）

二千远道数行书，每发缄题恨有余。
日月给人俄老大，性情经难转迂疏。
频仍俭岁虚藏窌，迫促公旬敝役车。
风物旧京萧索甚，乌龙江外更何如。

寄清河公

（一）

木天丹地昔同门，再世相怜硕果存。
怨别各含三载泪，怀人空役九秋魂。
畏途转眼清流尽，绝塞安心白法尊。
涸辙莫伤淹滞久，有时还起北溟鲲。

（二）

他时秋节共追欢，黄菊红萸满意看。
一自清斋皈极乐，久无尘梦到长安。
倚闾亲老思归切，立壁家贫欲赎难。
何幸故人千里外，几裁尺素劝加餐。

社日有感

上戊元辰卜稼时，农祥祈罢酒如淄。

劝酬野老能成礼，歌舞村童解诵诗。
泽国燕来常应候，边庭花发尚无期。
人间万事谁均得，曲逆空穷宰物思。

春日杂感

（一）

往年轻别帝城春，塞柳青青几度新。
犹有山川容逐客，只应花鸟慰愁人。
良朋梦里三更月，慈母怀中万里身。
回首濯龙门外路，依然芳草度朱轮。

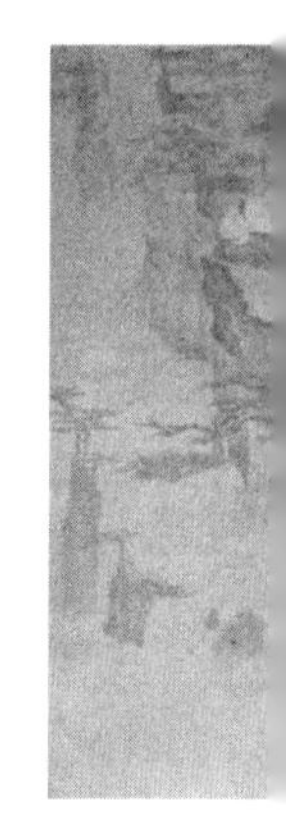

（二）

小园芳树隐黄鹂，三月吴山翠欲迷。
花下客来常不速，酒间诗就半无题。
家非王谢风规在，坐有荆高意气齐。
夜夜夜阑欢未毕，锦帆泾上月轮西。

（三）

少壮虚声艺苑中，献书曾诣建章宫。
木天不拟推词伯，沙碛何缘作塞翁。
叠嶂夏初仍积雪，落花春老但从风。
公车此日三千士，犹自人争赋笔工。

（四）

残春寂寂坐花龛，时事依稀客偶谈。
鹊印屡闻颁海上，龙旗重见指荆南。

弥思肇造调羹苦，但祝承平学稼甘。
筇杖未扶犹健在，千山幽胜岂难探。

（五）

几曲浑河带柳汀，数楹茅屋想兰亭。
频更令节头增白，安得群贤眼共青。
世患辟除须纵酒，名心湔祓好持经。
却思水国嬉游地，岁岁回波冷绿萍。

（六）

春光九十总如冬，满眼空怜万萼封。
不见雕梁来紫燕，偶从花径度黄蜂。
衣裳朔气终难御，弦管南音未易逢。
归去不须陈八簋，笋香鱼美足从容。

（七）

出处当时颇泰然，闲情何地不流连。
药炉火活松风里，茗碗香生谷雨前。
睡起云山围晓幔，游回烟水并春船。
升平肯信兵戈事，行乐徒知及盛年。

（八）

三吴花草半荒墟，文物风流久寂如。
大树异时犹习礼，名山何处可藏书。
台游麋鹿斜阳里，阁画麒麟蔓草余。
岁岁飞丝兼落絮，春风吹满卧龙庐。

寒食日

百五良辰古塞阴，黄尘青雾晓沉沉。
龙蛇岂独前贤恨，烟火空寒此日心。
昼暖有人还卧雪，春深无树可藏禽。
他乡饧粥终何味，回首江城动楚吟。

忆梅花

（一）

不见梅花已十年，水边林下忆流连。
相看不厌曾兼雪，欲折无由自各天。
问向樽前春独早，吹来笛里夜堪怜。
惟应白首羁人梦，重到江城皓月前。

（二）

万点寒岩迥绝尘，一枝高阁倍怡神。
非关桃李难相傍，自与冰霜觉较亲。
老去每怀携酒地，兴来兼忆咏花人。
天涯亦有芳菲色，不到梅边未是春。

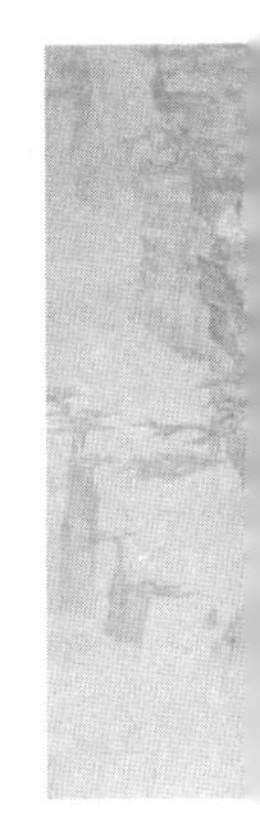

读故友诗有感

（一）

雨窗零涕诵遗编，痛忆春风并辔年。
尚有文章悬日月，岂无灵爽在山川。

千秋遗恨华亭鹤，五夜哀啼蜀国鹃。
惭愧九京应念我，白头如雪滞重边。

（二）

昔年同事郑司农，一代儒林有正宗。
垂钓渭滨谁共载，乘箕天上独相从。
凄心断骨看残帙，扼腕掀髯想旧容。
师友鸿文传播少，可怜千卷尚尘封。

春暮有感

年年春暮不知春，苦忆他年碧海滨。
是处林泉皆满意，有时风雨亦宜人。
芳郊藉草青油幕，暖日看花白葛巾。
宾从图书盈画舫，平生谁识马蹄尘。

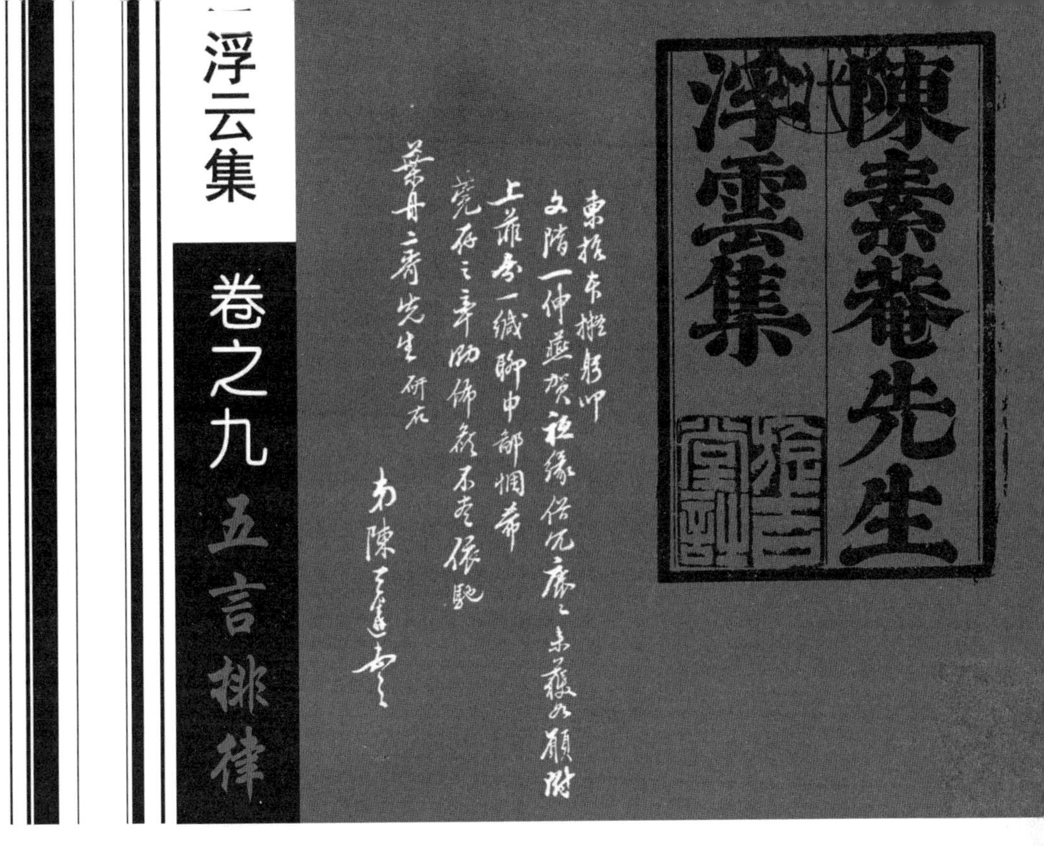

泰　　山

群岳皆宗岱，岩岩镇大东。
灵区开渺莫，生气接鸿蒙。
万里屏中夏，千盘上太空。
春巡虞典重，岁祀汉仪隆。
绕麓环河济，登颠见华嵩。
日轮腾海上，云气起封中。
仰视天门辟，遐思帝座通。
阳崖纷绮绣，阴道郁青葱。
芝秀滋甘露，萝悬带彩虹。
仙闾丹嶂合，神府紫氛蒙。
悖德来风雨，精禋格颢穹。

荐馨垂百代，班秩视三公。
玉策藏虚室，金床列閟宫。
井香琼液注，岩暖石华融。
遂觉烟霄近，何难羽驾翀。
白光逢老父，朱草乞仙童。
洞广探无际，天齐陟未穷。
危峰翔化鹤，深谷隐冥鸿。
柏挂崇坛月，松吟众壑风。
徘徊青汉上，育物想丰功。

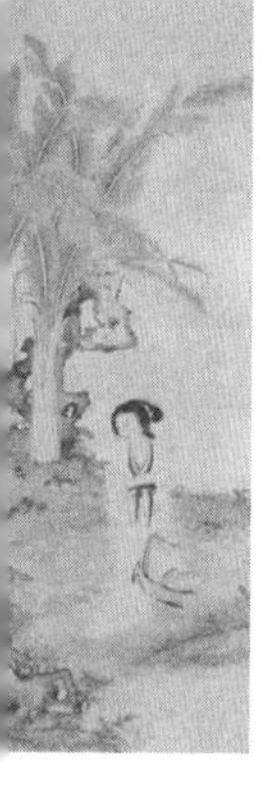

金陵怀古

王气千秋在，风流六代余。
山蟠钟阜壮，江抱石城纡。
玉树浮天阙，瑶华拥帝居。
月随雕辇遍，波度锦帆徐。
象管佳人赋，蛮笺狎客书。
巫风方煽处，祸水竟沦胥。
电发戈船济，烟销铁锁虚。
绮罗尘桂馆，珠璧碎椒除。
入洛符青盖，辞吴引素车。
床间书未启，井底计终疏。
云杳琼台凤，蘋荒玉溆鱼。
他时江令到，流涕满芜墟。

临安怀古

北略兵端构，南迁国势偏。

神都依浙水，甸服绕吴川。
天堑江淮限，坤维雍豫连。
郁纡环秀岭，澄澈俯芳泉。
贝阙萦明圣，旋宫起望仙①。
旌旄曾及汴，金帛竟输燕。
志绝中原复，安偷数叶延。
海波终汩没，湖水夙回旋。
云际琼瑶室，烟中罨画船。
春堤飞玉辔，秋月响冰弦。
陌暖长攀柳，波香竞采莲。
襄樊烽火急，上相正酣眠。

观褚遂良摹兰亭真迹

右军书此序，千载见虚襟。
字里烟霞古，行间洞壑深。
惠风回淑气，修竹布清阴。
咏就齐生死，觞阑悟昔今。
固宜唐帝宝，曾命褚公临。
落落情元合，超超致未沉。
波澜生曲水，云物变遥岑。
但觉神明似，非从点画寻。
春披波浩淼，秋览气萧森。
如与兰亭集，悠然旷代心。

① 据张氏第三次刊印本谓：“旋”当作“璇”。

衡　山

有虞南狩日，辑瑞此山阳。
控岭舆图大，沿湘气势长。
秉衡钧庶物，铨德镇炎方。
万壑流空曲，千岩叠混茫。
涌如层浪起，望若阵云翔。
赤帝开神府，朱陵位火乡。
明威钦烜赫，上祀荐堂皇。
洞古银编秘，岩深玉字藏。
灵文遗鸟迹，珍馆望蟾光。
渐陟瑶空上，俄依贝阙旁。
翠标何的皪，紫盖俨飘扬。
烟敛芙蓉霁，天清桧柏凉。
露华盛玛瑙，溪奏响珩璜。
石囷储仙药，星坛散异香。
雁回峰入汉，鹤舞月如霜。
怅望苍梧远，湘灵怨未央。

鄱　阳　湖

李空同先生昔曾赋此，为选家推敲，几无完什。然气格固在，辄同韵续赋，难称后劲，实愧前茅。

东南龙战日，高帝有神谟。
灭汉先勍敌，平吴俟后图。
风飙随仗钺，雷电起威弧。

立国规模异，兴师顺逆殊。
戈船趋地利，抱鼓震天诛。
帝座妖星过，军声骇浪俱。
几年争逐鹿，一矢殪封狐。
自致乌江败，宁容赤壁逋。
发蒙收汉沔，拉朽下姑苏。
自此皇舆集，空嗟霸气徂。
寒沙沉白骨，折戟乱青芜。
月浸鸿秋吊，磷浮鬼夜呼。
废兴诚有数，策力古相须。
胜许留侯决，忠怜纪信孤。
人豪非旷世，圣主为前驱。
千载云龙会，英风尚满湖。

火灾修省

圣德孚苍昊，休征感夙通。
升闻惟惠迪，履顺亦钦崇。
炎上非违纪，明威适启衷。
彻悬虚四饭，卑服倡群工。
玉烛勤兰禁，金茎肃荔宫。
烈矜民畏迫，爱识帝心隆。
不屑询禅灶，宁惟格祝融。
敬哉师济彦，何以敕天工。

景皇帝墓

宝历丁中叶，狂氛际鞠凶。

翠华虚饮至，玉瓒失禋宗。
北媾行权秘，东迁献议讻。
讴吟思汉德，翼戴起唐封。
逆竖诛何迅，元臣眷独钟。
有君堪谢敌，无战不摧锋。
悔祸金舆返，衔悲玉殿逢。
西宫将驾鹤，南内复飞龙。
受命虽更互，因心各友恭。
珠襦辞晓禁，翠幄锁寒峰。
徐石丹书锡，于王碧葬从。
魂归郕邸月，神恋景陵松。
清庙虚相待，通侯祀必供。
春秋瞻宿草，监国想殊庸。

文丞相祠

寄托忠臣晚，扶持末造艰。
黄冠归未果，白刃蹈殊闲。
故国芜墟没，荒祠薜壁斑。
悲风吹怒发，冷月见愁颜。
庭暗松杉蔽，檐喧鸟雀还。
应伤蘋藻荐，俎豆在燕山。

游李氏庄

田窦乘权少，金张席宠偏。
买山依日月，润屋及林泉。

别业临芳甸，层台倚碧天。
径随垂柳曲，亭抱杂花圆。
布置争人巧，平陂厌自然。
直堆珠作岫，欲泻玉为川。
窈窕文窗锁，迂回翠磴缘。
开轩悬木末，引瀑上峰颠。
密室烘梅早，华筵斗茗先。
主人希命驾，有客一停鞭。
纵目楼台外，披襟水石前。
曲栏怜竹弱，静渚羡鸥便。
爽豁宜高枕，沿洄任小船。
吟生孤屿月，坐老半庭烟。
暂得娱丘壑，何须醉管弦。
忽怀松菊径，邈莫五湖边。

涉杨子江

十年三渡此，淼淼客心伤。
巨浸纾天堑，名川表帝乡。
神功疏曲折，元气混汪洋。
下楚辞岷远，潴吴赴壑长。
南徐开棨戟，北固拥帆樯。
波送人豪尽，烟埋霸气荒。
朅来凌浩渺，聊为问苍茫。
接日飞涛白，翔空陨箨黄。
葭声摇夕浦，雁影乱秋塘。
形胜看萦带，渊源想滥觞。

碧生瓜步雨，寒卷石城霜。
独与东流抗，金山未易量。

金陵旧宫

壬午岁作。

淮泗真人作，乾坤大业全。
止戈经百战，定鼎卜千年。
耀日旋宫启，凌霄贝阙连①。
朱堂开楚粤，紫禁绕幽燕。
宅镐新图扩，都丰旧德传。
未央犹壮丽，太液自清涟。
月静芝房里，花闲柏寝前。
簪绅怀昼接，纶綍想晨宣。
省闼权谁窃，帷墙制不牵。
始基诚作圣，肯构亦称贤。
阊阖风云护，堂皇日月悬。
鸾镳鸣玉陛，羽葆度瑶天。
江绕流遐泽，冈回拥瑞烟。
金汤坚不拔，丹雘烂长鲜。
原庙衣冠肃，通侯锁钥专。
孝陵弓剑在，灵爽满山川。

寄同馆诸子

凤池丹阙左，虎观玉河滨。

① 据张氏第三次刊印本谓：“旋”当作“璇”。

片席承人乏，虚名备国宾。
帝心劳吁俊，贤路尚更新。
妙选循良吏，偕充侍从臣。
严师敦齿让，同德贱刑亲。
珮接宫云晓，杯衔苑柳春。
擅场争搦管，胜地簇雕轮。
奉讳离群遽，相携出涕均。
冥鸿难避弋，屈蠖敢求伸。
从此乖良友，馀生痛鲜民。
飘如寒圃叶，饥采碧溪芹。
身隐文焉用，心枯句不神。
旧游怀桂馆，大造感枫宸。
比岁舆图震，中原战伐频。
禁庭亲组练，帷幄待经纶。
伫望欃枪扫，江湖稳钓纶。

赠督府孙白谷先生

侧席劳明主，专征倚重臣。
天威分宝剑，人望属纶巾。
整暇三驱用，张皇九伐申。
异时群作贼，主者实残民。
虎翼张难戢，狼心豢不驯。
帅多生得失，师老习逡巡。
北掠逾河内，南侵及泗滨。
惟公知彼已，自昔妙经纶①。

① 编者按：“彼已”，当作“彼己”。

震电攻无敌，渊冰算若神。
先声心胆夺，胜气羽旄新。
幕下多君子，行间有丈人。
近闻搜甲乘，亟议扫飙尘。
地利争夷险，军形察伪真。
勇非衰再鼓，狡或诱千钧。
彗久窥黄道，霾高逼紫宸。
中原根本地，黾勉固三秦。

忆　　昔

左辅安危地，雄关扼蓟辽。
帅师周召虎，宿将汉嫖姚。
戍海烽烟密，依山斥堠遥。
是时军颇盛，在事气方骄。
剑划黄云断，旗翻白月摇。
绮罗娇夜宴，笳鼓振秋潮。
馈饷劳千里，成功觊一朝。
忆驱春塞马，看射碧天雕。
元老能虚左，论兵数见招。
绸缪陋坚壁，根本责中朝。
奇计陈何补，雄心去渐消。
近闻频易帅，三锡费金貂。

赠河督张玉笥先生

九河荒禹绩，淮水纳诸流。

泛滥当中土，怀襄及数州。
累朝无上策，运道更深忧。
公实称时杰，人皆仰壮猷。
台霜分獬豸，卿月领鸤鸠。
测水朱轮遍，循堤彩鹢周。
神功回九折，早计备三秋。
浪顺桃花稳，波恬竹箭留。
徒传沉璧马，不待镇金牛。
大患千年息，荣光五色浮。
酬庸宜懋赏，善后在佥谋。
但记河平瑞，无心拜彻侯。

游虎丘闻歌

白虎踞层丘，吴王古墓留。
逶迤铺锦石，清泚漾芳洲。
林近留云浅，峦交积翠幽。
栖迟堪却暑，恋赏最宜秋。
沙软便游屐，波恬缓泛舟。
觞花金管沸，藉草绣茵稠。
殊色频惊目，清歌竞引喉。
漏残群籁寂，月静妙音流。
圆若神珠贯，清如独茧抽。
倚箫弥袅娜，催拍转优柔。
坠叶飘疏树，潜鳞出古渊。
坐深香袂昵，听罢翠蛾愁。
旧曲谁重理，新声已暗偷。

含情旋画舫，扶醉上珠楼。
烛影红摇幌，茶香碧满瓯。
吴山行乐地，他日尚神游。

初入国史院修史，院故玉芝宫也，时所编皆万历事

桂殿诸儒集，芝房故册开。
历终阳极数，简出劫余灰。
得失存殷鉴，编摹用楚材。
纪年规古典，体要自宸裁。
中叶神宗后，枯毫史席陪。
东周当烈显，西汉渐成哀。
日昃霾仍翳，枝荣本暗摧。
多藏非国宝，匹嫡起群猜。
螟蛉兼宫府，蜩螗沸省台。
孰殴黔首散，终召赤眉来[①]。
一炬空群庙，斯宫仅免灾。
庭曾滋瑞草，楹昔奠云罍。
勇诤兴藩议，乾刚肃后才。
是君无继作，末命岂栽培。
旧录伤金匮，新书愧玉杯。
校仍吹火照，入每戴星催。
迩事闻多异，微文义或该。
礼征无杞宋，贤聚有邹枚。

① 据张氏第三次刊印本谓："殴"当作"驱"。

冻砚呵春霰，孤心对苑梅。
慎旃狐史笔，上帝日昭回。

燕京一百韵

历数移天命，舆图识帝乡。
幽州封最广，燕国势常强。
乾象当箕尾，坤灵接太行。
济河襟浩荡，岱华翼回翔。
海曲萦京邑，山重限汉疆。
北条蟠王气，南面制多方。
异代经营久，文皇考卜臧。
宏规函宇宙，杰构表金汤。
地脉居中得，星垣取法详。
紫宫巍特立，丹阙郁相望。
正殿开三极，端闱集百祥。
陆离珠作缀，璀璨玉为杠。
幽闼寒暄易，崇台日月妨。
百司分庶尹，十邸建诸王。
驾拥蓬莱仗，衣垂藻火章。
泰坛虔奏假，清庙恪蒸尝。
素朴陶匏荐，馨香秬鬯将。
右文临太学，造士谨胶庠。
督府军容盛，团营武略彰。
春蒐夸羽猎，秋阅骇龙骧。
翰苑崇儒雅，纶扉籍赞襄。
属车回柏寝，永巷达椒房。

蔽地殊邦锦，浮空异域香。
横陈尽燕赵，充选必姬姜。
绛树双歌发，青琴七宝妆。
承恩陪翠辇，罢宴倚金床。
西苑瑶泉远，南宫碧树芳。
长堤飞绣镫，曲渚引牙樯。
从兽雕弧偃，鸣鸡杂佩锵。
乐非耽逸豫，时适际熙康。
轮奂通侯第，萦纡外戚庄。
冶游盘广陌，禊饮出高梁。
醉月倾鹦鹉，追风骤鹔鹴。
九逵华毂击，万室绮筵张。
平准罗三市，干掆肃五坊。
文谟敷岭粤，声教迄氐羌。
世祚神方祐，农功岁屡穰。
百年销剑戟，四国乐耕桑。
野效三多祝，朝称万寿觞。
贡珍盈府库，输粟盛艅艎。
正朔穷山海，提封过汉唐。
历传多令辟，作法本高皇。
郡国求良牧，朝庭揽大纲。
政常分府部，制不出帏墙。
贵戚权无借，雄藩衅默防。
洪熙敦友爱，宣德体元良。
监国勋难泯，迴銮统再光①。

① 编者按：“迴銮”，当为“回銮”之讹。

泰陵仁独至，世庙道能刚。
累叶升平久，居安战伐荒。
朝班稀鹭鹭，言路沸蜩螗。
理乱时相继，平陂数不常。
中宸烦诏令，内阁失劻勷。
吏杂诛求急，民穷德泽忘。
一夫俄俶扰，群丑遂披猖。
共谓潢池弄，宁知赤社亡。
揭竿方警急，拥纛故徜徉。
不见肴函固，旋闻楚豫戕。
举朝犹泄沓，当宁独彷徨。
旄节中常侍，麾幢内教场。
书生虚授钺，志士鲜同裳。
养寇轻民命，移师避贼芒。
先声摇上国，伪号邑咸阳。
稍虑边兵锐，深知镇将恇。
疾驱屠汉塞，决策犯天阊。
北极长星扫，西方太白芒。
禁庭宵眚黑，都市昼霾黄。
上谷军俄溃，居庸险孰当。
纂严丹诏切，告急羽书忙。
内变心难测，南迁势不遑。
登陴陈弱卒，馈饷乏余粮。
六尺孤谁托，千秋恨未央。
龙归攀莫及，鹰附饱群扬。
玉碎璇宫里，珠沉宝幄旁。
翻城皆虎骑，揖盗半貂珰。

塞路来蛇豕，中朝踞虎狼。
旌旗交紫禁，戈甲乱朱堂。
拥戴殊无忌，迎降众若狂。
千官膏梃刃，七贵泣桁杨。
致命悲人杰，游魂痛国殇。
敢窥诸庙主，尽攫历朝藏。
芜砌投彝鼎，交衢践缥缃。
阴风号玉殿，残月冷银塘。
丛棘铜驼没，荒陵石马僵。
雄图长泯灭，故老共凄凉。
楼废虚鳷鹊，台空杳凤凰。
黍离怀宅镐，麦秀感生商。
帝制终难窃，天心岂易量。
真人神器属，大国义旗扬。
允武师无敌，深仁运寖昌。
恤邻心皎日，鞠旅令秋霜。
竞进玄黄篚，飞驰赤白囊。
肆征惊震电，一战落欃枪。
遂可櫜弓矢，无劳破斧斨。
余黎安蔀屋，遗彦满岩廊。
柔远矜吾赤，胜残答彼苍。
因殷卑观榭，鉴夏警城隍。
厚德求三恪，丰功陋一匡。
陵园存洒扫，伏腊尚趋跄。
旧史多残缺，前徽未渺茫。
回思定都日，曾拟万年长。

夏至斋居，时方苦旱

泰圻严夏祀，大戒肃春官。
署阒诸声寂，心清百虑端。
槐风亲转细，柏日照如寒。
典想黄琮重，诚祈赤社安。
晋齐无静土，江海尚狂澜。
赫怒承天易，含弘法地难。
夙悬镛鼓备，洁馆豆登完。
灵雨何时降，先应润紫坛。

感　　怀

绝域淹经岁，残春迫暮龄。
百忧头遽白，四月草初青。
雨积悬泥辖，风高掩昼棂。
耽眠书数废，畏客户常扃。
在昔潜农亩，方期老钓汀。
出山尘竟堕，集木势难宁。
险阻孤心碎，波澜百态经。
崇朝辞北极，尽室托东溟。
久著毡裘脆，卑栖毳帐腥。
花前歌当哭，烛下影怜形。
气渐回寒谷，魂犹怯震霆。
食贫疏酒馔，垂老恃芝苓。
梦觉依莲座，仙游想幔亭。

尚思天步坦，欲挽日车停。
狎俗差无迕，吟诗只自听。
茫茫青海外，长炯少微星。

春　暮

芳节春难再，流光老倍贪。
序移惊塞外，游美忆江南。
藉草怜初碧，看花及半含。
水香纡晓岸，云物澹晴岚。
即景长留笔，良朋每盍簪。
水嬉期必赴，山好远须探。
放浪金波棹，踟蹰紫陌骖。
梅残旋问柳，女折或贻男。
素手传杯接，青蛾送语谙。
为欢矜茂齿，玩俗倚清酣。
不畏觞盈百，浑忘漏下三。
试茶寻曲坞，尝笋过精蓝。
积岁狂无倦，重游趣更耽。
平陂谁逆料，忧乐忽相参。
翠壁翻旗画，瑶华拂剑镡。
长林栖不稳，小草出多惭。
远谪芝颜槁，贫居粝食甘。
岂惟虚痛饮，兼亦罢清谈。
送日心何寄，寻春梦或堪。
终焉依贝叶，天外一茅庵。

遣　兴

天地馀身赘，风沙老鬓嫌。
好春过伏枕，永昼寂垂帘。
疾疢差宜暖，喧卑亦畏炎。
柳花初漫漫，麦秀忽渐渐。
世短忧常夺，时移志易厌。
满篝谋玉粒，陈箧检牙签。
异日中无主，词场意不廉。
云雷陈赝鼎，月露杂香奁。
袭古希心得，欺人竞口占。
悔迟时已暮，学浅论徒严。
简帙贪娱老，歌吟当引恬。
大巫终畏见，小隐不成潜。
累众煎膏火，心分问米盐。
登临虚著屐，樵采欲腰镰。
潦倒穷途果，迂疏众论佥。
眼犹青可见，须总白难挦。
豹雾空翘企，龙沙久滞淹。
饮须邻酿熟，耕爱土膏黏。
乐事随年去，浮荣与祸兼。
于今方憬悟，失玩地山谦。

辛丑中秋对月戏为险韵

（一）

层霄澄暮气，素魄遍寒郊。

皎皎青峦顶，胧胧碧树梢。
序当商令半，时值泰风交。
瑶彩盈无缺，金波静不淆。
乍临芳苑桂，亦到短檐茅。
露坐耽幽赏，山蔬荐杂肴。
流光殊可恋，夙兴岂全抛。
鲜脍调宜芥，清酤酌用匏。
当筵矜剑舞，余烛耐棋敲。
欢忆芙蓉院，香思橘柚包。
长鸣宁伏枥，倦翼且归巢。
白首江南夜，灵娥莫见嘲。

（二）

朗朗寒空镜，萧萧久客衫。
鉴怀秋更切，追旧恨难芟。
云壑年方盛，江城景不凡。
璧光开万顷，金气肃千岩。
令节欢无极，良朋兴克咸。
席邀明月就，觞倩美人监。
魄满蓂全长，轮低桂半衔。
长应娱涧谷，谁遣别松杉。
夜色心千里，秋情泪一缄。
瑶蟾沉别馆，玉兔冷幽岩。
猿鹤违堪愧，莼鲈忆尚馋。
何当三五夕，重照太湖帆。

（三）

何处秋光好，遨嬉想帝邦。

霜深千树醉，月到百愁降。
水气流珠缀，金精晃绮窗。
汉斜连锦幄，斗转挂绸杠。
曲宴青牛帐，宸游白虎幢。
似云停翠盖，如昼却银釭。
院邃低琼笛，湖明汛彩舣。
最怜秋扇掩，不惜晓钟撞。
赋月摇斑管，吟花倒玉缸。
尔时欢赏罢，犹自忆吴江。

挽许霞城年伯

先子诸同谱，惟公结契深。
交情齐出处，仕路阅升沉。
并触貂珰忌，同遭蜮矢侵。
严霜留劲干，旭日破重阴。
禁省匡时迹，边庭报国心。
藏弓燕塞下，解组泖湖浔。
深谷栖何稳，终天痛弗禁。
侧闻皈竺典，遂得悟潮音。
世外琳宫寂，阶前玉树森。
几年斑彩戏，一旦宝幢临。
净土元非幻，浮生孰肯寻。
近来羁远域，颇亦托禅林。
客况安辽俗，乡心寄越吟。
有怀钦竖拂，无路恸亡琴。

风木弥增感，尘沙更不任。
中宵听唳鹤，梦醒独沾襟。

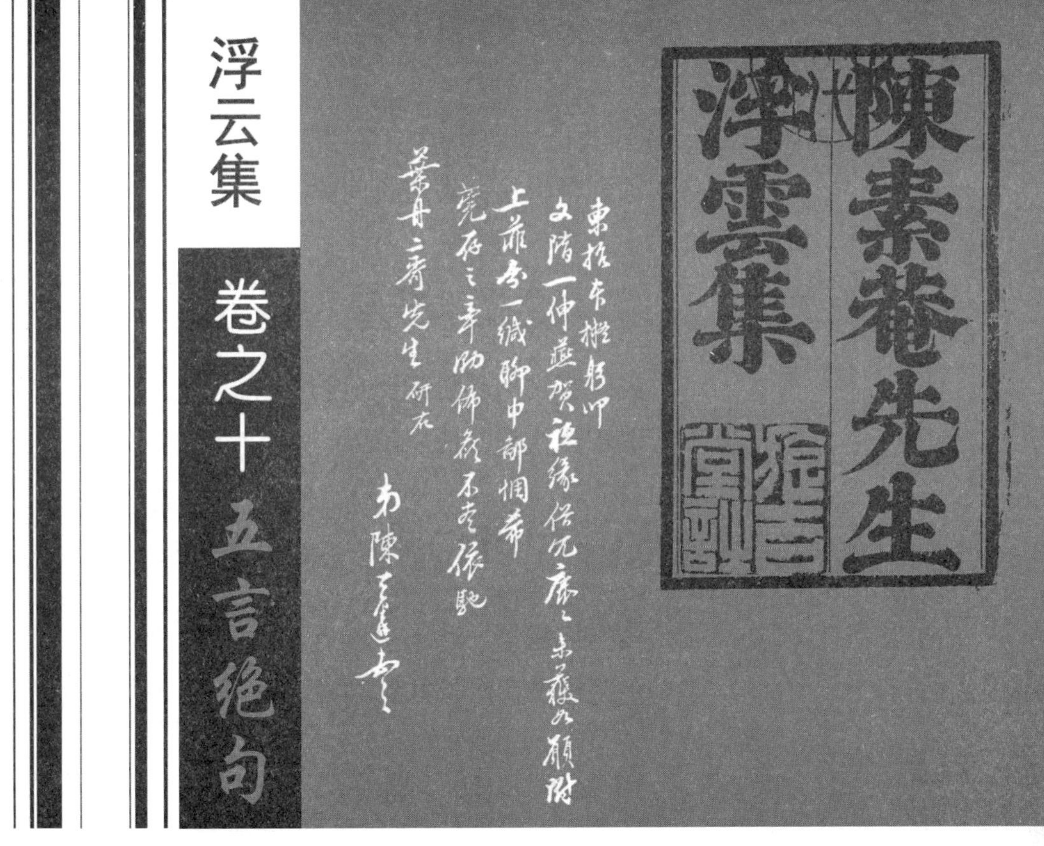

长 安 道

迢遥函谷来，西向长安去。
纷纷驷马车，如今往何处。

洛 阳 道

北邙冢累累，寒月照秋草。
昨日玉珂声，雷轰洛阳道。

出 塞

汉军二十万，俱出祁连山。

独有李将军，失道长间关。

入　塞

鼓钲有欢声，凯歌殷地起。
手斩楼兰头，持以献天子。

折杨柳

杨柳折复生，游子去不返。
年年桃李花，长共红颜晚。

巫山高

巫山峰十二，云雨久模糊。
借问阳台月，当时梦有无。

长相思

烟草绿迷离，莺啼碧树枝。
相思不相见，何似不相思。

陇头水

驱马上陇坂，回首乡关绝。
水声将客泪，年年共呜咽。

临　高　台

故人万里别，攀辕泣相向。
凉秋八九月，莫上高台望。

铜　雀　台

台上歌舞人，坐见芳尘积。
园陵疑不知，但向西陵泣。

长　门　怨

寂寂长门闭，孤帏照宵烛。
辗转念君恩，曾劳贮金屋。

长　信　怨

炎凉自有时，秋风掩纨扇。
君王千万岁，长乐昭阳殿。

昭　君　怨

汉王失佳人，见之恨不早。
如花满六宫，谁似昭君好。

战　城　南

城南短兵接，郭北贼复据。

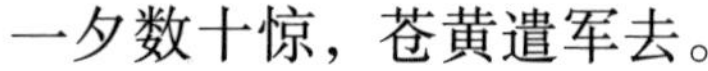
一夕数十惊，苍黄遣军去。

君马黄

君马奔绝尘，臣马若电速。
本自同心人，胡为竞驰逐。

雉子斑

锦臆饮白羽，班班向空坠。
寄言谢雉媒，云何诱其类。

杨白花

可怜杨白花，吹向江南去。
岁岁春三月，怕见空中絮。

白鼻䯄

金羁白鼻䯄，翠幰碧油车。
相逢南陌上，惆怅日西斜。

白纻

君为白纻歌，妾效阳阿舞。
把袂入兰房，共惜蟾光午。

沐 浴 子

朝沐银浦间，暮浴瑶池阴。
五蕴七香汤，浣体不浣心。

有 所 思

朝思复暮思，伊人渺何许。
将心托明月，素娥不解语。

妾 薄 命

西施与昭君，何如妾命薄。
只有明月光，通宵入罗幕。

乌 夜 啼

枝头乌夜啼，哑哑唤欢去。
玉鞍被青骢，踟蹰待天曙。

长 别 离

别离虽不长，悠悠十余载。
昨得渔阳书，移军向辽海。

陌 上 桑

采桑芳陌头，缫丝清流侧。

但作夫婿衣，不为他人织。

兰　陵　王

上马饮数斗，下马掷敌首。
笑杀关中儿，自夸好身手。

将　进　酒

笙瑟既三奏，奉觞前致辞。
主言寿千岁，客言子共之。

芳　　树

风摇芳树枝，娇鸟鸣参差。
望君君不来，怀君君不知。

行　路　难

覆车太行坂，足折不及敛。
试驱长安中，斯路未为险。

空　城　雀

空城雀苦饥，何不四散飞。
曾食城中粒，欲去长依依。

关　山　月

明月照关山，惨惨寒人心。
忆向金闺看，清辉满玉琴。

紫　骝　马

飙驰紫骝马，蹀躞赫连台。
功成献天厩，长得伴龙媒。

西湖杂诗

（一）

家住西湖滨，长戏西湖里。
连朝山雨深，门前长春水。

（二）

蕙草发芳洲，鸳鸯戏碧流。
谁能桃李下，独上木兰舟。

（三）

小艇不畏风，飘飘自相逐。
昼舣柳阴下，夜入荷花宿。

（四）

偶来长堤侧，闲持钓竿坐。

何妨不得鱼，得鱼亦复可。

（五）

文轩倚寒碧，群鸥静相对。
时复因风飞，遥遥暮烟内。

（六）

玉鞭垂紫马，珠箔卷鱼轩。
来往芳堤头，不得交一言。

（七）

花与红颜老，春随碧水流。
年年二三月，肠断断桥头。

（八）

重湖晓蒙蒙，群峰不知处。
似有钓鱼船，依稀雨中去。

（九）

湖上掉舟回，晚风稍凄冷。
斜阳带清波，泛泛雷峰影。

（十）

苏公筑长堤，缘堤植桃柳。
借问看花人，颇忆苏公否？

（十一）

烂烂五色鱼，游戏花港中。

欣欣观鱼人，罗襦动春风。

（十二）

不知一泓水，窅然三潭深。
风吹白云尽，月照天中心。

（十三）

南屏夕岚没，平湖益清远。
几杵疏钟声，世界忽已晚。

（十四）

达人不可作，高名亦安在。
墓上数株梅，寒芳自千载。

（十五）

霜落湖水清，山色转萧爽。
渺渺两峰颠，闲云自来往。

（十六）

初日照西泠，寒光澹明灭。
萧萧北风来，吹落孤山雪。

（十七）

紫箫且莫吹，锦瑟且莫鸣。
请听翠柳间，黄鸟方嘤嘤。

（十八）

徘徊三天竺，仿佛拈花笑。

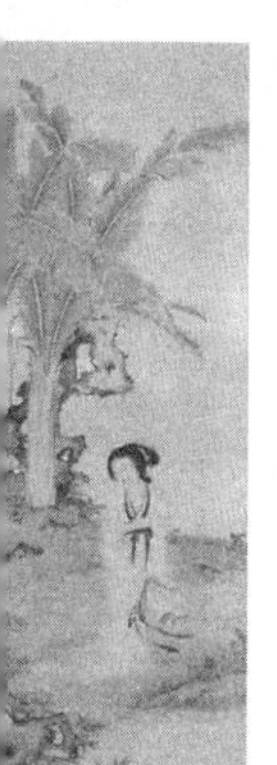

归来对明湖，波光澹相照。

（十九）

莺花满芳湖，水与春情热。
却到古亭中，寒泉对清冽。

（二十）

南山丛桂花，开落南山里。
时有清风来，幽香满湖水。

（二十一）

湖心有孤亭，亭亭绿波上。
笙歌四面起，春船正摇漾。

（二十二）

玲珑灵鹫峰，飞来北山下。
焉知此湖水，不自瑶池泻。

（二十三）

茗芽香胜兰，竹笋白如玉。
春光能醉人，何必樽中绿。

（二十四）

秋光满碧溪，秋水漾金堤。
明月怜歌舞，逡巡未肯低。

（二十五）

昔时芳湖水，潆洄带华阙。

可怜宋宫人，不见今宵月。

（二十六）

桂子久萧疏，荷花亦寂寞。
当时立马人，却道西湖乐。

（二十七）

钱王往不还，帝子渺何处。
惟有湖上山，不逐北风去。

（二十八）

郎居浙江口，妾住西湖上。
湖水不通江，拥楫独惆怅。

（二十九）

杨柳拂红窗，桃花引画舣。
株株相间发，惆怅不成双。

（三十）

今朝春气和，随欢六桥步。
未到第三桥，娇慵倚芳树。

（三十一）

二七西湖女，绣襦锦半臂。
新年学避人，不向湖头戏。

（三十二）

湖山歌舞处，日夜西风送。

知是梦中欢，何妨作佳梦。

姑苏台

云南歌吹地，夜夜霜鸿吊。
为谢明月光，莫向荒台照。

馆娃宫

吴苑别匆匆，琼台曲未终。
五湖春梦里，犹在馆娃宫。

百花洲

繁花千百枝，撩乱荒洲侧。
曾与吴宫人，春风斗颜色。

锦帆泾

水殿临芳渚，芝房接露台。
美人凝睇立，争望锦帆来。

采莲泾

采采碧溪莲，争献君王许。
持觞不一看，只共西施语。

香 水 溪

绿水浴芳饥，余香尚潇洒①。
何况玉房中，烛下罗襟解。

响 屧 廊

越甲鸣吴宫，清响一时绝。
春风动落花，犹疑度轻屧。

斗 鸡 陂

丽地照金堤，连翩锦翼齐。
莫告三江急，君王方斗鸡。

试 剑 石

吴王有宝剑，巨石斫如朽。
云何会稽时，不试仇雠首。

越 来 溪

越众中宵渡，溪流万古哀。
当时臣妾入，剑已及苏台。

① 编者按："芳饥"，当作"芳肌"。

题漂母祠

我携千金来，只买淮阴酒。
平生耻受恩，长揖谢漂母。

长安道上

白露杂黄尘，漫漫长安道。
中有车马客，疾驱苦不早。

古　　意

妆罢敛香奁，不忍亲罗袂。
班班袂上痕，是君别时泪①。

送　　友

挥手远行游，新知满前路。
独有故人归，含凄对秋树。

生　公　石

生公说法地，年年阅花酒。
拳石澹无言，喧寂两何有。

① 据张氏第三次刊印本谓：“班班”当作“斑斑”。

霜　月

霜月明虚窗，浊酒两三爵。
哑哑强笑言，双泪腹中落。

望家书不至

时在辽左。

莫怪音书绝，双鱼不易来。
三千七百里，才只到燕台。

送友人酒

跂脚北窗下，火云方满山。
凉风何处发，只在酒杯间。

寄故山友人

手种碧山梅，寒花照空翠。
烦君携玉壶，代我花间醉。

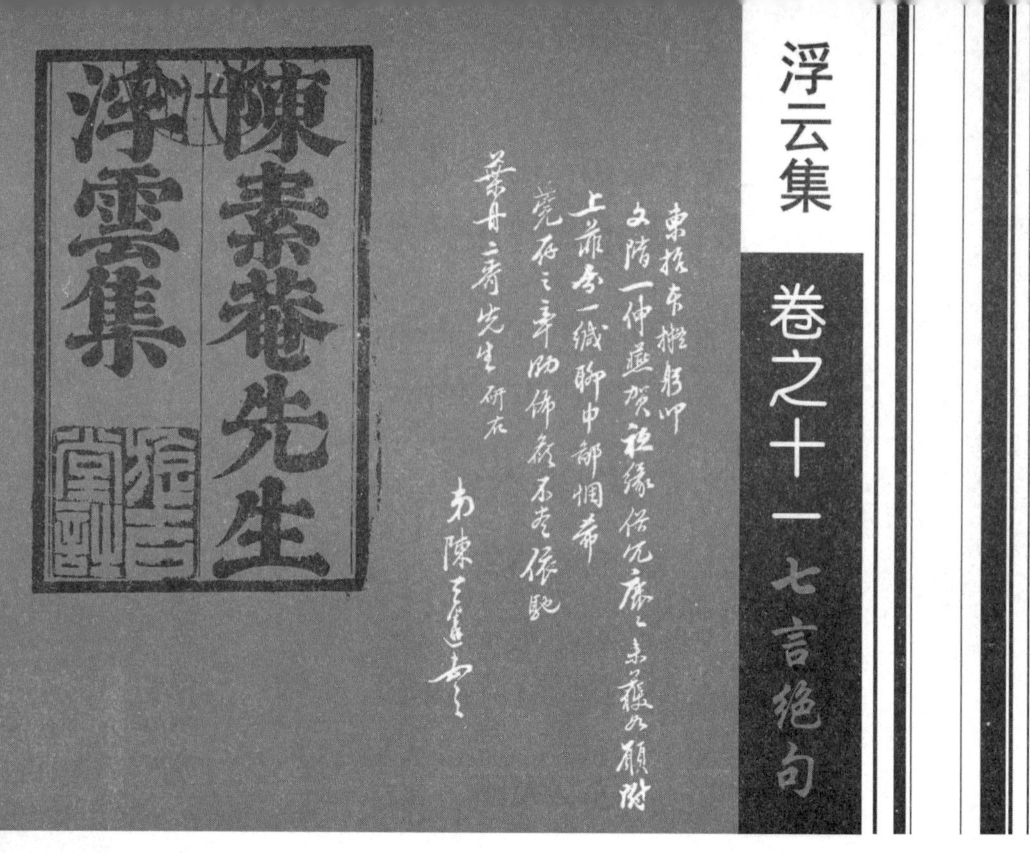

浮云集 卷之十一 七言绝句

送金生南归

玉鞭晴旭指乡关，到日榴花照客颜。
望断江南独留滞，先将双泪附君还。

自淮阴将之广陵

淮水西风照宝刀，白云飞尽碧天高。
将携楚客三秋兴，一看扬州八月涛。

怀　湘　蘋

比翼连枝十载余，暂分香袂亦踌躇。

那堪茂宛愁中月，接得云阳道上书。

次答湘蘋

兰吐清芬玉有光，九微灯下九回肠。
无多衰发萧萧短，不尽愁更漫漫长。

遣姬诗　有小序

夫裯冷小星，台收行雨，或人非惜玉，则闺有锄兰。余翰墨馀闲，颇辩珮声钗色；闹房逮下，恒培瑶草琼枝。而国叹铜驼，长辞东观；家残金谷，终窭北门。蝶梦俄醒，花丛懒顾。容非处仲，竟师开阁之风；事异季伦，预免坠楼之衅。然白杨未拱，红粉遽空。去若飞花，莫卜飘茵堕溷；情如断藕，安能槁木寒灰。同伤乱之七哀，备赋恨之一则云尔。

（一）

翩翩裘马少年时，满院名花第几枝。
今日风流零落尽，眼边珠泪鬓边丝。

（二）

数载盈盈几案间，墨池无处觅双鬟。
伤心一夜才堪尽，锦缎何须梦里还。

（三）

花易飘零月易斜，未圆初月未舒花。
春来懒授金钿盒，憔悴潘郎已破家。

（四）

星移物换事难同，回首江南涕泗中。
三五如花楼十二，不堪都向死前空。

偶　　成

簿书扰扰过初春，满眼风波满面尘。
却笑年年作归计，十年犹是未归人。

逢　　友

荒郊落日驻征车，握手惊看两鬓华。
自是愁人容易老，非关龙塞有风沙。

至日甚暖

葭灰飞处一阳生，顿减重裘旅病轻。
应是汉宫春色动，乍分余暖到龙城。

即　　事

千里彤云黯不开，雪花如掌没荒台。
纷纷铁骑捎狐兔，昨日辽河大猎回。

有　　感

吴山故园无旧栖，燕山昔游成荒蹊。

可怜玄菟城边水，日夜南流还向西。

苦　寒

滚滚黄沙卷戍旗，暮天风劲雁飞迟。
重裘浑似絺衣薄，不到庭边那得知①。

闲　居

黄茅檐头霁雪屯，白苇帘前初日温。
近来双屐疏慵甚，不是寻僧不出门。

闻　雁

狐帽蒙茸革带宽，满林风雪卧袁安。
酒醒夜夜闻鸣雁，不信营州地未寒。

出　猎　歌

（一）

旌麾八部蔽霜空，万马奔腾喜逆风。
高雁数行惊不定，半天霹雳起雕弓。

（二）

四山组练合如云，虓虎骁腾独逸群。

---

① 据张氏第三次刊印本谓：“庭边”当作“边庭”。

千骑弯弧谁敢发，首功长让大将军。

（三）

割鲜争奋鹛鸫刀，乳酒三巡杀气豪。
木叶山前风转急，松花江上月初高。

闻笛有怀

千里荒原杀气腥，北风吹雁入青冥。
如何十载山阳笛，更向龙沙马上听。

至 后

至后边庭朔气增，怒风狂雪转凭陵。
围炉兽炭红三尺，不化端溪砚上冰。

宫 怨

（一）

风扫瑶台雪乍晴，春寒如水浸桃笙。
可怜杨柳枝头月，一样昭阳殿里明。

（二）

荷花槐色满南宫，玉殿高寒暑气空。
已自君心厌纨扇，帘前犹未起西风。

（三）

芙蓉花落冷银塘，鸳瓦长凝五夜霜。

秋老不知伤寂寞，入宫元未识君王。

（四）

楼头珠斗渐阑干，鸿雁声中玉漏残。
谁道梅花禁雨雪，一枝清晓不胜寒。

有　感

极天荒碛满黄埃，终岁吴山少雁来。
万里悲风斜日里，谁人能上望乡台。

闻弦索

龙堆月上酒初酣，片片霜花拂剑镡。
忽倚鹍弦泪如雨，不堪弹到望江南。

咏　史

（一）

蓟门北望塞云重，射石将军有旧踪。
斗印未悬何必恨，相君流涕拜侯封。

（二）

朔雪边霜十九秋，归来元不望封侯。
汉廷将相知多少，不到穷荒亦白头。

（三）

玉容憔悴老龙庭，夜月琵琶只自听。

惟有冢头霜草色，年年犹似汉宫青。

（四）

出塞凄凉入塞愁，心如陇水日分流。
中郎坟上黄云暮，汉帝宫前白草秋。

得张雪蚪《感怀诗》

（一）

潮海茫茫冻不流，黄云白雪古营州。
寒鸿不送哀吟至，谁信张衡有四愁。

（二）

酾酒炰羔毳帐腥，乱笳吹破塞烟青。
一时辽海多迁客，谁诵君诗不涕零。

折　柳　曲

玉鞭珠勒几逡巡，柳色依依渭水滨。
留取数枝休折尽，明年还有别离人。

望西山感旧

霜满寒空万叶干，秋深砧杵遍长安。
苍茫一片西山色，曾向金华殿上看。

燕中怀古

（一）

荒原遗墓傍渔阳，过客千秋尚慨慷。
当日黄金台上士，几人伏剑殉昭王。

（二）

歌残易水涕纵横，万古寒风怒不平。
击剑未传勾践术，至今豪杰恨荆卿。

送剩公入塔

几年踪迹叹飘蓬，短鬓萧萧紫塞东。
又向朔风挥老泪，一天冰雪送支公。

暮　　春

曲曲金虹饮玉津，落花飞絮总伤神。
寻常岁月犹难度，何事人间有暮春。

诵　仙　诗

云间笙鹤偶逡巡，却向清宵示夙因。
珠玉纷纷天上落，始知才子是仙人。

送人之衡阳

汉江南去楚天开，远客逢春处处哀。

更向祝融峰上望，几行征雁却飞回。

友人席上作

兰灯翠幕缓声歌，别按三弦拂钿螺。
莫唱吴门新越调，座中南客旅怀多。

初　　春

初试珊鞭紫陌头，轻寒犹犯鹔鹴裘。
碧栏杆里吹金管，一夜春回十二楼。

长安春词

青幡初拂惠风斜，片片瑶空散晓霞。
河畔未舒杨柳色，殿头先进牡丹花。

宫　　词

（一）

玉壶清漏夜沉沉，永巷传呼法驾临。
月里离宫三十六，一时倾耳听车音。

（二）

纨扇凉飙感弃捐，当时怀袖久流连。
自怜妾命秋云薄，不是君王雨露偏。

（三）

紫殿钟残午夜时，朱扉犹未锁葳蕤。
君恩圆缺如明月，再照长门不可知。

江　上

凤凰台上冷秋烟，把酒登临思渺然。
六代河山高下在，可怜列满夕阳前。

送人之吴

津亭春月照征袍，垂柳青青拂彩旄。
若上金焦挥健笔，莫将诗兴让江涛。

折荷怀友

白葛轻裾晓气寒，野塘新涨碧漫漫。
清歌小艇凌波去，折得荷花只自看。

雨　后

午枕初醒花气熏，卷帘晴雨隔溪分。
一川碧浪摇斜日，几片青山纳白云。

夏日送友

醉折荷花送尔行，客程千里火云横。

摇鞭试诵花前句，定有清风马上生。

寄　山　僧

金牛山半梵王宫，几载安心万法空。
惟有庭前双古柏，与公同老白云中。

送人之白下

长江淼淼石城隈，往事东流去不回。
君到凉秋如纵目，岂能重上雨花台。

山寺偶成

丹崖千仞绝跻攀，桧柏萧萧石室间。
欲觅禅心渺何许，一声清磬翠微间。

久不得家书

塞北江南万里余，秋来消息断双鱼。
恐增迁客天涯泪，不是家人不寄书。

四　忆　诗

（一）

花满春堤淑气蒸，珊鞭紫马度西陵。
春寒欲尽罗衣减，不信龙沙未泮冰。

（二）

金碧湖山罨画船，快风驱暑晚凉天。
美人歌罢客微醉，棹向荷花深处眠。

（三）

江城秋老未飞霜，瑶草琪花尚斗芳。
谁拂鹍弦弹出塞，更添豪兴玉杯长。

（四）

看梅吟雪共从容，薄絮轻衣已御冬。
亭午竹窗眠正熟，梦中犹厌未央钟。

秋塞杂诗

秋　　草

一夕西风木叶干，连天衰草接三韩。
可怜遍野青青色，只耐征人九夏看。

秋　　月

阴山瀚海几淹留，看惯寒光更不愁。
莫向凤城闺里照，有人垂泪倚高楼。

秋　　风

凉风万里扫金微，惊雁千群断续飞。
如水铁衣难更着，今秋吹送旅人归。

秋　雨

四野秋阴上碧空，飘摇毳帐满霜风。
那知千古边庭恨，都到潇潇暮雨中。

秋　水

乱碛飞沙不尽愁，每看枯草始知秋。
望乡台上归心切，惟见长河入塞流。

秋　雁

莽莽长天雁阵开，角声吹断白龙堆。
三秋楚客多书信，不到衡阳莫便回。

秋　砧

金剪亲裁玉箸垂，征袍千里恨迟迟。
不知塞下宵砧急，捣就寒衣更寄谁。

秋　蛩

荒榛残垒咽寒蛩，绝塞新秋冷似冬。
正枕金戈听欲泣，白狼河上又传烽。

登观音阁

招提高阁倚寒空，片片遥山怅望中。
犹有溪头疏柳在，数枝霜叶耐西风。

小　游　仙

几朝词客几书家，济济丹台侍翠华。

吸罢琼浆三百斛，笔花飞作海天霞。

秋　日

渺渺寒沙落雁多，怒风吹日堕辽河。
不知皂帽淹留客，当日逢秋意若何。

中秋无月

风叶萧萧客舍寒，举觞无月共盘桓。
会骑白鹤凌云去，天柱峰头饱意看。

立　春

壬寅十二月二十六日。

盈城羯鼓沸如雷，拂面条风朔气开。
自是阳春怜远客，隔年先为度关来。

郊外看杏花

（一）

岭头残雪洒苍苔，寂寞芜城燕未来。
何意数枝红杏色，春风还向逐臣开。

（二）

江南花事烂如霞，满眼名花不当花。
今日低回芳树下，把杯愁杀日将斜。

（三）

青郊晴旭破春寒，藉草吟花兴未阑。
簪向白头君莫笑，往时曾倚玉楼看。

石园看芍药

（一）

殿春长恨见花迟，此地开当仲夏时。
太息美人流落甚，世间春色不曾知。

（二）

断梗阑干草四围，几年长伴野蔷薇。
殊芳不入游人目，竞折蔷薇满把归。

（三）

异时飞鞚走湖干，夹路名花满意看。
今日绿杨枝上鸟，笑人衰鬓强盘桓。

（四）

箫史何年驾彩霞，数楹茅屋住僧伽。
萧萧白发浑无事，管领荒丛芍药花。

雪中送客

朔风吹雪拥征鞍，送客津亭欲别难。
前路最怜回首处，一城烟树白漫漫。

四时闺怨

（一）

落花风急玉窗寒，每对春光泪暗弹。
塞下青青杨柳色，岂应荡子不曾看。

（二）

未秋冰簟已生凉，独弄秦筝倚象床。
但似荷花长并蒂，何须嫁得侍中郎。

（三）

宝瑟商声咽洞房，卷帘愁见井梧黄。
那知紫塞三冬雪，未抵兰闺一夜霜。

（四）

岁晏鸿书尚未凭，满庭琼树六花凝。
茱萸锦被重重护，不暖离心一寸冰。

风　　雨

万岭萧条木叶干，绳床枯坐昼漫漫。
何须风雨侵孤客，满鬓霜华已自寒。

对　　菊

金风连夕扫边尘，野净天空客兴新。

犹有黄花伴尊酒，秋光元不薄羁人。

甲辰元夕

胧胧斜月照松寮，检罢丹经转寂寥。
沈水半炉相向坐，不知人世是灯宵。

咏　兰　花

瑶草香分玉洞春，倚风含露自丰神。
于今百卉争颜色，采得幽芳莫赠人。

春尽桃花未发

边庭时序渐清和，红蕊犹含雪后柯。
寄语花神须速发，人间春色已无多。

西湖竹枝词[①]

（一）

妾恨莲心苦自知，郎情却似杨柳枝。
莲花到死还望藕，柳枝过春那复丝。

---

① 编者按：底本此题右有“素庵诗补录”五字，另，诗后附数言曰：“查羲选佛诗传，曹倦圃言素庵集名《浮云》，十之一二，非全本也。羲幼时曾藏先祖手书《西湖竹枝词》数首，皆集中所不载。以上见《两浙輶轩录》。”

(二)

珠儿钱粉晓匀描，与郎偷踏第三桥。
千万莫将杨柳折，枝枝都学阿侬腰。

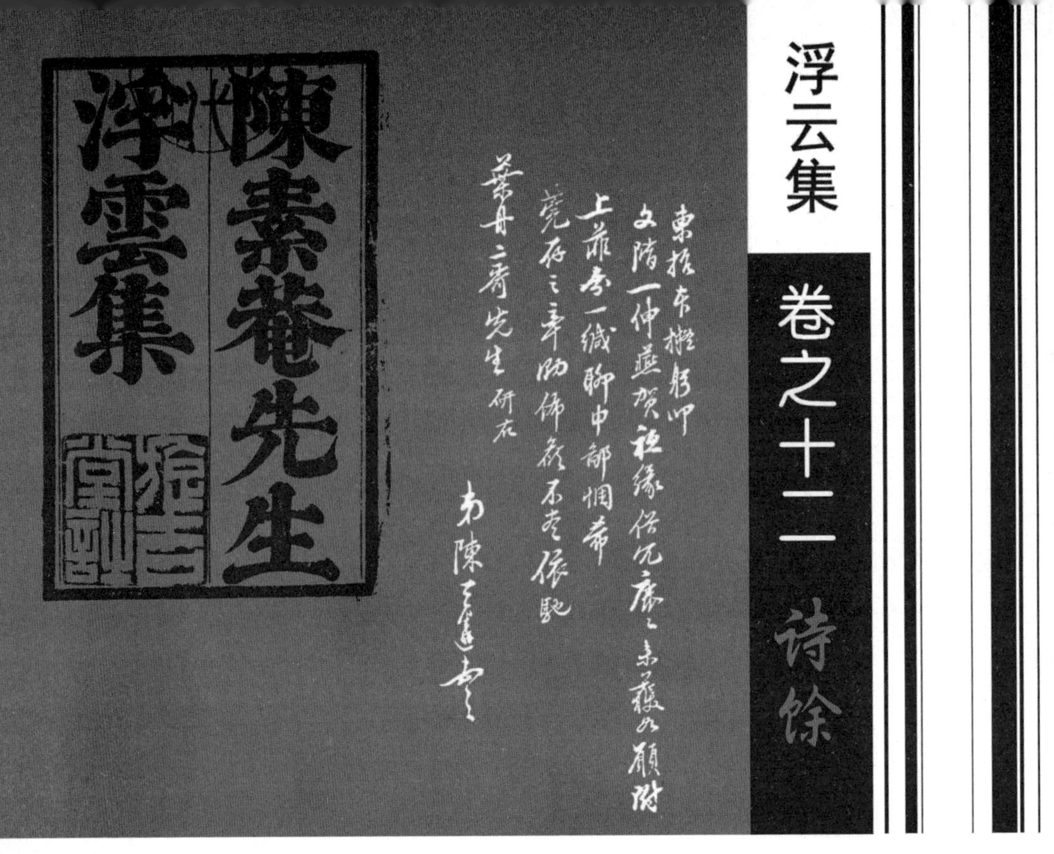

捣练子 偶成

千日酒，片时花，醉来沉闷醒惊嗟。谢酒辞花还忽忽，独依青镜泣年华。

如梦令 闺思

如去如来如送，如恨如怜如弄。如喜忽如颦，非酒恹恹如中。如梦，如梦，一霎花前如共。

如　梦　令

花露香添莺供，粉蕊须增蝶俸。罗绮正流连，一剪晓风红送。如梦，如梦，天上碧桃空种。

如　梦　令

翠鸟满枝晴哄，玉罼乱巡春纵。仙境是何年，似在红桥西弄。如梦，如梦，月底拂墙花动。

如　梦　令

碧火夜荣苔缝，玄雾晓腥花洞。绕遍苑墙行，不见云间双凤。如梦，如梦，翠辇玉尘曾从。

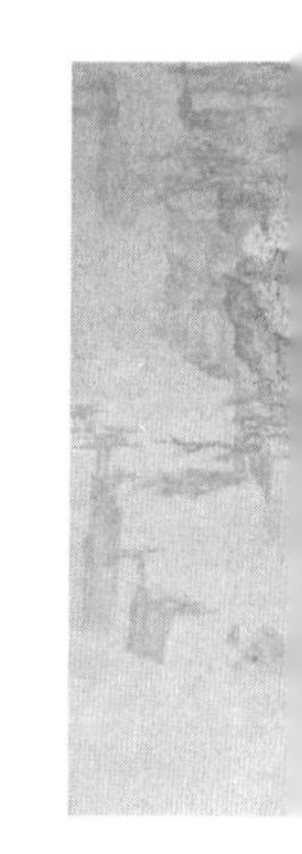

如　梦　令

曾访仙居邻宋，试数名花行仲。绕指寸肠柔，知勾几番情用。如梦，如梦，何处再寻春空。

浣溪沙　美人

取次妆梳自不同，寻常写染更谁工，那知身在蕊珠宫。
玉骨最怜多软弱，兰心长怪太惺忪，忖人情事不言中。

浣溪沙　闺怨

翠被香消怯晓寒，沉沉斗帐梦初残，起来无语只凭栏。
玉腕暗随愁黛减，泪珠偷共落花弹，小红犹自劝加餐。

浣溪沙 别意

湖上青云接白云，美人荡浆接朱轮①，桃花流水可怜春。　　湖草青时人别去，草枯时候未逢人，明年湖草不须青。

浣溪沙 次湘蘋韵

咏絮看花二十春，人间双戏紫霄人，酒情禅味近来匀。
金盏饯愁随腊去，玉梅迎句逐年新，谁言彤管不凌云。

摊破浣溪沙② 看雪

小院余闲半日偷，绿窗彤管旧风流，且倩霜飙吹倦客，上层楼。　　去岁已惊头似雪，今年羞见雪如头，难道明年燕邸雪，再淹留。

浣溪沙 黄昏二阙

（一）

万恨千愁一霎侵，灯光人意两沉沉，十年犹是不难禁。
已掩琴书无个事，欲舒衾枕更何心，便非羁客也沾襟。

---

① 编者按：“荡浆”，当为“荡桨”之讹。

② 编者按：此词牌底本作“前调”，按此当为“浣溪沙”，然度其词平仄字句，应为“摊破浣溪沙”词牌，故径改。

（二）

短焰摇摇弄晚缸，金风吹恨叩幽窗，旅魂前夜到桐江。花绕睡乡终是梦，醉攻愁国竟难降，南翔频见雁双双。

浣溪沙　春暮二阕

（一）

镜里新妆只自看，灯前娇泪不同弹，昏昏捱到柳花残。一岁伤心三月暮，几宵凄骨五更寒，无情容易有情难。

（二）

紫玉鸳钗白玉钟，柳边桃下惜匆匆，今年芳节半西风。千里人归春梦里，一庭花睡鸟声中，晓来零雨又蒙蒙。

菩萨蛮　冬景

小梅红影疏窗晓，晓窗疏影红梅小。香被绣鸳双，双鸳绣被香。　　翠蛾长隐泪，泪隐长蛾翠。寒径雪花残，残花雪径寒。

采桑子　立春

寒窗几度探春信，今日春来，着意安排，彩燕双飞上玉钗。　　东君莫厌从容住，处处樽开，日日诗裁，准拟今番不放回。

罗敷令 秋怨

碧梧影弄黄昏后，玉簟惊秋，明月窥愁，十二栏杆露未收。　　和衣小睡浑无语，旧事心头，新恨悠悠，被拥鸳鸯半面羞。

更漏子 秋闺

碧苔香，黄叶冷，妆就一天秋景。风料峭，雨凄迷，流萤点点飞。　　珊枕润，红痕嫩，媚眼啼多偏俊。砧韵涩，篆烟残，孤灯照梦寒。

忆秦娥[①] 闺怨

冰弦歇，桃根渡口伤离别。伤离别，珠帏锁恨，玉壶啼血。　　流苏羞绾同心结，萧娘肠断音书绝。音书绝，两弯愁黛，一帘明月。

忆秦娥 和湘蘋韵

春三月，天公似吝芳菲节。芳菲节，连朝旧雨，一庭今雪。　　年来情绪何堪说，暖风晴日还凄切。还凄切，千愁放了，一般难撇。

① 编者按：底本作“忆秦蛾”，误，径改。

忆秦娥　三月

春时节，年年三月偏愁绝。偏愁绝，断冈残树，几枝寒雪。　　招魂一曲商歌阕，伤心两把啼痕血。啼痕血，锦帏鸳带，那年曾结。

忆秦娥　次韵答湘蘋

浮荣早，觞花赋雪无昏晓。无昏晓，玉堂春丽，锦机年小。　　莲霜鸳浪经多少，旧游空忆琼枝绕。琼枝绕，断烟荒蔓，那时谁道。

柳梢青　新春

沸耳笙歌，满头花草，又作新年。薄雾笼辰，晴晖濯午，天意熙然。　　兰房小饮高眠，算胜却雕轮玉鞭。鬓雪差添，笔花无恙，还望春怜。

柳梢青　即事

金勒才回，宝奁犹展，寒日将斜。案有新词，门无残客，半晌清嘉。　　小窗诵罢楞伽，试点染冰莹素纱。两个文禽，一枝铁干，几朵梅花。

柳梢青　探春花

傲腊霏香，先梅弄色，试探东君。春信如何，春情几许，传与佳人。　　一枝窗畔清新，似学得晨妆淡匀。些子风光，依稀漏泄，不为争春。

西江月　湘蘋将至

梦里君来千遍，这回真个君来。羊肠虎吻几惊猜，且喜馀生犹在。　　旧卷灯前同展，新词花底争裁。同心长结莫轻开，从此愿为罗带。

浪淘沙　偶成

絮语小窗间，一晌辛酸，别来惟有梦回环。近日恹恹重伏枕，说是春寒。　　虽则耐幽闲，褥冷香残，惜花未许共花栏。不少桃源诸女伴，举眼谁看。

浪淘沙　乙酉除夕

回首问今年，何似前年，一年不若一年年。两鬓繁霜三径雪，断送残年。　　明日是何年，也算新年，交亲怜我问吾年。愁里不知朝与暮，何况流年。

浪淘沙　感兴和湘蘋韵

几载似飞花，飘堕京华，持杯和泪听宵笳。犹带故宫明月色，不及寒鸦。　　乌帽试轻纱，锦带红斜，当年游戏玉河涯。云里帝城双凤阙，好个天家。

鹧鸪天　春恨

青嶂红花暖欲燃，一湾烟草醉晴川。余春渐欲辞莺燕，愁耳于今怕管弦。　　金凿落，铁连钱，追欢辜负绿杨天。珠帘锦缆银塘路，却是山阴雪夜船。

鹧　鸪　天

游未中年已倦游，愁为情性不知愁。春残几阅花悲喜，红老难商燕去留。　　真落魄，强风流，一番沤梦醒扬州。樱桃院宇芙蓉帐，更向瑶空结蜃楼。

鹧鸪天　游虎丘作

不暖寒天好拍浮，半阴晴日荡轻舟。古烟浸润青千顷，新叶周遭绿一丘。　　携翠伴，访缁流，讲堂聊为酒淹留。痴心自喜顽于石，再起生公不点头。

鹧鸪天　春寒有感

兽锦氍毹琥珀杯，绿屏红袖暖相偎。犹嫌火气移金鼎，不信霜威犯玉台。　　衾独拥，梦初回，始知帘外晓寒来。自将短笛横残雪，吹老垂垂一树梅。

鹧鸪天　春暮

浅紫深红一夕收，缓歌急酒几年休。尽教行乐如何乐，不待言愁始欲愁。　　时近夏，冷如秋，春光原不到边头。他时归去吴山曲，宵暮还憎此地游。

虞美人　感兴

红颜绿酒年年好，只做今年老。短筇扶我又登台，但有北风千里共愁来。　　寒波宛转金堤曲，杨柳无多绿。残花莫怪玉杯迟，试看江山何处似当时。

虞美人　池上

金鱼池上生青草，近日追游少。千钟不解玉山颓，怕杀落花时节两三杯。　　锦衣玉佩催人老，赢得人看好。醉余红袖暖相扶，记得柳香风软在西湖。

虞美人　咏虞美人花

深红浅紫枝枝好，露泣春亭晓。倚风无语独低垂，却似兵残楚帐别离时。　　年年依旧柔香袅，不与佳人杳。劝君折取及芳菲，正是彭城歌管拥虞兮。

虞美人　芜城

梦魂只合黄尘住，怕向江南去。玉箫金管杂琵琶，还有持杯听唱后庭花。　　吴宫陈苑旌旗乱，只好音编看。西风吹冷鬓间霜，眼见芜城斜日落寒江。

虞　美　人

蘋风紧紧摇津树，不许孤舟住。玉壶曾上雨花台，可惜一江秋色为谁来。　　前岁霜侵今岁草，何处销忧好。半昏灯蕊照盘桓，只这壁间衰影尽难看。

虞美人　感兴

凤凰台畔茫茫草，不信秋真老。霜风吹月落人怀，记得一天豪兴渡江来。　　琵琶声咽鱼龙舞，弹指成今古。绵绵此恨几时休，除是石城江水向西流。

虞美人　戏赠湘蘋

藤花葛蔓闲牵绕，枉送韶颜老。双鸾镜里试新妆，夺得一枝红玉满怀香。　　劳君拣尽吴山翠，心已三年醉。闺人长作掌珠擎，那得老奴狂魄不钟情。

虞美人　雪夜

翠嶂丹楼浑一色，谁泼长空墨。纷纷霏玉坠林丘，又是西风吹到一天愁。　　如今就别长安道，不算抽身早。老来行乐苦无多，便是冰天雪夜肯轻过。

虞美人　有感

少年也道空门好，且待浮名了。玉堂潦倒几何春，犹尽婆娑霜鬓滞京尘。　　狂澜一叶茫无据，何不收帆去。桃花源里乱如麻，还是太平时节有烟霞。

南乡子　秋怨

清露冷莲房，织锦机寒月满窗。翦罢罗衣风转急，凄凉，络纬声中玉漏长。　　无语泪双双，拨尽瑶弦总断肠。怕向更阑思底事，羞郎，记得金垆共夕香。

鹊桥仙　梅花

江南游尽，梅花探遍，不似孤山清绝。平铺千顷碧琉璃，风忽弄几峰残雪。　　休吹玉笛，且横青眼，看取林家明月。六桥寒色不多时，怕弹指翠喧红爇。

一斛珠　晓别

香帏梦醒，低低语泪珠如雨。一声晓角吹人去，愁满春山，无语频相顾。　　两两寒鸡啼不住，苍苔立久双鸳污。行踪渐隐天将曙，残月朦胧，还照郎来路。

一斛珠　宫怨

罘罳暮掩，帘纤雨寒宵如许。流萤光黯长门树，阶草凄凄，玉辇知何处。　　团扇偷题断肠句，金铺霜冷湘帘锁。那堪隔院笙歌度，万种新愁，欲诉嫌鹦鹉。

一斛珠　收灯日作

雕轮懒向，难场近请看双鬓。灯火莫嫌光景迅，销尽愁魂，不到龙膏烬。　　白袷轻衫曾少俊，追游肯放春光寸。糟滴珍珠新酒嫩，未及梅残，早问桃花信。

踏莎行　吊古

千古英雄，三秋倦客，樽前相对还相惜。毛锥宝剑总飘风，惊心只怕头空白。　　燕雀安知，狐狸啖尽，山川何处留陈迹。一声清啸紫台秋，长空点点愁烟碧。

惜分钗　归思

披香殿，宜春院，花枝怕照当时面。碧江滩，满芳兰，拟乞闲身，暂付渔竿。难难。　　雕戈遍，毛锥贱，衰慵不是云台彦。望西山，当乡关，多少烟霞，只好凭栏。看看。

唐多令　怀旧

红叶满霜峰，侬家碧海东。奈别时车马匆匆。莫叹乡关归不去，归得去，已衰翁。　　吹尽故人踪，山阳一笛风。冷秋江寂寞鱼龙。解道班荆都是梦，便是梦，且相逢。

一剪梅　偶成

寒蛩啼送一天愁，人自东流，水自西流。古人谁似我淹留？白老江州，苏老黄州。　　半生沉梦醒浮沤，春兴妆楼，秋兴书楼。何时黄菊映归舟？扬子江头，西子湖头。

临江仙　秋日

几度悲秋秋又到，而今更不悲秋。风高叶下好追游。霜清登眺目，菊插醉归头。　　解道浮生都是梦，何妨梦里优游。鬓毛不似去年稠。只堪邀月饮，无事替天愁。

蝶恋花　春闺

春晓乍晴还似雨，燕子双双，唤起相思绪。梳罢香云浑不语，一帘花影红如许。　　长书魂销知几度，悄忆归期，依旧前春误。满院残阳看又暮，黄昏渐近愁无那。

蝶恋花　春暮

帘影沉沉深院悄，倚遍栏杆，人与残红老。杜宇声中春去了，闲庭花落知多少。　　香冷北山烟尚袅，午睡醒来，一点愁蛾小。忽忆王孙归路杳，门前几度生芳草。

蝶恋花　幽窗

小几幽窗香半缕，腼腆流连，一晌依徊处。秀黛横波都解语，销魂不待朱樱举。　　细把闷怀低说与，似应如羞，字字心相许。不道明朝分燕羽，泥他且听帘前雨。

蝶恋花　偶成

万转千回天未晓，冷暖升沉，一夜踌躇了。抵死催人愁病老，谁能再绿凉秋草。　　闲固不多忙亦少，几个忙人，久在长安道。雷动玉珂声未杳，麒麟冢闭鱼灯小。

蝶恋花　赠湘蘋

暖日烘榴红欲破，清昼迢迢，想共闲愁过。一阕新词谁解和，吟成只是薰香坐。　　雨后碧筠添个个，帘卷凉飔，早把荷衣做。归去烟霞高枕卧，桃花源里天差大。

蝶恋花　次前韵

玉笛吹云初入破，片片飞花，乱拂晶帘过。院静昼长香百和，碧杨枝上金衣坐。　　湖海闲人能几个，宦兴诗名，总被天公做。客帐踌躇浑不卧，一宵风雨如愁大。

蝶恋花　次前韵

蝶老香残春梦破，泡影余生，莫问如何过。仙梵醉歌相倚和，茸茸芳草承趺坐。　　十二时中参这个，参到空华，还是空华做。吃饭穿衣行复卧，谁教看得惊人大。

蝶恋花　次前韵

草色青青轻辗破，南苑回轮，喜未端阳过。早拂红笺相唱和，案头娇女新能坐。　海燕雕梁栖两个，微雨轻风，好把良辰做。去日葡萄枝尚卧，归来笑看荷钱大。

蝶恋花　秋感

剪剪凉风摇倦叶，客到中年，渐怕清秋节。桂影一轮临贝阙，照人可是当时月。　十载渔矶容易别，便赋归来，已让渊明决。莼菜鲈鱼清兴切，今秋又恐成虚说。

蝶恋花　丙申元夜

今岁灯如前岁好，前岁看灯，人到今年老。灯火依依情不少，红颜白鬓还同照。　五夜天街笙鼓闹，饮少眠多，不怕蟾光笑。梦里江城灯更巧，红牙细按清平调。

蝶恋花　次答湘蘋

弄月吟花宵复昼，点染新词，多在杯阑后。彤管细将宫谱究，墨痕长涴齐纨袖。　一霎银瓶风雨透，羞镜鸾孤，顿觉诗情瘦。荆棘重围竟暂漏，梦中还识萧郎否？

蝶　恋　花

漫道浮生如梦过，便弄虚空，好梦何妨做。清簟疏帘才唱和，无端又被风吹破。　笔懒妆慵人两个，总不风波，已是韶年蹉。富贵他生休更堕，儿时便向蒲团坐。

蝶　恋　花

半世浮荣弹指过，生死悲欢，一任天公做。泪点雨声相应和，回肠却被愁撑破。　　笑杀休休臣一个，峻坂霜蹄，扶起还重蹉。回首故园心胆堕，都缘误向黄扉坐。

蝶　恋　花

碧树迷离遮小阁，雨雨风风，欺侮春衣薄。非是杯铛难放却，怕抬醒眼看花落。　　今岁心情还似昨，捱尽流光，不似残春恶。欲寄锦书寻旧约，冰毫才动都成错。

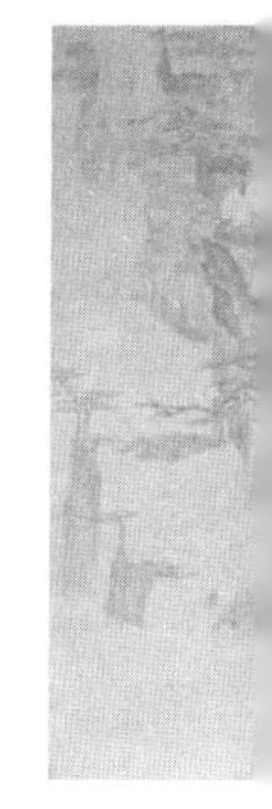

青玉案　偶成

人间尤物应非想，浑不是，秾华样。双脸断红微悒怏，三分娇稚，一般恹怯，撩尽愁肠痒。　　仙云梦雨难轻傍，紫玉箫前锦茵上。咫尺绮丛魂惚恍，惊鸳未稳，折花无路，个是风流况。

青玉案　江夜

绿波浸月魂零乱，听不到，琵琶半。试向芙蓉楼上看，青衫无恙，朱颜犹在，谁把江山换？　　琼宫消息风吹断，难借仙槎问银汉。千载有情应共叹，霜高叶下，风清月白，莫到寒江畔。

青玉案　吊古

玉房窈窕连春洞，今夜与，鼯鼪共。十里残荷风雨送，几行渔艇，一声长笛，唤醒千秋梦。　　三山天外青飞动，暮霭朝霞几搬弄。大壑巨鳞何处纵，桐江滩上，桃花源里，有个乾坤空。

凤凰阁　感旧

便青磷碧甃，愁云成片，雕梁去尽旧时燕。记得金波东曲，玉珮声转，难道是隋宫汉苑。　　东风禁我，不许愁眉泪眼。红衣翠带渐舒遍。可惜清歌如缕，耳畔犹啭，愿明月流连莫倦。

江城子　鸳鸯湖感旧

鸳鸯湖上水如天，泛春船，此留连。急盏哀筝，催月下长川。满座贤豪零落尽，屈指算，不多年。　　重来孤棹拨寒烟，罢调弦，懒匀笺。交割一场，春梦与啼鹃。不是甘抛年少乐，才发兴，已萧然。

千秋岁　吊古

古青今黛，几点寒山在。离黍地，知何代。娇春花影断，泣夜江声怪。吾老矣，情怀每为登临坏。　　多少莺花债，难向天公贷。抬倦眼，黄尘碍。人凭斜月槛，雁度残星塞。君不见，山河几把英雄卖。

御街行 元夕

东华门外香尘拥，楼十二，盘龙凤。锦袍飞盖集如云，竞把黄柑传送。分明记得，藉花觞月，不是春宵梦。
荒原何处停珠鞚，但缕缕，寒烟冻。十年光景不多时，只抵梅花三弄。一般皓魄，几番悲喜，人与春灯共。

洞仙歌 吊古

凭高酾酒，见废宫荒沼。树树寒鸦向人噪。便无情明月，多少徘徊。何况是，江令他年再到。　　无穷今古事，几阵西风，吹作茫茫乱烟草。想当日英雄，一剑功成。欢乐极，哀情颠倒。也罢舞，停歌向斜阳，指点旧江山，几多悲吊。

满江红 离恨限韵四阕

（一）

真个分离，叹多少燕差莺跌。天应妒，玉丛狼藉，翠乡饕餮。强抱曲屏羞黛小，惊穿仄径尖红蹩。惨东风，吹散凤帏春，温柔劫。　　宝袜里，深深捻。绣领畔，轻轻啮。恨柳疏花漏，蝶谗蜂讦。锦水不堪流恨去，青山到处连愁结。悔当时风月错相逢，帘前瞥。

（二）

春渍情丛，重唤起，恨芽愁蘖。难忘处，浅偎深抱，十分疼热。一寸柔肠轮共转，几茎离鬓丝堪镊。想绿窗，残雨冷芳魂，鸳衾铁。　　珊枕上，黏妆靥。兰汤里，窥香胁。更曲房私宴，腼熊羞鳖。瑶席娇啼崔女泪，玉床调笑江郎魇。怪鹴裘犹带粉襟香，前宵窃。

（三）

隔个疏帘，流娇睇，似招还撇。笑绕指，壮襟豪态，粉羁花绁。回颊细怜香紧护，颦蛾低怨蜂狂蜇。讶秦楼，箫风绛河槎，今生辄。　　惊好梦，金鸡孽。误远信，青鸾谲。更催人鞭影，玉骢骄劣。暮雨凄迷云入楚，春流宛转潮回浙。照残衾碧飐半窗风，银灯孑。

（四）

忽忽春魂，无端被，个侬勾摄。新妆巧，紫钗摇凤，绿鬓卷蝎。絮语动嗔人薄幸，娇情只趁他欺挟。爱黛轻，檀浅玉纤长，般般别。　　仙梦破，云璈阕。离奏苦，琼箫裂。怨芳菲剪泪，翠颠红蹶。霜老香随归燕去，春残花与流莺诀。约赤绳长系并头枝，生生決。

满江红　感兴次湘蘋韵二阕

（一）

紫马朱轩，依稀记，旧京芳节。将进酒，翠蛾环拥，玉箫清切。七贵五侯何处问，一朝化作咸阳血。叹当年，只道月长圆，曾无缺。　　兴亡恨，终销歇。乱晋日，平陈月。痛风流江左，绕城山叠。坠叶纷随流水去，飞鸿只共孤云灭。问手提三尺定中原，谁家业？

（二）

万紫千红，自合有，飘零时节。看世事，梦梦难问，不须悲切。龙战十年犹未了，乾坤洒尽玄黄血。但寒风，吹卷五陵云，西山缺。　　中夜舞，而今歇。诉往恨，邀明月。望江南欲赋，锦笺还叠。一代河山何许事，天心只等花开灭。叹围棋赌墅是何人，东山业。

满江红　感怀

掩镜欷歔，叹镜里，个人犹在。浑不是，朗吟轰饮，旧时豪态。处处鹃催三月泪，秋秋雁唤三生债。问清霜，何事不盈头，将谁待。　　山在眼，玄云碍。沙拂面，青溪怪。奈千愁万恨，诉花难代。百岁梦生悲蛱蝶，一朝香老同萧艾。想几番秋扇却飞尘，如今耐。

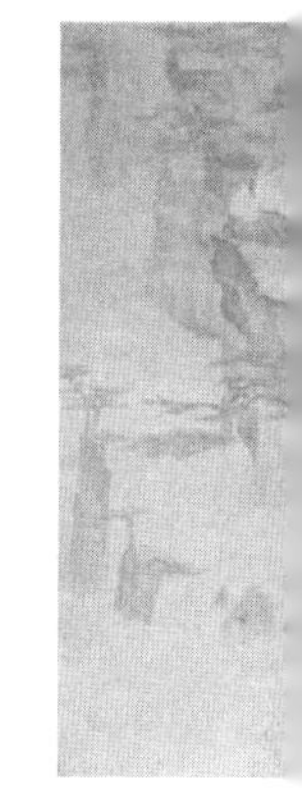

满庭芳　冬感

二十年前，酒酣耳热，冲寒偏爱霜风。貂裘麾却，长避兽垆红。未几燕台游倦，因人热炙手堪从。如今笑，重茵暖室，拥个半衰翁。　　思量因甚事，韶华抛掷，恁地匆匆。更疏花畏酒，棋懒诗慵。想杀江南天气，梅半吐，轻雪旋融。蓬茅下，逍遥十载，便与百年同。

满庭芳　偶成

这等心情，那般天气，教人做甚生涯。莺哥燕子，无计奈何他。只好长眠短睡，闲不过听曲琵琶。窗儿外，东风一阵，吹落许多花。　　思量前半好，也知是梦，还道长些。竟匆匆过了，刚只杯茶。无赖天公作剧，搬弄出，两样年华。春三月，酒情花趣，都在别人家。

满庭芳　湘蘋寿

人在华年，天留韶节，今朝犹是芳春。和风丽旭，庭院静纤尘。还道为欢未足，清和月，闰个生辰。神仙诞，超他一日，先气得玄真。　　宫花红胜锦，也曾折取，分映鬟云。更一枝数实，人说兰荪。岁岁朱颜长驻，依然是，初嫁丰神。新词好，冰弦自度，时向醉余闻。

满庭芳　寄湘蘋

渡雪丹鳞，排云青鸟，飞来尺素津门。缄题披览，两地各黄昏。学得愁风怕月，孤衾薄，杯酒难温。无边梦，啼痕笑靥，着枕便逢君。　　淹留因底事，初非羁宦，岂是从军。叹须眉七尺，潦倒羞论。犹有红笺数叠，闺中友，彤管催春。归来也，屠苏满引，醉抚石麒麟。

醉蓬莱　岁暮

惯匆匆扰扰，送暑销寒，岁华轻掷。谁道今年更迅如驹隙，对月无诗，当花少醉，问有何忙迫。一领罗襕，半围革带，便教头白。　　自是不归，果然归去，碧水青山有谁争得。三径虽荒，剩菊英松实。贝叶翻余，蒲团坐里，要讨些消息。寂寞闲身，逍遥十载，尽堪当百。

金菊对芙蓉　仲秋

几阵凄风，一场疏雨，霎时孤馆惊寒。正宾鸿将到，旅燕初还。衡门骋望浑无见，只长天向我漫漫。此时情绪，何须笳咽，岂待杯阑。　　当日谩话悲酸，但笔端边塞，笛里关山。却飘花泛梗，亲涉三韩。尘沙不用催衰鬓，数年前已改朱颜。金鸡早下，敢怀吴会，且入长安。

念奴娇　秋夜

秋光零乱，正葡萄斗紫，梧桐飞绿。深院萧条，明月小，光浸重重帘幕。断雁啼霜，寒蛩泣露，落叶声相续。故人何处？夜深风动庭竹。　　犹记离话凄凉，羞颜惨澹，握手双蛾蹙。别久长愁密约愆，梦里还曾叮嘱。泪满鸳衾，凉生香枕，松却黄金镯。旧欢消尽，玉楼寒起银粟。

念奴娇　本意

晕红融白，谁捻就娜婀，一痕温玉。剪剪横波清欲滴，才动媚花千簇。未解羞颜，初知拢髻，覆额烟丝绿。修蛾欲语，慧心万种禁束。　　翩然天上飞来，向桂丛香底，乍惊郎目。金作楼台珠作幕，拟贮个侬犹俗。问蕊寻芽，护脂培粉，耐取樱桃熟。几时真个，锦帏深掩银烛。

念奴娇　偶成

妆成金屋，叹空贮窈窕，一帘明月。凤管鹍弦听遍了，强半代侬凄咽。摄去憨魂，寄来幽梦，沁骨愁根结。春寒如许，玉窗谁与疼热。　　凄凉玳瑁屏前，枉一番相见，一番伤别。好色钟情都不是，别有翠乡缘业。琴里输心，樽前回面，独许聪明绝。春风未老，琼枝应待攀折。

念奴娇　西湖雨感二阙

（一）

廿年光景，叹鬓毛非故，镜湖犹昨。送绿催红弦管急，几度画桥琼阁。吹断情丝，洒添离血，风雨回回恶。酒疏花倦，但供西子轻薄。　　那更繁声碎点，向酣余唤醒，半生飘泊。锦帐钿车珠勒马，是处旧欢萧索。强按银筝，勉敲檀板，绠涕胸中落。蓦然惊眼，数峰青黛如削。

（二）

一天凉雨，怪淡浓山水，忽分今昨。晓梦和愁飞作雾，遮断凤笙高阁。朦眼频惊，倦肢难贴，只有孤衾恶。柳移莺换，凄清桂馆兰薄。　　犹记狂魂飞去，傍柔乡红影，片时依泊。霜里花枝枝上雨，滴冷满楼弦索。万点伤心，一声长叹，簌簌丹枫落。玉壶敲破，西风吹面如削。

念奴娇　和湘蘋韵

依然明月，照茫茫万里，几多陈迹。战鼓无声江静夜，惟见插天秋石。元亮荒凉，子山流落，尚有头堪白。花茵蝶友，此身曾卧香国。　　无奈剪梦罗帏，刺肌锦辔偏，有霜风刻。击筑燕台谁把臂，安得狗屠朝夕。柴棘填胸，红尘扑面，试问谁相逼。江南欲赋，可怜何处词客。

念奴娇　赠友

行年四十，乃知三十九年都错。富贵功名如此矣，何必酒阑花落。朱子传经，沈郎制锦，与我年相若。着鞭先我，抚躬多少惭怍。　　惟有紫硖吴郎，恰同年同运，身世同飘泊。击筑鸣琴从此罢，将向柳营莲幕。江左人才，山东形胜，杯酒聊商榷。时乎难再，须臾双鬓如鹤。

念奴娇　春日怀湘蘋

淡黄着柳，渐青门歧路，送君时节。花落花开才一度，足抵十年离别。霜拥鲛绡，春披貂锦，浑不知寒热。梦魂无赖，半宵多少周折。　　堪叹学海波翻，更儒林烟薄，几回蹉跌。缟带纻衣交不少，谁似个人明哲。种秫家园，买山吴苑，待我归来辄。鱼轩来也，如何芳讯辽越。

水龙吟　过旧邸感赋

名花几度同看，看花人在花何处。护红栏槛，围香帘幕，苍然平楚。万种伤心，两行清泪，欲挥还住。想琼枝天际，瑶台云表，都付与咸阳炬。　　好景美人佳树，被天公一时将去。花悲花喜，人啼人笑，总来无据。此地何年，沧桑重变，玉房朱户。想春风连夜，催花花下，唱黄金缕。

归朝欢　初秋

塞上朝来风渐紧，欲别罗衣还未忍。浮瓜沉李几何时，居然便与霜华近。长空鸿，几阵疏林，只有斜阳衬。且逍遥，休嫌镜里不是旧时鬓。　　覆雨翻云何足哂，落得秋窗鼾睡稳。人间清福尽难消，追踪怕促红尘轸。亲友如问讯，闲身久合渔樵家园。松花菊蕊，为我造佳酝。

风流子　和湘蘋旧邸感赋

如今真老矣，看双鬓，憔悴不须秋。叹有鸟花间，金衣还到，无人亭上，绿火方流。旧游地，衰杨重系马，一霎也难留。法眼观空，定应垂涕，禅心沾絮，怎地回头。

当年为欢处，有多少瑶华，玉蕊迎眸。日夕题云咏雪，不信人愁。正密种海棠，偏教满砌，疏栽杨柳，略许遮楼。只道多情明月，长照芳洲。

跋　一

陈素庵相国自少能诗，晚岁弥工，《旋吉堂全集》久经散佚，付梓者仅此《浮云集》耳。《四库存目》复列诸禁书，纵有初印、重校两刊，而流传不广，多所未见。且相国子直方为吴梅村祭酒婿，姻谊密迩，故所为诗，工调格律亦与梅村无异，惜为功名掩，乃不以诗人著也。

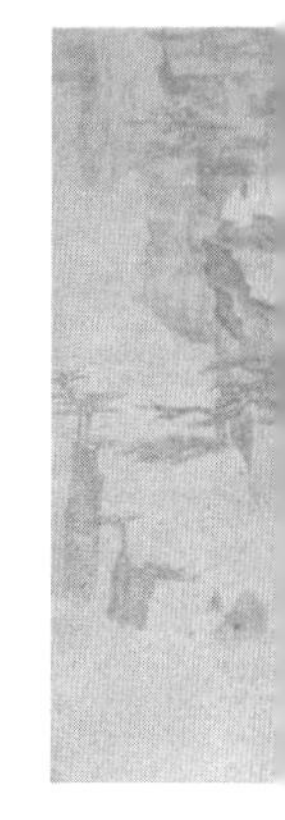

初印本无《诗馀》一卷，据重校本增入。其重校本改正之字，卷三，十页，“闾左繁有徒”，初印本“闾”误“间”。卷六，一页，“深春草未青”，初印本“未”误“木”。此类均从重校改正。如卷八，八页，“不劳蓬境过求羊”，重校竟误改“求羊”作“牛羊”，殊非是，仍从初印。有明知初印、重校两本俱误，如卷三，十页，“优游处中央”，“央”未协，当作“夏”。卷六，八页，“拈提近若何”，“拈”当作“招”。卷八“元日霁雪”，“日”当作“夕”。目录同。卷九，一页，《旋宫起望仙》，“旋”当作“璇”。三页同。又五页“孰殴黔首散”，“殴”当作“敺”。卷十，七页，“班班袂上痕”，“班班”当作“斑斑”。卷十一，二页，“不到庭边那得知”，“庭边”当作“边庭”等悉仍旧贯，不轻为改易。其此本之误于手民者。卷三，八页，“冉冉届严节”，“届”误“留”。卷四，四页，“独有王卿雅音续”，“独”误“犹”。卷六，六页，“贫安蓬牖寂”，“牖”误“牗”。七页，“深幽夜未回”，初印作“幽幽”，据重校本，此误“深幽”。卷七“溪山回互碧云阿，石濑淙淙出薜萝”，“云”误“雪”，“薜”误“薛”。风叶几尘之喻，自知不免，聊就所校，用识如右。

民国癸酉孟秋，南林张乃熊芹伯甫跋。

跋　二

先七世从祖、相国素庵公，著作甚富，而诗为尤多。按族祖半圭公辑渤海著录，《浮云集》外，尚有《旋吉堂集》，云佚。《浮云续集》二册写本，为家简庄公所藏。《百一稿》八卷。“百一”云者，存百中之一，公诗之富可知矣。以上二书，著录皆以为存，而谦未之见也。同邑管君振志得《浮云集》原刻，独阙《诗馀》一卷，复从海宁图书馆假重校本补录成书。又据《两浙輶轩录》增《竹枝词》两首。南林张君芹伯读而喜之，以为诗派与吴梅村祭酒相近，且曾列禁书，于是重付印行，悉心校勘，以广流传。其掇拾堕遗，嘉惠艺林之志，至足多也。

癸酉孟秋，七世从孙其谦谨识。

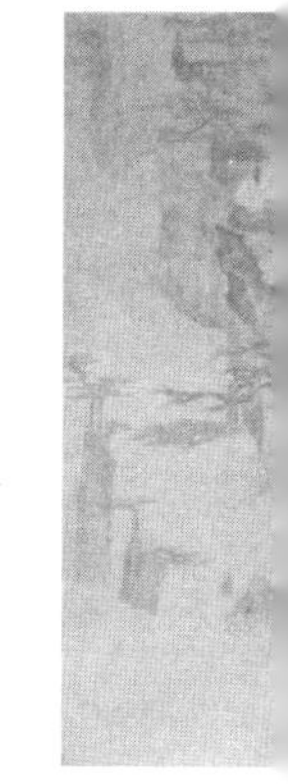

拙政园诗馀

（清）徐 灿 著

《拙政园诗馀》序

陈之遴

丁丑通籍后，侨居都城西隅，书室数楹，颇轩敞，前有古槐垂阴如车盖。后庭广数十步，中作小亭，亭前合欢树一株，青翠扶苏，叶叶相对，夜则交敛，侵晨乃舒，夏月吐华如朱丝。余与湘蘋觞咏其下，再历寒暑。闲登亭右小丘，望西山云物，朝夕殊态。时史席多暇，出有朋友之乐，入有闺房之娱。湘蘋所为诗及长短句，多清新可诵。寻以世难去国，绝意仕进，湘蘋吟咏益广，好长短句愈于诗，所爱玩者，南唐则后主，宋则永叔、子瞻、少游、易安，明则元美。若大晟乐正辈，以为靡靡无足取，其论多与余合。频年兵燹散佚，今冬搜辑得百首，余为之诠次。每阅一首，辄忆岁月及辙迹所至，相对黯然，毋论海滨故第化为荒烟断草，诸所游历皆沧桑，不可问矣。曩西城书室亭榭，苍然平楚，合欢树已供刍荛，独湘蘋游览诸诗在耳。自通籍去国，迨再入春明，不及一纪，而人事变易，赋咏零落若此，能不悲哉？

湘蘋长短句，得温柔敦厚之意，佳者追宋诸家，次亦楚楚，无近人语，中多凄惋之调，盖所遇然也。湘蘋爱余诗愈于长短句，余爱湘蘋长短句愈于诗，岂非各工其所好耶？昔吴人盛传《络纬集》，盖湘蘋祖姑小淑所著，徐氏女士挟彤管而蹑词坛，可谓彬彬济美矣。然小淑氏从范长倩先生翱翔宦途，率愉悦适志，晚节栖迟天平山，益拥苑囿泉石为乐。而余与湘蘋流离坎壈，借三寸不律，相与短歌微吟，以消其菀结感愤，何遭逢之径庭也。古人有言，和平之声淡薄，愁思之声要眇，将无穷于遇者，工于辞欤？

抑辞有所以工者而无与于穷达欤？今兵革渐偃，辇下日以清晏，湘蘋试舒眉濡颖，视此帙何如也？

顺治庚寅长至素庵居士书。

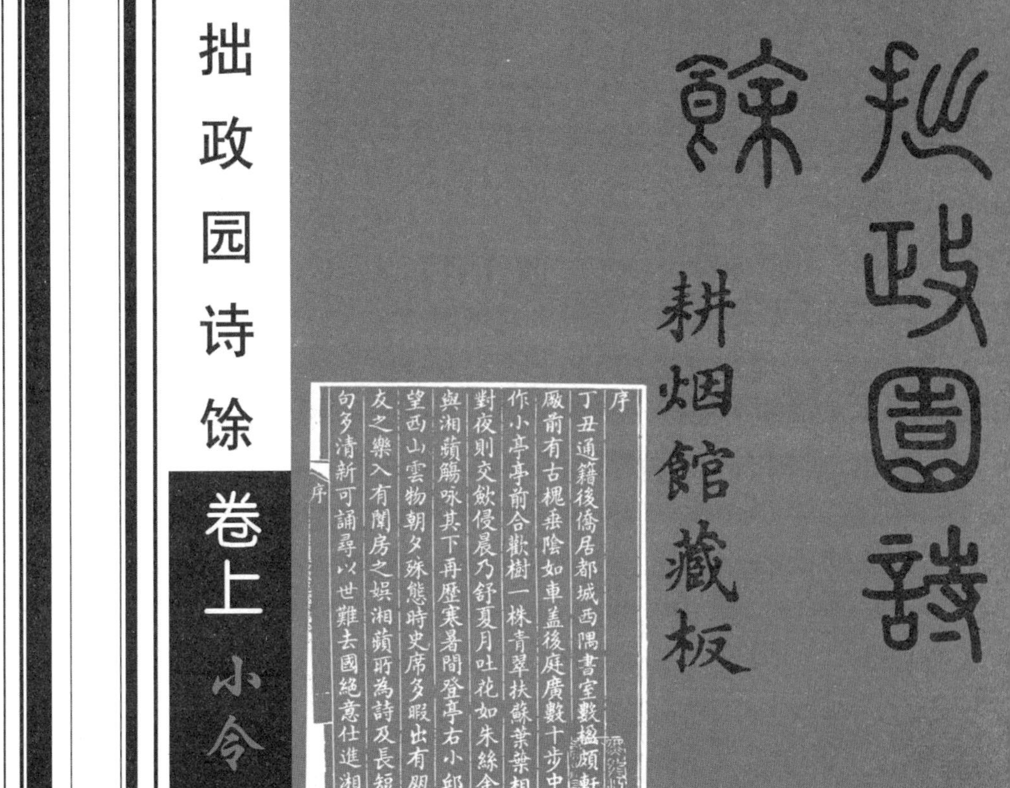

序

丁丑通籍後僑居都城西隅書室數楹頗軒廠前有古槐垂陰如車蓋後庭廣數十步中作小亭亭前合歡樹一株青翠扶蘇葉葉相對夜則交斂侵晨乃舒夏月吐花如朱絲余與湘蘋觴咏其下再歷寒暑閒登亭右小邱望西山雲物朝夕殊態時史席多暇出有朋友之樂入有閨房之娛湘蘋研為詩及長短句多清新可誦尋以世難去國絕意仕進湘

序

捣练子 春怨

依旧绿，为谁红，草草花花满泪丛。欲挽游丝萦好梦，一枝啼血洒春空。

望江南 燕来迟

无情燕，故故却才来。飞傍绣帘还絮语，笑人依旧是天涯，戢翼正徘徊。

长相思 别意

花冥冥，水泠泠。雨雨风风满碧汀。劳劳长短亭。

想凄清，倚银屏。点点声声不忍听，盈盈泪暗零。

西江月　春夜

明月照人清夜，多愁多闷输他。梦魂无计驻飞花，展转碧阑西下。　　柳嫩慢萦春病，梅销暗自酸牙。漏声千点滴窗纱，未到送春先怕。

西江月　感旧

剪烛闲□往事，看花尚记春游。侯门东去小红楼，曾共翠蛾杯酒。　　闻说倾城尚在，可如旧日风流。匆匆弹指十三秋，怎不教人白首。

西江月　十五夜雨

不是人辜明月，月还负却良宵。如何三五雨潇潇，偏滴助愁萋草。　　云卷微寒入暮，一灯瘦影魂摇。梦归宵短路迢迢，今夜梦归须早。

西江月　感怀

又是春光将尽，东风愁煞梨花。春魂不化蝶回家，绕遍玉阑干下。　　燕子呢喃未了，一庭蕉雨交加。凄声细雨奈何他，记得前春曾怕。

西江月　水仙

素女乍离绮阁，水晶帘动微霜。幽情未肯便分香，怕见桃花红浪。　　粉蕊含嗔抱喜，怕他蝶乱蜂忙。一枝清瘦玉初妆，不许何郎窥望。

醉花阴　春闺

午梦沉沉香薄覆，梦醒春依旧。怕得燕双归，带却愁来，偏向人心授。　　一剪东风寒欲透，渐逼檀眉瘦。也拟醉花阴，腻白夭红，凄雨先僝僽。

醉花阴　风雨

几日愁风和恨雨，乡梦教留住。花外燕双飞，等得他来，诉与伤心语。　　碧云有路须归去，青鸟书无据。残月又模糊，空照人愁，没个分明处。

卜算子　春愁

小雨做春愁，愁到眉边住。道是愁心春带来，春又来何处？　　屈指算花期，转眼花归去。也拟花前学惜春，春去花无据。

如梦令　闺思

（一）

细雨落花江上，风动玉钩帘帐。试问倚阑人，愁锁一天春望。惆怅，惆怅，波畔双鱼轻漾。

（二）

雨过几枝红倦，寂寂琐窗西畔。半梦半醒时，谁向绣衾低唤：魂断，魂断，花也为人长叹。

如梦令　春晚

花似离颜红少，梅学愁心酸早。生怕子规声，啼绿庭前芳草。春老，春老，几树垂杨还袅。

如梦令　和韵

（一）

昨夜雨添春重，滴到眉端愁动。剪剪海棠风，一点残灯红弄。如梦，如梦，梦里心儿还捧。

（二）

贪看枝头红动，飞到愁边如共。回首断桥烟，是处画阑朱栋。如梦，如梦，借阵好风吹送。

（三）

杨柳丝丝青纵，烟护晶帘无缝。不信玉阑干，偏得月华珍重。如梦，如梦，梦到江南春仲。

（四）

便别桃源仙洞，春到愁边谁共？肠断听阳关，珠鞯玉骢催控。如梦，如梦，回首柳浓莺哄。

（五）

隔叶黄鹂娇哢，惊起绮窗栖凤。阑槛半帘垂，晓镜春愁将共。如梦，如梦，一瞬水流春送。

南乡子　秋雨

秋风试寒初，一片乡心点滴间。滴到湘江多是泪，珊珊，染得无情竹也斑。　　百和夜烧残，唤起征鸿行路难。梦里江南秋尚好，般般，皎月黄花次第看。

玉楼春　寄别四娘

风波忽起催人去，肠断一朝分燕羽。无端残梦怯相逢，梦破更添愁万缕。　　扁舟暂舣鸳鸯渚，几度短长亭畔雨。雨声欲逐泪痕多，知道泪痕多几许。

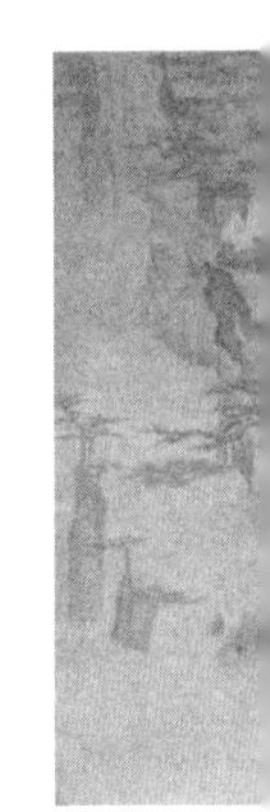

菩萨蛮　恨春

恨春不忍春光景，昏昏似醉浑难醒。撇绣写幽兰，绿窗风雨寒。　　梦回香尚袅，一枕愁痕小。负却赏梅心，杏花春又深。

菩萨蛮　秋闺

西风几弄冰肌彻，玲珑晶枕愁双设。时节是重阳，菊花牵恨长。　　鱼书经岁绝，烛泪流残月。梦也不分明，远山云乱横。

菩萨蛮　春闺

困花压蕊丝丝雨，不堪只共愁人语。斗帐抱春寒，梦中何处山？　　卷帘风意恶，泪与残红落。羡煞是杨花，输他先到家。

菩萨蛮　不雨

一春催试桃花雨，游丝只共晴烟舞。燕也不曾来，湘帘空自开。　　起看花影午，鸾镜双蛾俯。徙倚却黄昏，蜡如红泪痕。

武陵春　春怨

昨夜杨花飞几许，冷暖在心头。萍踪浪影且随流，切莫近红楼。　　未尽生前愁与闷，烟水古杭州。春魂黯黯绕兰舟，却是梦中游。

木兰花　秋夜

夜寒不耐西风劲，多情却是无情病。月痕依约到南楼，楼头鼓角三更尽。　　蝉残韵咽魂难定，百般烦恼千般恨。起来点检露华深，秋蛩四壁声相竞。

木兰花　秋感

春事茫茫秋有几？眼前又近中秋矣。怜侬却似梦中身，梦随蝴蝶花间雨。　　七贵五侯谁为语？瑶台日敞悲风里。飞云流月总无情，有情泪满湘江水。

木兰花　秋暮

才见黄花秋又暮，滴滴虫声啼绣户。鸳鸯双枕不知寒，银蜡竟成红泪颗。　　梦里乡关云满路，钗压绿鬟蝉半亸。月延罗帐似依依，耐他只把人愁锁。

少年游　有感

衰杨霜遍灞陵桥，何物似前朝？夜来明月，依然相照，还认楚宫腰。　　金尊半掩琵琶恨，旧谱为谁调？翡翠楼前，胭脂井畔，魂与落花飘。

虞美人　有感

满枕潇潇今夜雨，人共孤灯语。凤凰台畔乱香红，只道寻常烟月竟匆匆。　　江上莼丝秋未采，莫怨朱颜改。吴山几曲碧漫漫，还有许多风景待人看。

虞美人　感兴

东皇也合怜芳草，不雨春先老。鹍弦才拨带愁来，却似当年佳月共徘徊。　　隋堤弱絮年年舞，漫惜今和古。长江凄咽为谁流？难道雨花春色片时休。

虞美人　春闺

杨花独解随风去，无奈帘纤雨。为春茫未点离愁，且向辛夷花底听鞫鞝。　　不知惊起双飞燕，偷入帘前见。休将红泪晕香腮，正是春波带日晚潮来。

一斛珠　有怀故园

恁般便过，元宵了，踏歌声杳。二月燕台犹白草。风雨寒闺，何处邀春好？　　吴侬只合江南老，雪里枝枝红意早。窗俯碧河云半袅。绣幕才牵，一枕梅香绕。

一络索　春闺

惯送好春归去，怕和花语。一帘残梦醉醒中，禁得这番红雨。　　群玉山头仙侣，乱云无处。不须乡泪染江流，倩个燕儿传与。

点绛唇　春暮

未信桃花，偷将春色争飞去。便成红雨，不管莺无主。　　曲曲瑶房，玉暖香深处。春还许，海棠枝上，留取三分住。

点绛唇　偶成

霞剪丹枫，鸿飞锦字山横带。绮窗无赖，时把归云碍。

才卷珍珠，紫鹤如相待。花应爱，镜中双黛，也耐青霜在。

惜分钗　旅怀

移春槛，芳菲黯，咏絮才情浑欲减。记江南，熟吴蚕，芍药开时，花满澄潭。探探。　　身长泛，花相赚，新来渐把闲愁忏。梦魂甘，是烟岚。西子湖头，结个花龛。参参。

惜分钗　春闺

东风恼，莺声小，弄春杨柳丝丝袅。梦流连，见何年。倩个归鸿，一寸香笺。传传。　　花时早，欢情少，分钗可惜妆台老。枕双鸳，几曾眠。且近金笼，鹦鹉能言。前前。

忆秦娥　初晓

霜飞早，花冠只向鸡窗绕。鸡窗绕，数声不奈，一灯悄悄。　　戍楼传箭频催晓，香寒玉枕愁心小。愁心小，泪盈秋水，镜分多少。

忆秦娥　春感次素庵韵

春时节，昨朝似雨今朝雪。今朝雪，半春香暖，竟成抛撇。　　销魂不待君先说，凄凄似痛还如咽。还如咽，旧恩新宠，晓云流月。

忆秦娥　春归

东风老，起来点检残红少。残红少，一帘疏雨，半庭烟草。　　燕莺故故将人恼，千声万语春归了。春归了，双蛾谁遣？镜痕愁小。

忆秦娥　感旧

春风院，花前曾见如花面。如花面，浅斟低语，画楼春晏。　　闻来已作新巢燕，看花人在花如霰。花如霰，梦中王谢，那时愁见？

诉衷情　暮春

今春何事待将休，丝雨柳梢头。恁般心绪撩乱，还要替花愁。　　江南景，绿阴稠，倦红收。暂飞乡梦，试看归鸿，也算忘忧。

浪淘沙　庭树

庭树又秋花，做弄年华。满城霜气湿青笳。眼底眉头愁未了，去数归鸦。　　残月蔼窗纱，莫便西斜。雁声和梦落天涯。渺渺蒙蒙云一缕，可是还家。

锦堂春　感怀

回首旧游劳梦，离亭几度飞花。绿窗新燕周遮语，如向我咨嗟。　　宝镜泪痕微晕，起来红日初斜。归云未整春光去，只是在天涯。

采桑子　春宵

一春风雨和愁滴，珊枕寒时。玉漏迟迟，浪语灯花泪暗垂。　　惜花未许春归去，香锁葳蕤。绿遍天涯，凭得阑干暖为谁？

谒金门　闻燕

愁渺渺，禁得这番秋老。云外南鸿音韵好，羡他归甚早。　　锦帐带香风袅，凤烛影分寒悄。几点漏催天未晓，一庭星月皎。

踏莎行　初春

芳草才芽，梨花未雨，春魂已作天涯絮。晶帘宛转为谁垂？金衣飞上樱桃树。　　故国茫茫，扁舟何许，夕阳一片江流去。碧云犹叠旧河山，月痕休到深深处。

踏莎行　饯春

萍叶将圆，桐花飞了，雕梁不见乌衣到。想应春在五侯家，东风怕拂寒闺草。　　归计迢迢，禅心悄悄，帘前莫问花多少。试将杯酒饯春愁，从今别向修蛾绕。

踏莎行　梦江南

水咽离亭，梦寻归渡，今春曾向江南去。笑人柳絮不知愁，几番弄雪还骄雨。　　半榻茶烟，一丝香炷，春光有尽愁无数。杜鹃啼断夕阳枝，月明又到花深处。

浣溪沙　春闺

金斗香生绕画帘，细风时拂两眉尖。绣床针线几曾添。

数点落花红寂寂，一庭芳草雨纤纤。不须春病也恹恹。

南唐浣溪沙　十四夜

已试华灯照绮筵，渐添奇巧斗新悬。明月似嫌芳景速，不轻圆。　　佳节最怜前一日，旧欢长算几何年。可惜金吾犹禁夜，促游鞭。

南唐浣溪沙　十五夜

缓浅寒轻夜气和，踏春红袂试纤罗。月似美人慵欲睡，晕横波。　　懒逐香尘看火树，自笺新调当笙歌。半侧流霞三两爵，不须多。

南唐浣溪沙　十六夜

玉乱香忙午夜天，氍毹红暖正初筵。佳月怜人浑不减，昨宵圆。　　绛蜡消风欢未足，踏灯须又待明年。好倩风箫吹到晓，怕花眠。

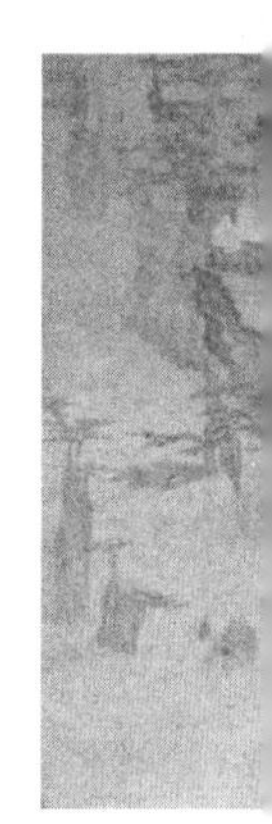

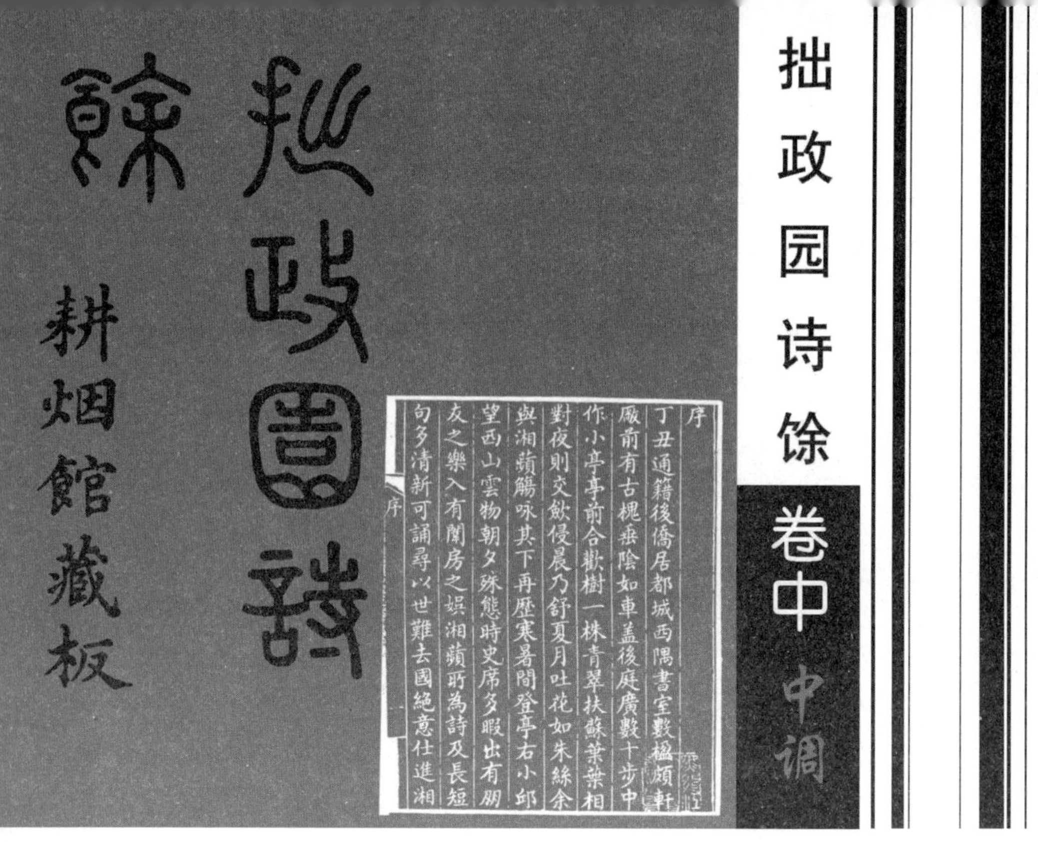

临江仙　系舟

寂寞汀洲春欲暮，数声杜宇帆收。夕阳斜系小孤舟。绿沉嘶马路，红点榜人头。　　烟柳易残人易老，几多闲闷闲愁。澹云朦月伴鱼钩。一春消息事，已付水中沤。

临江仙　闺情

不识秋来镜里，个中时见啼妆。碧波清露殢红香。莲心羞结，多半是空房。　　低阁垂杨罢舞，窥帘归燕成行。梦魂曾到水云乡。细风将雨，一夜冷银塘。

临江仙 病中寄素庵

病枕不知寒日午，起来愁雪弥漫。玉红笺纸腻双鸾，恹恹半息，强写个平安。　　几日离愁愁未了，今朝起又上眉端①。丁宁春老且为欢。熏风虽软，莫便试轻纨。

唐多令 感怀

玉笛送清秋，红蕉露未收。晚香残、莫倚高楼。寒月羁人同是客，偏伴我，住幽州。　　小院入边愁，金戈满旧游。问五湖、那有扁舟。梦里江声和泪咽，何不向，故园流？

唐多令 感旧

客是旧游人，花飞昔日春。记合欢、树底逡巡。曾折红丝围宝髻，携娇女，坐斜曛。　　芳树起黄尘，苕溪断锦鳞②。料也应、梦绕燕云。还向凤城西畔路，同笑语，拂花茵。

① 编者按：《临江仙》词牌始自唐，由唐至清，其词谱、格律多有变化，未有定数。一般为双调小令，十句，56~60字之间。虽然其字数的排列形式有多种，但通常上下两阙的字数排列形式相同，故疑此句中的“起”字或为衍文。另注：此首乃底本卷中三首《临江仙》之二，因版式缘故将其移至第三，而将《临江仙·闺情》前移为第二，特此说明。

② 编者按：“苕溪”底本作“苔溪”，据文意，似误，故径改。

鹊桥仙 梅花

峭寒楼阁，早春帘槛，一树冷烟愁遍。玉容初浣不曾妆，但粉泪、盈盈香溅。　　惜花还住，羞花欲去，去住揔教花怨。护花双袖惹清霜，怕风妒、花魂成片。

苏幕遮 秋老

雨深深，秋自老。旧苑新花，莫问愁多少。玉爪侵弦寒料峭。才奏南音，阵阵惊风搅。　　袖红单，翠屏小。剪剪清霜，不许芙蓉好。故国烟芜昏复晓。尚有青山，强向江城绕。

蝶恋花 春闺

帘卷晓寒生怕起。一种分鸾，两地黄昏雨。为问海棠开也未，章台有柳君休系。　　春梦惜春春几许？又听离弦，玉柱鸿声细。一缕水沉烟万缕，画楼十二春风里。

蝶恋花 春晚

剩紫残红能几许？晓枕惊回，无奈纷纷雨。雨过柳风吹不住，不吹愁去吹春去。　　莫怪东君分别遽。镜懒钗慵，不是留春处。嫩叶渐看成绿雾，须臾又恐秋霜妒。

蝶恋花 每寄书素庵不到有感

频寄锦书鸿不去。怕近黄昏，帘幕深深处。一寸横波愁几许，啼痕点点成红雨。　　倚遍栏杆无意绪。闲理余香，独自谁为语。尽日恹恹如梦里，斜阳一瞬人千里。

蝶恋花　咏事

点就迎郎双笑靥。近日人来，真个归期绝。尽日无言心自咽，春枝洒满寒鹃血。　　女伴强来相解说。依不相思，怎把相思歇。留取罗裙香几折，何时教看啼痕叠。

蝶恋花　咏事

蝶不恋花花恋蝶。弃绿怜红，不是他心劣。一种深情情独切，无情只爱同心结。　　几缕春冰吹渐裂。谢得东风，肯送归舟叶。日夜随郎从未别，佑须去共吴门月。

青玉案　春晓

为君憔悴春能几。忘不了、东风意。燕子声高惊晓睡。玉楼帘卷，朱扉环动，人在伤心地。　　罗袖动春香不已，折得花枝倩谁寄。徘徊簪向宜春髻。收奁未竟，熏衣欲换，蓦地垂娇泪。

青玉案　吊古

伤心误到芜城路。携血泪、无挥处。半月模糊霜几树。紫箫低远，翠翘明灭，隐隐羊车度。　　鲸波碧浸横江锁，故垒萧萧芦荻浦。烟水不知人事错。戈船千里，降帆一片，莫怨莲花步。

千秋岁 感怀

帘前竹外，明月光相碍。檐影照，霜横带。不知青岁减，只说朱颜改。君不见，河山几叠谁为买。　　底事频频□，留得惺惺在。天有恨，花长害。柳烟春带结，燕语春心碎。消得也，一番春色当眉黛。

洞仙歌 梦江南

霜寒夜悄，叹韶华一瞬。往日闲愁料难尽。而今无计，且凄雨怜云，江南信，知道梅花远近。　　残灯窥短梦，梦也无多，消得啼乌恁凌迸。展转不成眠，却怨东风，吹春到、与愁相竞。纵桃李、贪娇也须知，近日这眉儿，不堪倒晕。

洞仙歌 梦女伴

月昏灯晕，向鸳鸯衾底。行尽江南数千里。见绿窗、女伴笑靥迎人，低宝髻，斜倚瓶花小儿。　　问羁人邸舍，风雨钟残，可忆吴门旧烟水？侬道九回肠，夜夜乡关，幸画舫、今朝归矣。正红袂分花喜还疑，怕这度相逢，又成梦里。

一剪梅 送春

春光九十已全抛。送也魂销，留也魂销。东君传语谢妖娆。去也无聊，往也无聊。　　玉床香被展轻绡。长也今宵，短夜今宵。愁红休怕绿阴交，早也明朝，迟也明朝。

御街行　燕京元夜

华灯看罢移香屧。正御陌、游尘绝。素裳粉袂玉为容，人月都无分别。丹楼云淡，金门霜冷，纤手摩挲怯。
三桥宛转凌波蹑。敛翠黛、低回说。年年长向凤城游，曾望蕊珠宫阙。茫茫咫尺，眼前千里，况是明年月。

风中柳　春闺

春到眉端，还怕愁无著处。问华年、为谁为主？怨香零粉，待春来怜护。被东风、霎时吹去①。　　日望南云，难道梦归无据。遍天涯、乱红如许。丝丝垂柳，带恨舒千缕。这番又、一帘梅雨。

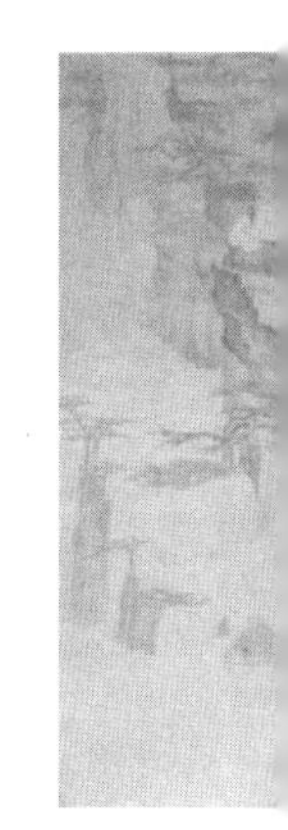

河满子②　闺情

兰炷旧萦裙折，玉纤新换筝弦。惆怅一声河满子，双流珠泪君前。七十二峰霜色，霎时吹到愁边。　　碧海青天夜夜，绮窗绡帐年年。楼外金堤堤上月，昔人几度偷圆。可惜紫骝嘶处，一行杨柳依然。

---

① 编者按：“吹”字底本作“催”，据文意，似误，故径改。
② 编者按：“子”字底本作“了”，有误，径改。

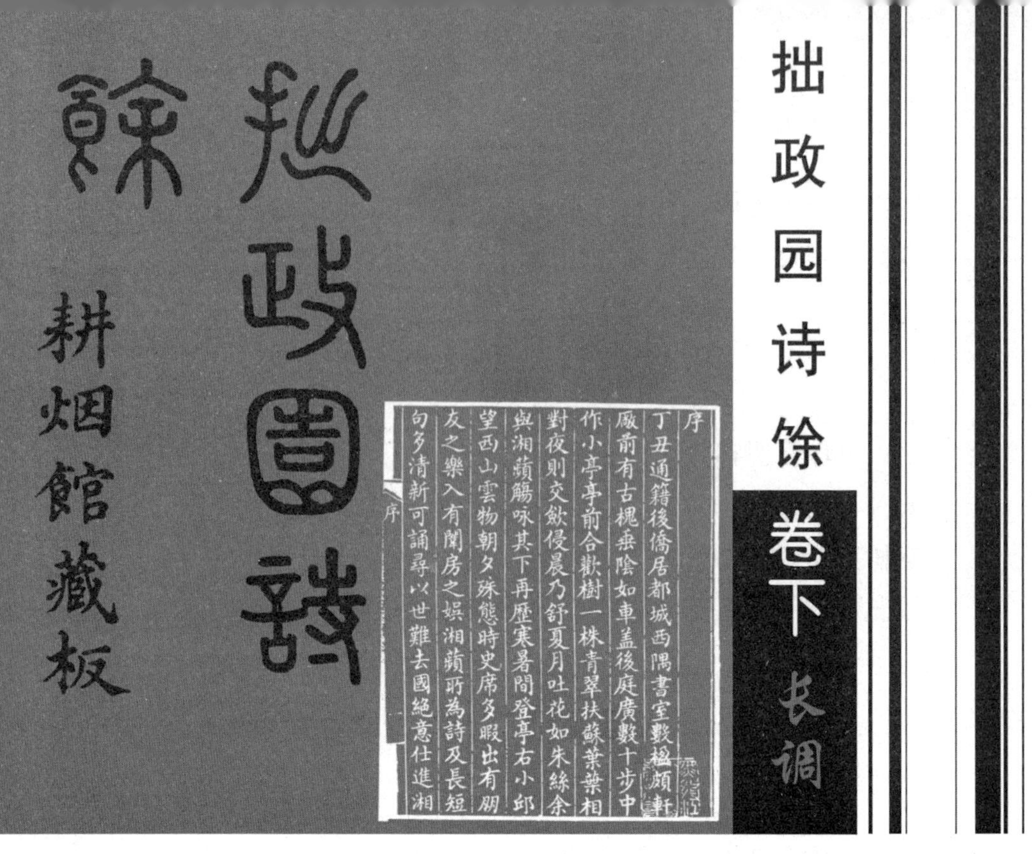

满　庭　芳

丁丑春贺素庵及第，时中丞翁抚蓟奏捷。先太翁举万历进士，亦丁丑也。

丽日重轮，祥云五色，噌吰玉殿名传。紫袍珠勒，偏称少年仙。最喜重华奕叶，周花甲、刚好蝉联。泥金报，龙旂虎帐，歌凯沸春筵。　　瑶池初筵罢，冰肌雪骨，文彩翩然。拜木天新命，紫禁亲诠。道是鸡窗别也，从今始、再理芸编。篝灯话，丝纶世掌，何以答尧天。

满庭芳　姑苏午日次素庵韵

旧柳浓耶，新蒲放也，依然风景吴阊。去年今午，何处把霞觞？赢得残笺剩管，犹吟泛、几曲回塘。伤心事，飞来双燕，絮语诉斜阳。　　石榴花下饮，吊花珠泪，还倩花藏。过一番令节，如度星霜。向晚竹窗萧瑟，凄凄雨，先试秋凉。难回想，彩丝艾虎，少小事微茫。

满庭芳　寒夜别意

水点成冰，离云愁暮，能禁几阵凄风。绮窗吟寂，频倚曲阑东。梦短宵长难寐，听不了、点滴铜龙。消魂也，梅花憔悴，飞雪断来鸿。　　翠帏□乍透，鸳衾香冷，两地愁同。况天涯离别，□又匆匆。争奈多愁多病，无头闷、一夜惺忪。风摇处，兽环双控，银烛影微红。

满　庭　芳

己丑冬寿梁五夫人，夫人姓王氏。

阀阅无双，声名第五，锵锵彩凤和鸣。黄钟应律，绮阁觉阳生。独有梁园春早，瑶阶畔、兰暖芝荣。当初度，佳儿似玉，频进紫霞觥。　　琪花应有种，佩连桂殿，芴满槐庭。幸身来圆峤，亲见飞琼。□况香闺二妙，生同月、恰好同庚。看岁岁，珠联璧映，同听九宵笙。

满庭芳　寄素庵

气吐祥光，春生紫禁，飞尘尚阻归轮。翠屏向晓，腰瘦不胜春。黛减眉消□□，妆台冷、拟待伊人。梨花雪，苍苔砌玉，归马试蹄痕。　　别离虽未久，羁窗寒月，更胜从军。绕□□□□，越水吴云。惟有梅花耐雪，堪冷淡、伴我黄昏。鹊声喜，传来凤阁，重典旧丝纶。

满庭芳

丙戌立春，是日除夕。

银烛有情，今宵无限，难留一霎黄昏。频催玉漏，街鼓促香尘。旧恨肯随腊尽，新烦恼、休更重增。鸳枕梦，时惊爆竹，春逐晓云生。　　当年娇小日，屠苏争饮，肯让他人。紫钗花胜子，镜里宜春。转眼韶华偷换，回头念、往事浮云。而今瘦，梅花堪并，罗绮也难胜。

满江红 示四妹

碧海苕溪，弹指又、一年离别。看过眼、倦杨青老，怨桃红歇。相约每期灯火夜，相逢长是葵榴月。倩残灯、唤起半生愁，今宵说。　　采莲沼，香波咽，斗草径，芳尘绝。痛烟芜何处，旧家华阅。娇小凤毛堂构远，飘零残鬓门楣孑。拂银檠、谱向玉参差，声声血。

满江红 和王昭仪韵

一种姚黄，禁雨后、香寒□色。谁信是、露珠泡影，暂凝瑶阙。双泪不知笳鼓梦，几番流到君王侧。叹狂风、一霎剪鸳鸯，惊魂歇。　　身自在，心先灭。也曾向，天公说。看南枝杜宇，只啼清血。世事不须论覆雨，闲身且共今宵月。便姮娥、也有片时愁，圆还缺。

满江红　有感

乱后家山，意中愁绪真难说。春将去、冰台初长，绮钱重叠。炉烬水沉犹倦起，小窗依约云和月。叹人生、争似水中莲，心同结。　　离别泪，盈盈血。流不尽，波添咽。见鸿归阵阵，几增凄切。翠黛每从青镜减，黄金时向床头缺。问今春、曾梦到乡关，惊鶗鴂。

满江红　将至京寄素庵

柳岸崎斜，帆影外、东风偏恶。人未起，旅愁先到，晓寒时作。满目河山牵旧恨，茫茫何处藏舟壑。记玉箫、金管振中流，今非昨。　　春尚在，衣怜薄。鸿去尽，书难托。叹征途憔悴，病腰如削。咫尺玉京人未见，又还负却朝来约。料残更、无语把青编，愁孤酌。

满江红　感事

过眼韶华，凄凄又、凉秋时节。听是处、捣衣声急，阵鸿凄切。往事堪悲闻玉树，采莲歌杳啼鹃血。叹当年，富贵已东流，金瓯缺。　　风共雨，何曾歇。翘首望，乡关月。看金戈满地，万山云叠。斧钺行边遗恨在，楼船横海随波灭。到而今、空有断肠碑，英雄业。

满江红　闻雁

既是随阳，何不向、东吴西越。也只在、黄尘燕市，共人凄切。几字吹残风雨夜，一声叫落关山月。正瑶琴、弹到望江南，冰弦歇。　　悲还喜，工还拙。廿载事，心间叠。却从头唤起，满前罗列。凤沼鱼矶何处是？荷衣玉佩凭谁决。且徐飞、莫便没高云，明春别。

念奴娇　初冬

黄花过了，见碧空云尽，素秋无迹。薄薄罗衣寒似水，霜透一庭花石。回首江城，高低禾黍，凉月纷纷白。眼前梦里，不知何处乡国。　　难得此际清闲，长吟短咏，也算千金刻。象板莺笙犹醉耳，却是酒醒今夕。有几朱颜，镜中暗减，不用尘沙逼。沙山一片，古今多少羁客。

念奴娇　西湖雨感，次素庵韵

雨窗闲话，叹浮生何必，是今非昨。几遍青山酬对好，依旧黛眉当阁。洒道轮香，润花杯满，不似前秋恶。绣帘才卷，一楼空翠回薄。　　拟泛烟中片叶，但两湖佳处，任风吹泊。山水清音听未了，隐岸玉筝金索。头上催诗，枕边滴梦，漫惜瑶卮落。相看不厌，两高天际孤削。

念　奴　娇

己丑冬，寿梁大夫人，夫人姓桂氏。

伯鸾佳偶，羡仙种桂苑，一枝清馥。葭管将回阳律暖，人在玉堂华屋。半吐琼芳，初圆蟾影，早弄龙章轴。绮筵雅奏，介眉春酒方熟。　频年羁宦天涯①，喜左连兰蕙，右依珠玉。共拥兽炉欢宴处，笑举霞觞相祝。月殿长春，天香久驻，不似凡花木。累累结子，满庭垂满金粟。

永遇乐　病中

翠帐春寒，玉炉烟细，病怀如许。永昼恹恹，黄昏悄悄，金博添愁炷。薄幸杨花，多情燕子，时向琐窗细语。怨东风、一夕无端，狼藉几番红雨。　曲曲阑干，沉沉帘幕，嫩草王孙归路。短梦飞云，冷香侵佩，别有伤心处。半暖微寒，欲晴还雨，消得许多愁否。春来也、愁随春长，肯放春归去。

永遇乐　寄素庵

澹澹离云，凄凄紫陌，香尘飞雪。泪滴鲛绡②，愁盈珠勒，一霎成抛撇。别去叮咛，传来芳信，频寄锦书休绝。倩东风、吹向天涯、悄悄把离愁说。　减去沈腰，霜添潘鬓，怎似前秋离别。镜里分鸾，灯前瘦影，羞把湘帘揭。有恨黄昏，无情玉笛，催落江梅寒月。问今宵、多少凄凉，枕棱衾缺。

永遇乐　舟中感旧

无恙桃花，依然燕子，春景多别。前度刘郎，重来江

① 编者按：“涯”字底本无，据《全清词·顺康卷》徐灿词补入。
② 编者按：“鲛”字底本作“蛟”，据文意径改。

令，往事何堪说。逝水残阳，龙归剑杳，多少英雄泪血。千古恨，河山如许，豪华一瞬抛撇。　　白玉楼前，黄金台畔，夜夜只留明月。休笑垂杨，而今金尽，秾李还销歇。世事流云，人生飞絮，都付断猿悲咽。西山在、愁客惨黛，如共人凄切。

永遇乐　秋夜

团扇才收，凉风俄透，粉红零剪。霞卷冰绡，一天寒碧，只有愁相见。惯愁双黛，也须耐得，多少雨嗟云倦。路茫茫，东篱在何处，罗袜棱棱寻遍。　　回头曾念，几番尘梦，目断还教肠断。叶砌层阶，霜欺馀菊，去雁应相怨。玉漏频传，晶帘时曳，烟结香篝如霰。今宵对、依依明月，此情何限。

声声慢　感怀

寒寒暖暖，雨雨晴晴，无端催趱红绿。湿燕双双，语语似怜幽独。银灯半昏碧影，十年愁、多到心曲。此际也，不销魂断尽，肠儿还续。　　不忿青蛾玄鬓，才弹指、逢人便惭珠玉。吟遍花笺，想也半消清福。惟应冰纨宝钿，料天公、谁妒尘俗。试看取，古今来、嵇啸阮哭。

风流子　同素庵感旧

只如昨日事，回头想、早已十经秋。向洗墨池边，装成书屋，蛮笺象管，别样风流。残红院、几番春欲去，却为个人留。宿雨低花，轻风侧蝶，水晶帘卷，恰好梳头。西山依然在，知何意凭槛，怕举双眸。便把红萱酿酒，只动人愁。谢前度桃花，休开碧沼，旧时燕子，莫过朱楼。悔煞双飞新翼，误到瀛洲。

水龙吟 次素庵韵感旧

合欢花下留连，当时曾向君家道。悲欢转眼，花还如梦，那能长好。真个而今，台空花尽，乱烟荒草。算一番风月，一番花柳，各自斗，春风巧。　　休叹花神去杳。有题花锦笺香稿。红阴舒卷，绿阴浓淡，对人犹笑。把酒微吟，譬如旧侣，梦中重到。请从今、秉烛看花，切莫待，花枝老。

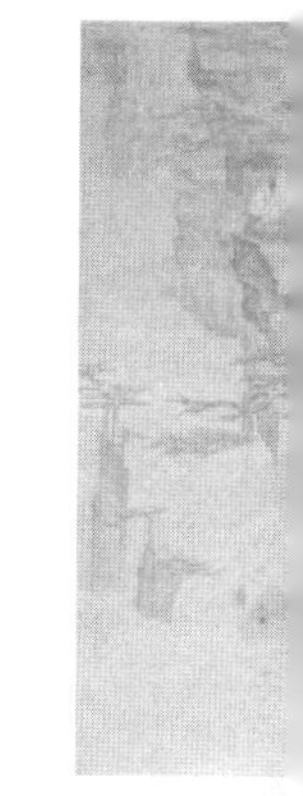

水龙吟 春闺

隔花深处闻莺，小阁锁愁风雨骤。浓阴侵幔，飞红堆砌，殿春时候。送晚微寒，将归双燕，去来迤逗。想冰弦凄鹤，宝钗分凤，别时语，无还有。　　怕听玉壶催漏，满珠帘、月和烟瘦。微云卷恨，春波酿泪，为谁眉皱。梦里怜香，灯前顾影，一番消受。恰无聊、问取花枝，人长闷，花愁否？

《拙政园诗馀》跋

词体变繁，音调互异，求诸当世所谓名家，不可多得也。家慈习文史，工词翰，于诗馀研思独精，匠心独至。又经历患难，故感慨独深，度越宋人而超轶近代。温柔敦厚宗乎三百篇，播诸声歌，岂有逊美哉。今冬，永等辑录凡若干首，付梓，曰《拙政园诗馀初集》云。

癸巳孟冬，男坚永、容永、奋永、堪永敬跋。

拙政园诗集

（清）徐 灿 著

家　　传①

徐元龙②

夫人讳灿，字湘蘋，家世吴门人，少保素庵公继配也。幼颖悟，通书史，识大体，为父光禄丞子懋公所钟爱。素庵公原配沈夫人早世，请继室于徐。时素庵公举孝廉三年矣。徐公故有二女，夫人其季也，有贵征，遂许婚焉。既结褵，事舅中丞公、姑吴夫人至孝。早膺华朊，婉约无贵倨气，妯娌中忘其为笄珈命妇者。

晚遭坎壈，从素庵公谪居塞外十二年，卒能哀吁动天，扶榇以还。当时同被谪者，例不得还，即家属叩阍悉不准，准者唯徐夫人一疏。夫人归时，宗人逆于境，问夫人何以得此。夫人曰："君父之恩，天高地厚，雷霆雨露，无非教也。人疏鸣冤，我独引咎，故荷鉴怜耳。"其卓识过人如此③。

早年雅好吟咏，尤喜为长短句，素庵公手编次之，题曰《拙政园诗馀初集》，刊刻行世。自塞外称未亡，即停吟管，不留一字落人间矣。尝以从宦不获亲奉吴夫人甘旨，发大洪愿，手写大士像五千四十有八，以祈姑寿。晚益皈依佛法，更号紫管氏，绘写几及万卷，人争宝之。静坐内养，神明不衰。迨殁，异香满室，虽盛暑，颜色如生。於戏！夫人历患难，出险阻，不濯不疏，大丈夫不是过也。末后一着，镇定如归，不迷觉路，殆所谓再来人，非耶？

---

① 编者按：底本题下有双行小注曰："见《海宁陈氏宗谱》。"

② 编者按：底本作"侄元龙撰"。

③ 编者按："卓识"，原作"阜识"，词义不通，当为"卓识"不规范之写法，故径改。

新刻《拙政园诗集》题词

吴 骞

予少日尝重刻徐夫人深明《拙政园诗馀》，迄今且数十年，复得《诗集》于其六世从孙奉峨，亟谋剞劂，合入《海昌丽则集》以行。

按《拙政园诗馀》一卷（原本一卷，重刻厘为三卷，附录一卷），海昌相国在日曾序而刻之，板寻毁，《诗集》则初未授梓，故世第传夫人长短句，而罕知其诗。是编通得古近体二百四十余首，未详当日何人所辑，并无岁月序跋可稽。然予细观，辞格清醇，丰神靓淑，非所谓饶有林下风者邪？至其身际艰虞，流离琐尾，绝不作怨悱语，即与相国唱和诸作，黾勉慰勖之意，时见乎言表，为不失风人之旨，尤非寻常巾帼所易。及昔，庐陵李梅公司马序其夫人朱氏《远山随草》云："余既遭时弗造，赋命不犹，从刀锋剑血中万死一生，皆内子周旋而左右之，境遇亦良苦矣。然平常绝鲜侘傺怨怼之色，遇变复无儿女牵顾之情，每闲居，相与扬扢风雅，凡古今人物之贤否，及世道之治乱兴衰，升沉显晦之迹，未尝不若烛照而数计之。"噫！夫人之境遇，亦何以异是。《诗馀》始刻于顺治癸巳，逮今百五十载，而《诗集》方克寿梓，延津之剑，久湮复合，固由奉峨搜访之力，要亦作者之精诚有不容终泯者。梅公著《石园全集》，斯编也出，好古之士试凭庐陵之说，取《石园》、《随草》，与夫《浮云》、《拙政》参五以观，虽世殊事异，其能无抚卷而增欷乎？

奉峨名敬璋，生平力学，访求先世著录不遗余力，至手辑

《乾初先生全集》，勒成数十卷，藏于家，则尤有功于山阴刘子之门者也。

嘉庆八年岁在昭阳大渊献，病月望日，吴骞识。

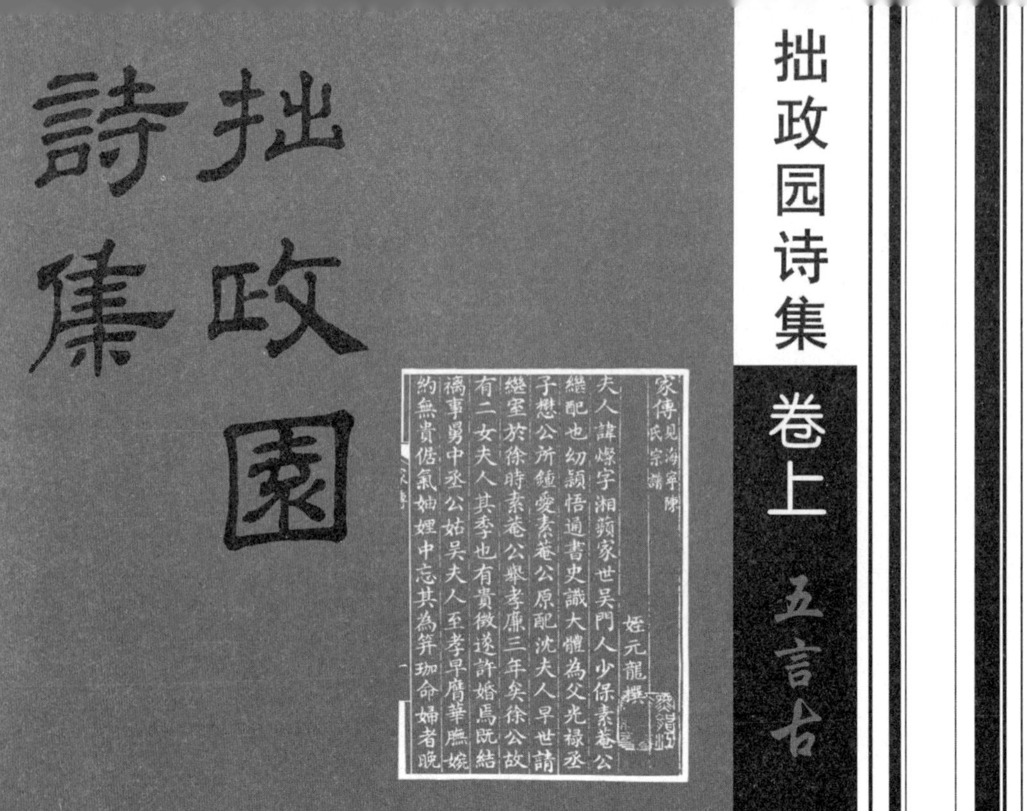

咏　　史

（一）

二赵擅天下，班姬咏秋扇。
婉娈岂殊色，憎爱异所见。
灿灿明月珠，独照昭阳院。
妇德固无极，帷廧孰牵恋。
流连九成帐，炎鼎自兹变。
不见淖夫人，窃吐披香殿①。

（二）

乱世鲜志士，明哲在闺阁。

① 吴骞注：“吐”疑作“唾”。

美姿善洞箫，汉祚已中落。
在庭混薰莸，况乃察帷薄。
班姬辞辇时，已识主情博。
双燕玉房飞，秋风扫珠幕。
炎凉飒纨扇，寄物审所作。
引身奉慈帏，谗口罢吹索。
数语白怨诅，词正理亦约。
传语笄黛流，不学欲安托。

（三）

江妃昔承宠，天子倾肺腑。
后宫四万人，视之若尘土。
杨花一以荣，寒梅日风雨。
靡靡得宝曲，翩翩羽衣舞。
盘游岂异人，开元圣明主。
国以姺宋兴，殄瘁乃林甫①。
梅落杨亦枯，邪正在千古。
不若弹鸣琴，金瓯岂须补。

（四）

士有不得志，立功赴殊域。
班生走西戎，昭君适北国。
喟然越席起，百端集芳臆。
入宫几何年，尤艳今始识。
遂令人主叹，立见画工殛。

① 编者按：“姺”，当为“娫”。

玉珮被雕鞍，珠珰照金勒。
黄沙千万里，穹庐忽焉即。
四弦奋哀响，千载为心恻。
汉宫烂如云，徒与腐草熄。

（五）

西子千秋人，兰心岂狐媚。
当其在耶溪，似痛越军坠。
杨娥北入吴，颇与庆卿类。
殊帘卷烟月，锦帆沸歌吹。
吴王东南杰，白日坐沉寐。
谔谔吹箫翁，诵言竟如醉。
娃宫曲未终，苏台满宵燧。
君子六千人，成功在笄翠。
鸟尽弓亦藏，今古同一喟。
泛湖与沉江，无问孰真伪。

（六）

隆准歌大风，重瞳赋垓下。
才气固等伦，文采亦相亚。
学书何必成，词场足雄霸。
虞兮相和歌，歌罢泪如泻。
短吟何恻怆，就死颇闲暇。
汉宫欢未毕，楚舞忽怨诧。
老雉不独栖，胡书类嘲骂。
何若乌江人，泉台侍车驾。
名花照千载，芳魂未应谢。

送素庵之白下

萧晨命轻舠，相送寒江浔。
斯行虽不遐，世故纷难任。
天地异今昔，陵谷移崇深。
旌旆弥天翻，长戟森如林。
安危岂有常，恃此方寸心。
珍重御裘褐，无使霜霰侵。

虎　丘　作

佳晨命兰桡，清渠澹游衍。
朔碧尊枉渚，缘青陟幽巘。
嘉树被崇卑，芳兰冒清浅。
林和群鸟歌，雾净远岫显。
片石映积翠，坦若文茵展。
弦管寂未喧，舄履至亦鲜。
娱目空翠来，留吟茂阴转。
埋玉迹已湮，点石事亦缅。
所适匪远求，悠然世怀遣。

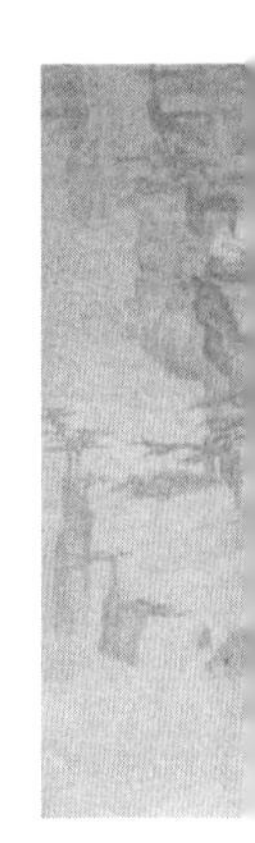

西　　湖

芳湖带西郭，环回叠峦嶂。
山川自相悦，晨夕匪一状。
瑶华缀修堤，璧月印深漾。

宛转行雕轮，摇曳度兰舫。
随波穷胜游，隔烟发清唱。
罗绮分水嬉，何常滓虚旷。
静碧澄秋心，芳堤媚春望。
看梅步屡淹，折荷笑相饷。
眷此千顷波，浩焉惬微尚。

寄　素　庵

风渚鲜恬鳞，霜林罕荣干。
静扰固天畀，险夷岂人算。
翳积乃成雾，氛狂遂凌汉。
哲人齐物情，逆顺固一贯。
赫彼皎旭升，涣若春水泮。
惠风拂高阁，繁花照虚幔。
桂醑醇可亲，竹书奥堪玩。
追往忆鸣珮，抚景愧举案。
引领瞻晴空，惜无晨风翰。

观田事作

驾言适郊墅，东皋正浓作。
杏花落已半，新蒲长犹弱。
朝来时雨零，土脉悦新泽。
举耜无停趾，驾犁少余隙。
深阁但素餐，力耕亦遥度。
岂知盘中粒，辛苦未易获。

春　暮

蓟北物候殊，余寒逮春半。
青帝将回驾，始睹群花粲。
芳菲几何时，淑节行复换。
夭夭红与紫，宵落不及旦。
攀枝陨清涕，掩袂未忍看。
朱颜共销歇，抚景有余叹。

拟　古

（一）

恻恻辞所亲，行行异燕越。
饮饯临歧路，觞尽不忍发。
白日照我心，回顾忽已没。
青阳几何时，芳菲坐销歇。
不怨前路长，但恐故欢竭。
行子履繁霜，居人对孤月。
飞鸿数往来，毋使素书阙。

（二）

少年盛意气，结驷向京洛。
朝驰九达衢，暮宴五侯宅。
秦倡奏清讴，赵女吹玉龠。
酒酣发雄词，忽若鲛龙跃。
黄金累千万，何足快挥霍。

却笑草玄人，闭门自拘迫。

（三）

秋节忽已至，清霜被庭柯。
枝叶不自保，飘零一何多。
夙昔恃盛年，一瞬成蹉跎。
朝登古原上，遥遥见洪河。
繁华与寂寞，同此东逝波。
聊与物外人，和歌憩岩阿。

（四）

盈盈良家女，采择入宫掖。
杂珮鸣琼瑶，华居饰金碧。
同辇日行乐，视若荆山璧。
凉飙起君怀，纨扇俄已掷。
荣落良有时，但感今与昔。

秋　日

玄蝉寂空林，白雁来远塞。
冉冉炎序徂，凄凄凛秋代。
丹叶迫严气，黄花弄秋态。
纻衣授非晚，纨扇御难再。
零雨洒疏响，遥空散轻霭。
候易惊暮心，景清适元对。
猗彼幽兰芳，吾将纫秋佩。

拟　古

寒风西北来，百卉零严霜。
谁无后凋愿，所禀异柔刚。
揽驷遵修途，冰雪被连冈。
于役多苦辛，居者孰与行。
玉房贮寒月，罗帏自飘扬。
昔为俱栖鹄，今为分飞鸿。

游　仙　诗

（一）

东望蓬莱山，乃在大海中。
白云护丹阙，琪花覆瑶丛。
群真数千人，游戏各相从。
百岁来尘寰，奄忽若飘风。
云驭尚匪遥，羽衣长从容。
顾此感沧桑，长啸还紫宫。

（二）

我怀魏夫人，学仙迈群流。
上元止其室，所遘良不侔。
真诠启琅函，冉冉绿字浮。
诵之一再过，道成非强求。
垂发披青裳，谒帝白玉楼。
监灵真总籍，来往翔丹丘。

斯人如可师，吾将从之游。

（三）

圆景若迅电，轮转何足数。
岁月曾斯须，惝恍遂终古。
青鬓移旦暮，朱颜铄寒暑。
无为乐人间，抗志在霄举。
仙人处琼楼，倘亦念俦侣。
云中双鹤来，去去或吾与。

（四）

素志谢尘扰，黾勉求神仙。
间亦遘灵迹，乐之忘岁年。
启我蕊笈书，烂若文锦鲜。
大道匪深秘，学者贵自然。
岂必服与食，而后翱云烟。
岂必林与邱，而后远世喧。
羡门夙所期，旷举孰我先。

拟　古

玄化蕴太始，至人秉权衡。
璇玑一以运，二仪乃清宁。
造物囿万类，至理在杳冥。
孰为愚者昧，孰为达者明。
博览纷群汇，洞观鉴其精。
大道如可通，吾将究无生。

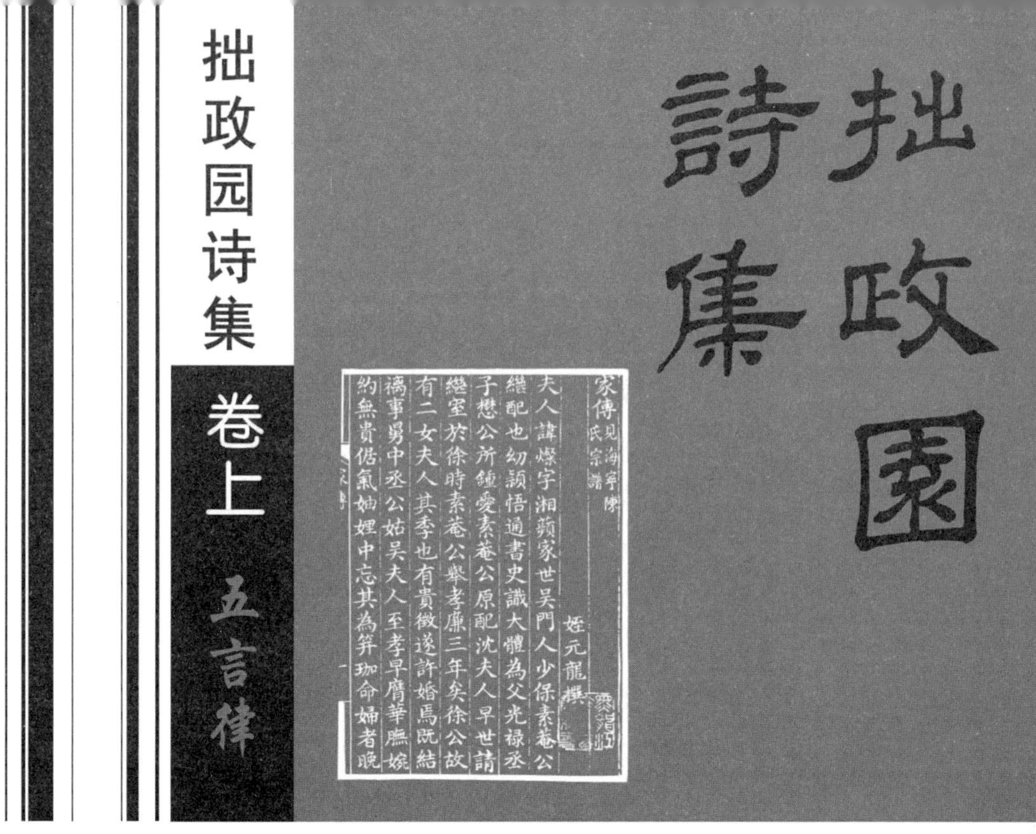

家傳（見海寧陳氏宗譜） 姪元龍撰
夫人諱燦字湘蘋家世吴門人少保素菴公
繼配也幼頴悟通書史識大體為父光禄丞
子懋公所鍾愛素菴公原配沈夫人早世請
繼室於徐時素菴公舉孝廉三年矣徐公故
有二女夫人其季也有貴徵遂許婚焉既結
褵事舅中丞公姑吴夫人至孝早膺華膴婉
約無貴倨氣娣姒中忘其為笄珈命婦者晚

春　昼

玉钩帘不倦，紫燕弄轻风。
芳草迎春绿，夭桃趁晓红。
竹疏摇砌影，蝶倦偃花丛。
何处清歌发，声声诉客衷。

秋　夜

客久秋多病，淹留岁月惊。
红颜愁里过，白发梦中生。
故国云山隔，长安鸿雁鸣。
凄其明月下，城角已初更。

美　人

有女倾城色，盈盈艳绝伦。
珮分兰麝梦，裙蹙绮罗春。
鬟影云斜敛，眉痕月淡匀。
逡巡莲步怯，莺燕逐芳尘。

秋　宫　词

桂殿生秋草，瑶阶玉露微。
泪垂梧半落，肠断雁初飞。
明月摇纨扇，凉风拂舞衣。
沉沉清漏永，独向绣罗帏。

舟行秋感

朝来妆镜里，撩乱自生愁。
露湿云帆影，波摇玉树秋。
蒹葭荒浦溆，鸥鹭乱汀洲。
何处藏舟好，惟应问碧流。

重九后见菊

（一）

彩鷁过重九，金英色更幽。
蕊疑朝露艳，叶带晚霜秋。

荒径违欣赏，残樽忆旧游。
独怜孤馥意，素影对寒流。

（二）

摇落黄花晚，凉飙送客愁。
疏枝依艇立，寒蕊照江流。
素萼宜霜后，清芬殿暮秋。
撷芳空满掬，羞插旅人头。

分　水

汶济诸泉汇，汤汤自古今。
流分无限恨，雁度有哀音。
转岸浮沙曲，侵帆远树阴。
便随南逝水，回首欲沾襟。

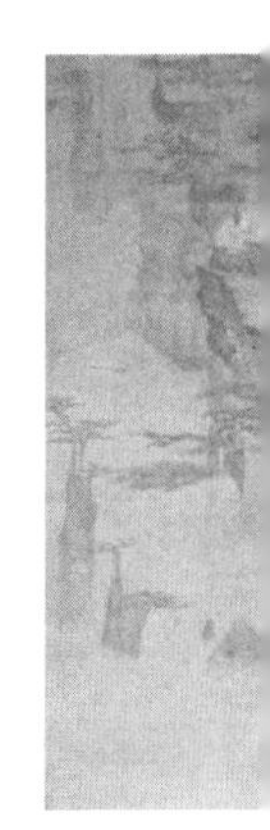

秋　夜

栖乌愁露冷，惨淡夜生凉。
寒柝惊归梦，残钟忆故乡。
绿萍浮浦溆，红树醉烟霜。
此夕添炉炷，铜龙滴更长。

天竺道中即事

曲涧回泉涌，山深路欲非。
鸟藏花坞寂，洲落雁行稀。

兰帔沾云润①，凌波映月微。
笋舆休促发，斜日已忘归。

夜　　坐

清娱宜永夜，梅影正婵娟。
促漏征歌浅，回灯拥鬓偏。
静香萦夕佩，新梦冷春弦。
莫感飞花意，繁英待玉笺。

初春有感

芳菲春已近，苑结昼多愁。
莺啭玉窗静，香余宝鸭幽。
淡云怀北渚，残日怨东流。
儿女萦方寸，殷勤念学裘。

舟行偶成

（一）

断浦闻渔唱，荒凉古戍楼。
一帆争去雁，双屿咽寒流。
真欲悲行路，弥应忆故丘。
玄冥将戒节，洒泪送清秋。

① 吴骞注："兰"疑作"揽"。

（二）

若忆吾乡菊，霜寒色半黄。
凉秋长道路，倦客且沧浪。
远树乌三匝，怀人水一方。
中宵醒鹿梦，江月白茫茫。

暮秋代菊自伤

薄暮古今然，生来不遇缘。
那知春色美，惟历暮秋天。
风劲侵冰骨，霜多损玉颜。
若逢陶令在，肯使失芳妍。

秋日有感

昨岁惊风雨，今来还复然。
苔痕愁里长，花影梦中怜。
玉树悲歌日，金门大隐年。
不知乡国恨，秋月几回圆？

送学山侄南还

渺渺南征雁，凄凄断复连。
水分桃叶渡，霜醉菊花天。
斗室闻清话，金炉袅夕烟。
阳关声又促，黯淡月明前。

和素庵写《金刚经》作

朝朝探般若，尘念醒心头。
渐解经中义，浑忘塞上秋。
慈光元普照，法相可追求。
但得依三竺，何须访十洲。

春　暮

莺燕迟迟至，三春病里过。
旅愁随绪长，归梦殢人多。
细柳兼轻絮，残英乱逝波。
不知青镜里，双鬓欲如何？

怀德容张夫人

（一）

紫塞群花发，恹恹总不知。
玉窗清昼掩，宝镜倦容窥。
远俗恒持偈，耽空欲废诗。
有怀成契阔，况是暮春时。

（二）

咫尺银州路，知交把晤难。
病多尝药遍，缘静问心安。
仙梵流松径，瑶芳想石坛。

何时见颜色，贝叶得同看。

秋半有怀

（一）

清秋刚过半，风物遂萧萧。
不识浑河近，宁知越水遥。
心归争去翼，鬓短渐垂条。
一片寒城月，依稀似六桥。

（二）

伏枕秋情倦，琴书癖未除。
月残鸿度后，霜老菊舒初。
烛影低罗幕，风声逼绮疏。
客心今夜永，清梦欲何如。

中　秋　夜

久病当佳节，虚窗却自如。
露深秋气静，风浅晚寒初。
旅况消诗句，闲情托道书。
清光今夜好，应照旧庭除。

得云容张夫人书①

为别无多日，来书已隔年。

① 底本题下双行小注曰：“骞按：容目作瑢。”

深憎人事扰，益见道心坚。
旅馆华灯朗，春城素月圆。
如何当令节，相忆各凄然。

塞上初秋见雪

篱菊黄初绽，漫漫雪霰飞。
南人秋罕见，朔气晚增威。
白映疏窗影，红寒短烛辉。
凉飙吹转急，似促旅人归。

舟行有感

（一）

几曲芙蓉浦，凌风恐易过。
流连情不浅，指顾恨偏多。
雁外孤樯落，霞边众岫罗。
不须歌玉树，秋袂久滂沱。

（二）

西楚牙旗盛，南徐战舰连。
蒿莱万灶在，兴废一帆前。
磷碧荧霜岸，枫晴灼远天。
遥遥更行迈，哀笛起蘋川。

（三）

呜咽邗沟水，汀回晚系舟。

江都无绮阁，建业有迷楼。
月皎鸿秋吊，花红鹿昼游。
芜墟腥未歇，杵血满寒流。

折 杨 柳

谁将断肠树，种向渭城旁。
絮逐离情乱，丝缘别恨长。
未攀先惨淡，欲赠更彷徨。
玉笛吹还发，明年满艳阳。

紫 骝 马

春堤飞鞚出，丽旭照胭脂。
逐兔珊鞭急，看花玉辔迟。
千金酹蹀躞，万马让雄奇。
不向阴山道，犹怀伏枥悲。

昭 君 怨

白首深宫里，红颜大汉前。
去留均薄命，生死竟谁怜？
寒月窥秋镜，胡风切夜弦。
玉容憔悴甚，翻觉画图妍。

长 信 怨

君心嫌故扇，怀袖起凉飙。

揣分辞雕辇，承欢侍洞箫。
绮罗秋御冷，歌吹夜闻遥。
犹得陪长信，馀恩感未销。

长　门　怨

当时金作屋，曾是玉为人。
宠极原非分，情多自喜新。
悲吟深院月，梦想属车尘。
几树长门柳，年年发早春。

芳　　树

兰池萦桂馆，奇树郁成行。
玉蕊恒双吐，琼枝不独芳。
微吟怜婀娜，小折赠馨香。
千里怀人梦，迷离满艳阳。

关　山　月

一片闺中月，迢遥度玉关。
故乡万里色，征客九秋颜。
含恨生辽海，衔愁下陇山。
连宵烽火急，长共角弓弯。

铜　雀　妓

寝园疑不定，何处望君来。

仿佛开珠幌，流连尽玉杯。
月随红粉老，风和管弦哀。
台下漳河水，年年去不回。

陇　头　水

西去穷荒恨，东来故国愁。
一心悬两地，双泪落分流。
羽檄秋偏急，戎车夜不休。
壮夫轻出塞，未到陇山头。

临　高　台

古意苍茫里，秋原百尺台。
一天凉雨过，四面好山来。
望远舒归思，登高见赋才。
瑶琴云际发，鱼鸟亦徘徊。

出　　塞

将军分道出，争欲取单于。
独属嫖姚部，长驱瀚海隅。
阵云生玉帐，杀气绕雕弧。
立扫烟尘尽，和亲信可诛。

入　　塞

几年征戍客，今日入秦关。

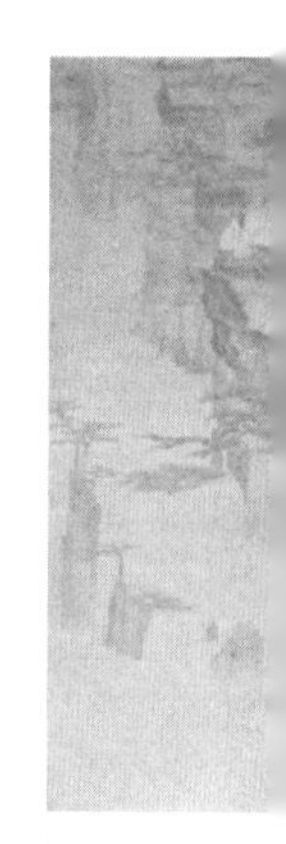

爵拜通侯贵，荣归斗士闲。
投躯争死战，报国愧生还。
画向麒麟阁，方知鬓已斑。

乙巳岁除夕立春

饯腊瑞霙霏，迎阳丽旭辉。
风光回凛烈，花意向芳菲。
入梦亲犹健，经时客未归。
故园当此夕，丝管绕庭帏。

丙午元旦

归计年年切，今年定得归。
晴光开八极，佳气发三微。
桃李将生色，冰霜已霁威。
凤城芳树下，犹及著罗衣。

上　巳

金闺修禊事，曲水画栏前。
短咏挥彤管，清娱奏玉弦。
共湔尘世累，兼被小乘禅。
当日芳兰气，依稀锦袖边。

正月十三夜

吴苑春游剧，灯宵胜赏偏。

彩旌风乍拂，绡幕月将圆。
初见星衢满，还催绮阁悬。
兹宵行乐始，锦瑟竞调弦。

十　四　夜

火树千花早，仙蓂一叶迟。
月如芳岁浅，人与好春宜。
照座珠零乱，飘空锦陆离。
为欢才信宿，又起故园思。

十　五　夜

九逵灯烂漫，五夜月团圞。
只忆当时好，谁能几度看。
嬉游经绣陌，吟眺倚雕栏。
惟有春宵梦，重寻或不难。

十　六　夜

谁言今夜月，不与昨宵同。
轮满初无减，更长迥未中。
驾山鳌背碧，吐火锦鳞红。
闻道三农喜，连晴卜岁丰。

十　七　夜

璧月还相照，兰灯不可留。

只凭今夕宴，尽浣一春愁。
玉洞桃将发，金堤柳渐稠。
忆移斑管去，何处不优游。

立春日感怀

千古荒凉地，春光到日迟。
息心疏翰墨，呵手事机丝。
紫塞愁中节，青山梦里诗。
年年当此日，端筴问归期。

太　子　河

易水荆卿去，辽河太子来。
当时风色异，千载水声哀。
夕照斜荒渡，寒烟断古台。
燕秦俱寂寞，缅想重徘徊。

人　　日

久客人非昔，初春日尚新。
多愁销慧性，拙守愧灵辰。
乡思花俱发，风光鸟渐亲。
屏间金镂胜，欲贴复逡巡。

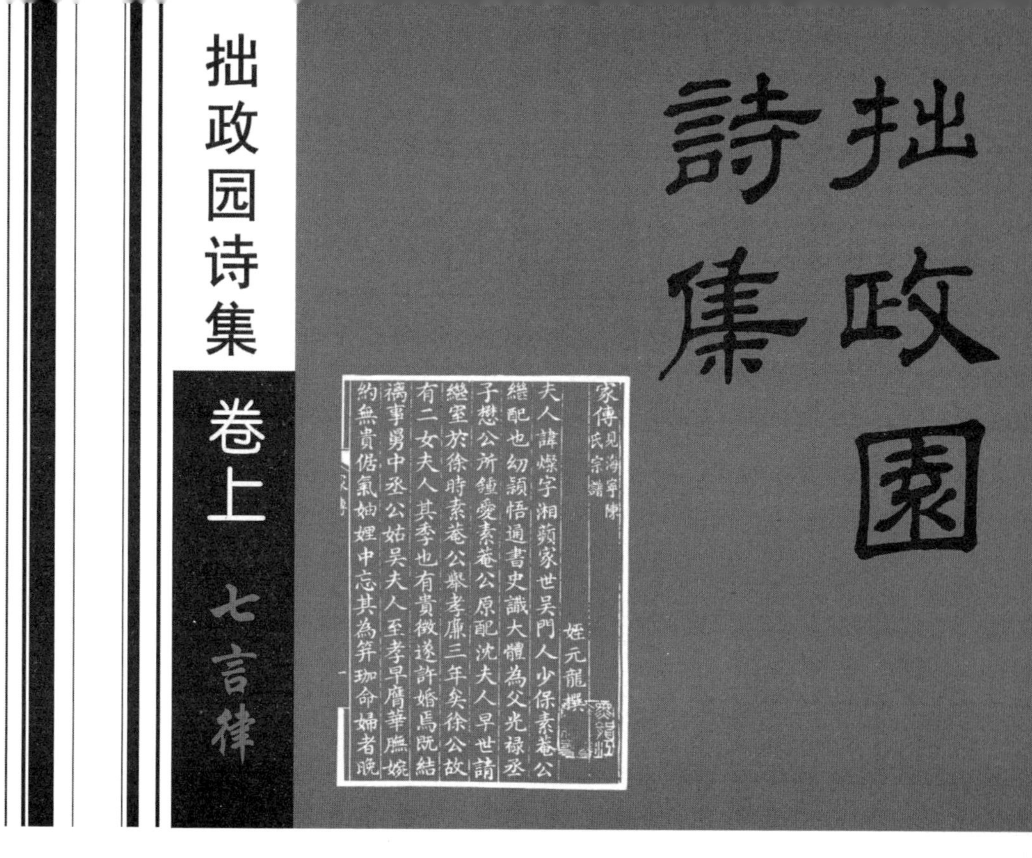

秋　　思

秋风吹送雁声来，柏坞无人踏紫苔。
宝鸭午余香欲烬，玉琴霜老韵逾哀。
碧梧苍翠庭前荫，黄菊参差径里开。
独倚朱栏情更切，晚来残照落双槐。

梦游湖上

起无情绪傍帘栊，潋滟湖光绕梦中。
画舫笙歌娇落日，绮筵箫管咽回风。
堤摇柳叶争眉翠，溪泛桃花映颊红。
惆怅六桥风景在，萋萋芳草碧烟笼。

暮　雨

帘纤暮雨锁朱扉，隐现云山半翠微。
青鹊乱归林树宿，金萤争向碧阶飞。
灯摇寒气凝香阁，帘彻凄声入绣闱。
有梦渐随南雁返，蒙蒙烟水旧渔矶。

赠柴夫人侍姬，时少参已殁

（一）

晓妆芳淡楚腰纤，缥缈清音出绣帘。
度曲有香情细细，对春无语意恹恹。
花藏金屋娇何限，玉冷鸳帏梦独严。
倾国最堪肠断处，一双秋水两眉尖。

（二）

山松烟雨画船春，携手长堤正绿蘋。
隔岁再逢桃似面，片时催别柳应颦。
帆飞吴苑花间路，箫咽秦楼梦里人。
更向湖头红叶下，殷勤重拟接芳尘。

秋日舟行次琼仙韵

凤箫清奏碧溪东，烟际帆悬落照中。
岸草一时凋玉露，汀葭无限泣金风。
云生浦溆秋逾白，霜冷芙蕖晚更红。

寂寞绣帘香欲烬，天涯愁见北来鸿。

云　　鸿

云鸿杳杳暮生愁，绮阁雕栏续旧游。
谁向月明调宝瑟，坐怜霜气犯貂裘。
残檠半照兰帏梦，急管初传玉树秋。
却忆故人青鬓改，几年消息断妆楼？

闺　　怨

少妇金闺空惜春，扑帘飞絮满香尘。
珮声欲动娇无力，扇影初舒恨转频。
清镜云鬟淹晓梦，香奁红粉拭芳辰。
阶前蕙草窥人碧，细雨轻寒倍怆神。

咏雨限匀字

朝来雨溜滴逾频，点点帘前浥柳新。
零乱绮风飞转急，蒙茸芳草润初匀。
香围宝幕凄清梦，花叠瑶阶寂暮尘。
有恨雨和多恨泪，半消愁病半消春。

答素庵《西湖有寄》

霜鸿朝送锦书还，知向寒灯惨客颜。
从此果醒麟阁梦，便应同老鹿门山。

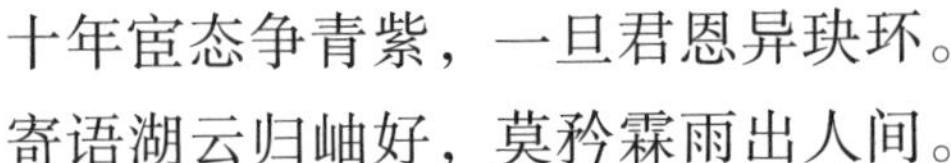

十年宦态争青紫，一旦君恩异玦环。
寄语湖云归岫好，莫矜霖雨出人间。

赠侍姬华如

谁言宜笑更宜颦，宛转娇波频顾人。
弱柳半舒微带恨，脂樱未举已殷勤。
相逢却向为同伴，乍别犹惊病后身。
万事最堪肠断处，妒花风雨隔帘嗔。

甲申七月有怀亡儿妇

玉楼书卷掩芳春，泪尽泉台不见人。
鸳冢有魂还入梦，绮窗无迹暗生尘。
朝云化鹤通玄觉，夜月愁鹃怯幻身。
一叫九回肠已断，不须哀雁过秋旻。

楚林汪源仙为某帅所得，赋诗自伤，有“旧侣故乡”之句，未几而殁，余次其韵吊之

谁遣红颜一夕苍，楚云回首路茫茫。
桃花映面人何在，柳絮吟春墨尚芳。
弱骨可怜埋浅土，断魂犹自怨飞霜。
钿钗生死终难合，莫向泉台更望乡。

戊子除夕

八口团圞剑镞馀，百愁应倩此宵除。

儿婴尚可簪花胜，候暖无烦絮锦裾。
犹整芸编忘烛跋，更谋芳醴待梅舒。
纷纷笳鼓重城曙，一片春声彻绮疏。

己丑元旦

露洗轻云蔼绛宵，帝城芳节启三朝。
金屏宴早宜分荔，玉砚冰融欲颂椒。
盥手几申春酒祝，介眉分阻越山遥。
偶看儿戏思龆齿，曾倚屠苏弄紫箫。

夏日留别朱远山李夫人

邸舍相逢席未温，归轮黯黯发青门。
裁纨妙染春来句，举舍长摇别后魂。
燕峤浮云愁客子，楚天芳草思王孙。
前朝尚待更裘葛，何日清言对玉樽。

广陵怀古

六朝烟草总茫茫，占得风流独不亡。
夜永笙歌沉月观，春深花鸟吊雷塘。
清淮一水长通洛，垂柳千条尚姓杨。
莫向迷楼悲泯灭，李花零乱落霓裳。

姑苏怀古

百花洲畔半蒿莱，霸气千秋郁未灰。

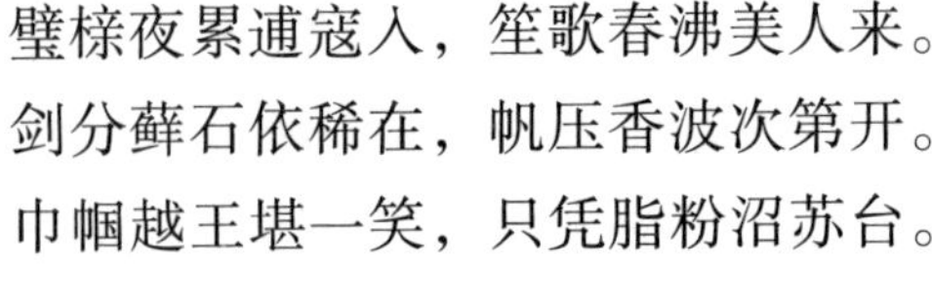
璧椋夜累逋寇入，笙歌春沸美人来。
剑分藓石依稀在，帆压香波次第开。
巾帼越王堪一笑，只凭脂粉沼苏台。

过　无　锡

十载曾从此地游，偶携女伴一淹留。
楼台高耸连云起，亭馆深沉到月幽。
碧沼芙蓉含露泣，青山杨柳带烟愁。
遥闻风景依然在，溪水杨花一样流。

秋　怀

萧萧枫叶满燕台，树色云容镜里开。
两点远山今岁减，半窗明月昨宵来。
穗生银蜡还成泪，香护红绡恨未裁。
不省梦身惆怅在，耐他霜雪遍莓苔。

探　春　花

春信燕台未可探，探春花蕊半犹含。
看来知共愁心结，折取羞从短鬓簪。
兽炭夜温金屋暖，琼枝寒发玉梅惭。
应怜青帝情非薄，莫为春花忆越南。

庚寅元旦

金炉守岁不知寒，丽日俄从碧嶂看。

上寿忆曾鸣玉佩，夙兴犹似听花冠。
祥风卜朔时应泰，险韵题春句渐安。
试把椒花将献颂，红笺恰喜拂双鸾。

燕京腊月见海棠和素庵韵

（一）

疑是冰姿别试妆，细风时拂绛绡裳。
非因苑杏能分艳，并薄宫梅不羡香。
宜暖更将金斗熨，畏寒还遣绣帘藏。
也知青帝怜飞霰，一夜春先到玉房。

（二）

蓟北群葩每避霜，深宫华馆绣围墙。
欲从香国分仙种，巧向春工借艳阳。
娇蕊夜同温锦幕，新妆晨共倚金堂。
冰心未拟因花热，自傍寒窗种野棠。

（三）

才卷冰帘度晚霜，瑶房何意满旃墙。
非同脂颊称双美，谁促琼枝发二阳。
赋友先春来绮席，花仙乘月过虚堂。
轻红浅白应无匹，不信杨家有睡棠。

姑苏怀古

馆娃宫接虎丘山，夜夜精灵自往还。

月冷垂杨迷珮影，雨深修竹见啼斑。
可怜国色终天上，亦有人豪卧草间。
春鸟自伤行乐晚，绕枝娇弄不曾闲。

岁暮思归和素庵韵

一片西山没乱烟，六花寒逼玉楼前。
伤心以日长为岁，久客逢春不当年。
花绕江城劳梦去，尘深燕市贱诗传。
时艰且敛调羹手，舟楫纷纷自济川。

寒夜和素庵韵

（一）

烛花红动玉屏寒，病久长宵枕未安。
白发每嫌侵宝镜，黄尘时见拥旌竿。
眼看故国云飞尽，心系高堂雁去难。
回首江城清梦远，疏梅依旧绕栏杆。

（二）

去住踌躇逼岁寒，此心应乞梵王安。
愁中客岭黄千树，梦里芳湖碧半竿。
罗雀门从当日冷，批鳞书比昨年难。
浮沉久识虚名误，霄汉无劳彩笔干。

登　楼

高阁哀弦咽晚风，断云收尽碧天空。

河山举目何曾异，岁月催人自不同。
几处羽书来蓟北，千群浴铁下江东。
馀生尚想岩栖稳，兵气休侵旧桂丛。

梅　花

长空皎皎静无尘，几树寒花碧涧滨。
不语自含千古意，弄香犹发去年春。
霜林久共幽人老，雪干偏于玉笛亲。
永夜最怜明月在，罗浮清梦照殷勤。

感　旧

蔓草荒烟绕废丘，乱蛩哀雁吊清秋。
谁知千古伤心地，却是当年秉烛游。
一树绿阴笼绣幕，几枝红艳傍妆楼。
最怜车马将归日，六曲屏间有句留。

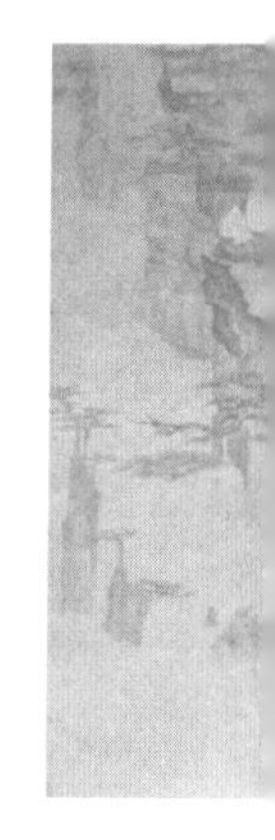

甲午除夕

归心岁岁越江村，守岁依然滞蓟门。
得俊偶看联棣萼，慰情差喜弄兰荪。
鼓喧紫陌春声合，花吐瑶房夜气温。
却怪羽书侵令节，出车班马正云屯。

冬夜和诸儿韵

彩毫清夜竞迎春，隐隐窥帘月半轮。

幸有词坛为乐国，长无尘事即仙人。
瑶觞饯腊将愁去，玉管催花与岁新。
试揽凤毛群绕案，只令堪笑五侯贫。

有　感

少小幽栖近虎丘，春车秋棹每夷犹。
耳闻战伐犹三叹，眼见兴亡遂十秋。
入洛方思青盖谶，浮淮长恨锦帆游。
苍茫一片芜城月，何必吴吟始欲愁。

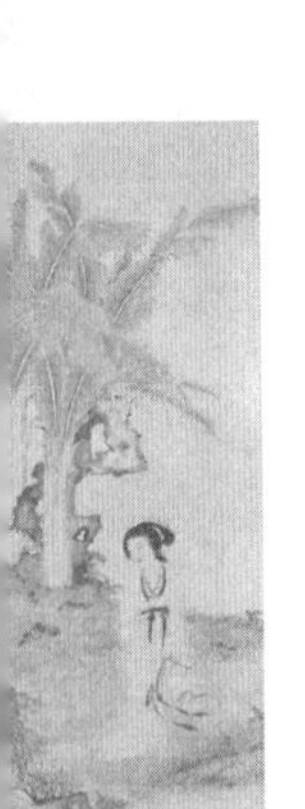

怀　灵　岩

支硎山畔是侬家，佛刹灵岩路不赊。
尚有琴台萦藓石，几看宝井放桃花。
留仙洞迴云长护，采药人回月半斜。
共说吴宫遗屧在，夜深依约度香车。

乙未元旦

斗鸡图燕逐年新，幸捧椒盘早荐新。
凤历于今周一纪，鸾舆何处贺三辰。
春归桑梓恒先客，酒昼屠苏渐后人。
最是高台凝望切，绮筵常念倦游身。

送梁少宰夫人

萍踪落落滞燕关，天际琼枝幸屡攀。

早岁欣看丹诰宠，萧晨忽送素车还。
共知至性支鸡骨，莫使多愁减玉颜。
片舫越江归不远，只从云树望恒山。

送梁大司马夫人

玉陛陈情许暂还，鱼轩清晓发燕山。
亦知三月违非久，无那双旌去莫攀。
道远云迷遥夜梦，秋高霜逼旅人颜。
梅花树酒相逢日，又别芳邻出汉关。

赠梁水部夫人

水部声名际盛时，香闺文采动京师。
芝兰旧谱通家好，珠玉新篇绝妙辞。
渐老自怜为客久，将归深惜订交迟。
黄花丹粟行争发，肯枉雕轮过短篱。

玉　田　县

丙申季冬，随素庵奉召西还，道出玉田，赋此。

征车侵晓动和鸾，遍野漫漫霁雪寒。
何处灵区曾种玉，当年仙灶想还丹。
风沙满鬓人非昨，道路经时岁已阑。
差喜长安今咫尺，归来恰及五辛盘。

午日和诸儿韵

为欢无奈令辰何，玄发萧萧已不多。

绮席竞传燕市酒，轻衣新御越州罗。
雨深太液蒲争发，花满长秋燕懒过。
却忆昨年东去日，正驱车马渡滦河。

和素庵韵[①]

棱棱彻骨耐秋霜，曾忆收栽三径旁。
月上小窗初度影，风吹寒幕乍舒香。
羁人梦远清宵短，明镜愁侵旅鬓凉。
天外乱云横过雁，几声凄绝益神伤。

望沈城

遥望层城带落晖，昔年曾此一枝依。
别来已见梅三发，到日惊看柳半肥。
莫向殊方悲失路，暂离尘网幸忘机。
秋空杲日中天照，旅雁征人却共归。

己亥除夜

八口皈依乞梵王，客心亲梦两难忘。
冰毫尽扫闲愁去，玉斗还消此夜长。
渐喜雪霜回塞草，遥知梅柳动江乡。
阳和忽转条风暖，好送雕轮凤阙旁。

① 编者按：底本题下有双行小注曰："骞按：题上疑有脱讹。"

庚子元日

一夕和风佳气生，江南此际渐春荣。
椒觞献岁怀吴苑，玉珮朝正集汉京。
暖旭欲消青海冻，瑞烟遥带碧山晴。
金鸡为报归期早，柳色依依引客程。

塞上见白雁

残春塞雪尚霏霏，缟翼差池映素辉。
柳絮梨花沾不见，琼台珠树望难依。
却疑鸥鹭来芳苑，不逐鸳鸯上锦机。
闻道君王思玉色，何时还向汉宫飞。

怀德容张夫人

(一)

鱼轩秋晚旧京来，握手相逢旅况开。
长向瑶笺看好句，信知香阁有奇才。
三年多病人同老，万事伤心话转哀。
梵呗终期归白法，莲花池上长金台。

(二)

银州归驭惜匆匆，几夜愁怀话未终。
清泪长流分别后，玉颜时接梦魂中。
共怜塞雪征衣薄，好倩霜鸿锦字通。

屈指明年春色早，紫泥应下玉关东。

春　殿

芙蓉春殿夙承恩，望泣邢娥有涕痕。
翡翠床抛秋半冷，蘅芜香授梦犹温。
凝来似血灵芸泪，抱得如烟紫玉魂。
最是西风残月夜，属车重过望仙门。

秋　感

（一）

弦上曾闻出塞歌，征轮谁意此生过。
霜侵帘影催寒早，风递笳声入梦多。
有鸟是仙归故国，无鱼何客钓浑河。
家山明月今何似，夜夜长悬碧涧阿。

（二）

百感秋生旅客心，黄龙塞下独沾襟。
风来四野宵偏厉，天入三秋昼易阴。
绣幕那堪围朔气，瑶琴犹自理南音。
当时浮海将家属，云水茫茫不可寻。

（三）

异日甘泉照乱烽，凤池文史尚从容。
朝回弄笔题秋叶，妆罢开帘见晓峰。
玉露乍沾长乐珮，金飙遥送未央钟。

西山极望多佳气，缥缈云成五色龙。

（四）

鼙鼓声高散百官，雕戈一夜满长安。
日低春殿风霾合，霜落秋宫草树寒。
南狩銮舆虚命驾，西征旄节漫登坛。
龙归风去须臾事，紫禁沉沉漏未残。

（五）

半壁谁言王气偏，繁华六代尚依然。
金莲香动佳人步，玉树花生狎客笺。
朱雀桁开延夜月，乌衣巷冷积秋烟。
石头城下寒江水，呜咽东流自岁年。

（六）

几曲横塘水乱流，幽栖曾傍百花洲。
采莲月下初回棹，插菊霜前独倚楼。
剑气千年寒古石，歌声五夜起层丘。
不知身在龙沙外，只道当时是梦游。

（七）

朱城西畔漾芳湖，景物依稀宋故都。
天堑潆回环两越，风流娴雅接三吴。
烟销画舫波声咽，草没琼台月影孤。
闻道秋来谁眺赏，几行渔艇出菰芦。

（八）

织锦机寒素节开，捣衣砧急暮愁催。

吴山一望云高下，辽海三看雁往来。
谁诉琵琶怜别院，几闻觱篥怨荒台。
脂车应笑空囊在，携得千山秀色回。

寄德容张夫人

秋风一夕度榆关，旅况萧条紫塞间。
幸有故人怀夙谊，几劳芳讯慰愁颜。
汀洲露冷鸿初到，庭院霜浓菊渐斑。
闻道金鸡前日下，轩车旦晚好西还。

游　仙　诗

（一）

几朝天子慕长生，大宝看如敝屣轻。
汉殿月中青鸟至，鼎湖云际赤龙迎。
斋心妙道披金简，盈耳仙音奏玉笙。
灵境岂应飞骏到，君王元是列星精。

（二）

神仙何必不公侯，暂下云霄十二楼。
书秘早从黄石授，功成还逐赤松游。
远求碧海无三岛，大隐金门是十洲。
左右岁星浑不识，烟寒惟有茂陵秋。

（三）

梅庭瑶洞几千春，霞帔云鬟偶现身。

曾向西池随阿母，昨过南岳访真人。
筵前掷果丹俄就，篱外移桃咒更神。
缥缈凤台还暂住，玉箫吹罢月如银。

（四）

万缘消尽俗尘离，清净虚空两不疑。
阆苑何尝非鹿苑，瑶池原即是莲池。
一声喝醒升仙日，九转丹成见佛时。
偶尔栽花本无意，莫吟秋实结何枝。

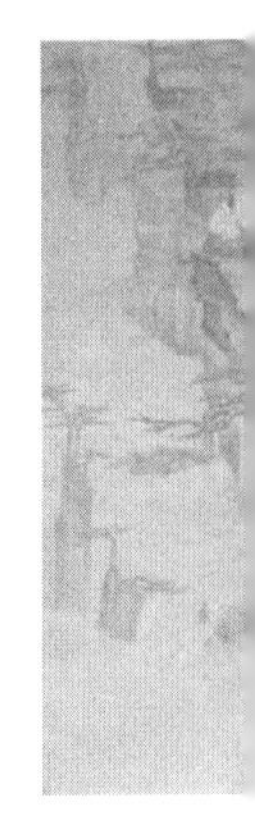

秋日漫兴

（一）

萧条凉气逼山窗，旅雁乡心两未降。
此夕兰灯霜作幕，异时桂醑玉为缸。
含风柳外蝉声乱，擎露松间鹤影双。
如叶轻帆清梦里，分明归路向吴江。

（二）

帝苑芳春风吹谐，看花曾遍洛阳街。
行吟缓控青丝辔，击节频抽白玉钗。
共挽鹿车归旧隐，几浮渔艇散秋怀。
霜风扫尽烟霞况，愁见龙城叶满阶。

（三）

丹凤城西绕碧山，琳宫绀宇翠微间。
六龙缥缈从天下，八骏徘徊带月还。

犹有御题藏石室，每闻词客叩松关。
来青轩外多嘉树，何日轻舆更一攀。

（四）

昭阳凉月度花梢，玉管齐吹象板敲。
夜暗锦帏珠彩发，秋深琪树翠阴交。
芙蓉院冷人何在，玳瑁梁空燕不巢。
闻道禁庭频授钺，谁令戎马忽生郊。

（五）

湖流西去接吴兴，山势东回控秣陵。
泾上锦帆风荡漾，石间宝剑气凭陵。
三秋急管催邀月，几处清歌怨采菱。
曾向百花洲畔住，小楼深拥白云层。

（六）

江上青山夕照含，宋家陵阙见烟岚。
圣湖月冷春桥六，佛土云迷竺国三。
累代金缯输塞北，往时花石运江南。
金陵自昔龙蟠地，控引中原势尚堪。

（七）

名场夙佩艺能兼，先达私曾笑不廉。
谁道径蒿藏仲蔚，只余篱菊伴陶潜。
红崖月朗宵看剑，黑水风高昼掩帘。
椎髻自怜操作惯，啾啾砧杵带霜拈。

（八）

矫首云霄有翠岩，依稀风景隔仙凡。
三株树自围瑶席，五色龙犹护玉函。
绝塞风沙增白发，凛秋霜霰剥青衫。
松窗静夜焚香坐，几卷丹经手自芟。

秋　闺

寂寂秋风瑟瑟衣，卷帘萋草尚依依。
鸟啼深院人谁到，云锁空山叶自飞。
病枕不堪愁里度，乡思翻觉梦中违。
阑干双泪凭谁落，欲寄伤心雁未归。

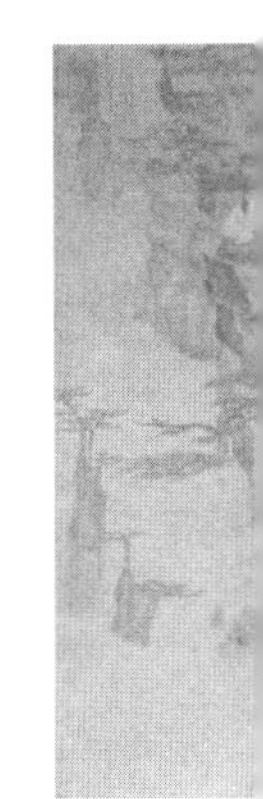

素庵六十初度

游戏尘寰六十秋，几回荣辱总浮沤。
偶耽翰墨仍无著，独信神仙必可求。
霜后橘红怀震泽，月中梅白忆罗浮。
共寻云际琼台路，不向昆仑十二楼。

中秋即事

鹤舞清辉万里宽，无边秋气入三韩。
依稀云驭归霄汉，想象天香散广寒。
瑶阙光飞风浩渺，琼宫夜启露弥漫。
星坛桂魄原无恙，愁向中宵独自看。

小 游 仙

（一）

玄都净土好双修，不二因缘岂外求。
七宝旧瞻狮象座，千花曾玩凤麟洲。
明知是梦谁先醒，果欲休心亦自由。
云里重寻归去路，碧空无际月悠悠。

（二）

一堕青霄万事非，旧游灵境望依依。
紫坛瑶草迎春长，玄洞琪花待客归。
尘外不妨松共老，云中还许鹤双飞。
天香几席时披拂，静夜分明见羽衣。

怀 旧

绮阁斜临碧沼开，一庭嘉卉半亲栽。
虽无苑囿同金谷，亦有篇章比玉台。
堆砌暂留将霁雪，调弦先赏未舒梅。
于今花草谁为主，还想双飞粉蝶来。

忆 梅 花

迢遥清梦碧江湄，点点寒梅发旧枝。
欲拟色香谁得似，莫论开落总堪思。
花明茂苑乡关杳，人在穷边驿使迟。

旅况几年凄切甚，不须羌笛夜频吹。

春　暮

黯淡梨云带碛沙，一春踪迹尚天涯。
却怜塞外愁中树，还放江南梦里花。
乳燕飞轻风渐软，乱鸦啼倦日将斜。
近来岁月销偏速，独向流光感鬓华。

初夏怀旧

金阊西去旧山庄，初夏浓阴覆画堂。
和露摘来朱李脆，拨云寻得紫芝香。
竹屏曲转通花径，莲沼斜回接柳塘。
长忆撷芳诸女伴，共摇纨扇小窗凉。

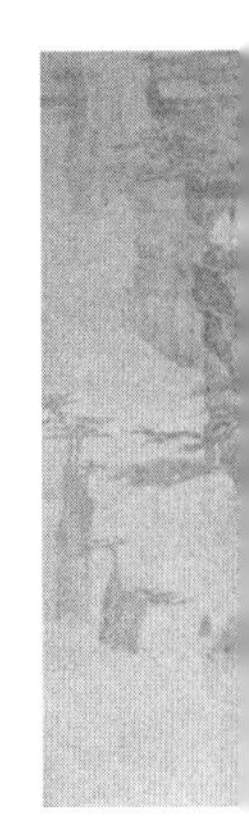

人日漫兴

白凤苍虬捧玉轮，曾闻阿母降灵辰。
携来汉殿桃初熟，归去瑶池海又尘。
仙梦漫销来去日，春风长阅古今人。
几时青鸟云中下，拟爇名香候至真。

咏　梅

故园梅信久迟迟，忽向龙沙见一枝。
素蕊岂争桃李色，异香偏负雪霜姿。

瑶琴梦里犹堪奏，玉笛愁中不忍吹。
知尔也应思庾岭，小庭清夜月斜时。

咏　竹

玉栏杆外碧氤氲，绮阁当时见此君。
青翠成阴寒更密，琅玕流响夜遥闻。
乍疑蓬海重重雪，犹带吴山片片云。
肯使甘蕉长蔽日，淇园行见有弹文。

同素庵游安平泉，时以初度礼佛山寺，次东坡原题韵

一泓幻泡现灵渊，坡老留诗亦偶然。
世味已知同此水，我生宁必问何年。
青云破梦终皈佛，绛雪回颜不羡仙。
小隐山林应易办，数椽茅屋傍愚泉。

病中感兴

伏枕经旬气未苏，炎风挟日鼓洪炉。
良方对病难求药，异俗移人欲信巫。
犹有足音来故旧，自怜身计失江湖。
草裳石窟曾栖遁，九夏凄清暑色无。

送方太夫人西还①

旧游京国久相亲，三载同淹紫塞尘。
玉珮忽携春色至，兰灯重映岁华新。
多经坎坷增交谊，遂别云龙断夙因。
料得鱼轩回首处，沙场犹有未归人。

① 编者按：底本题下双行小注曰："骞按：此首元本不载，今从《归愚诗话》补录。"

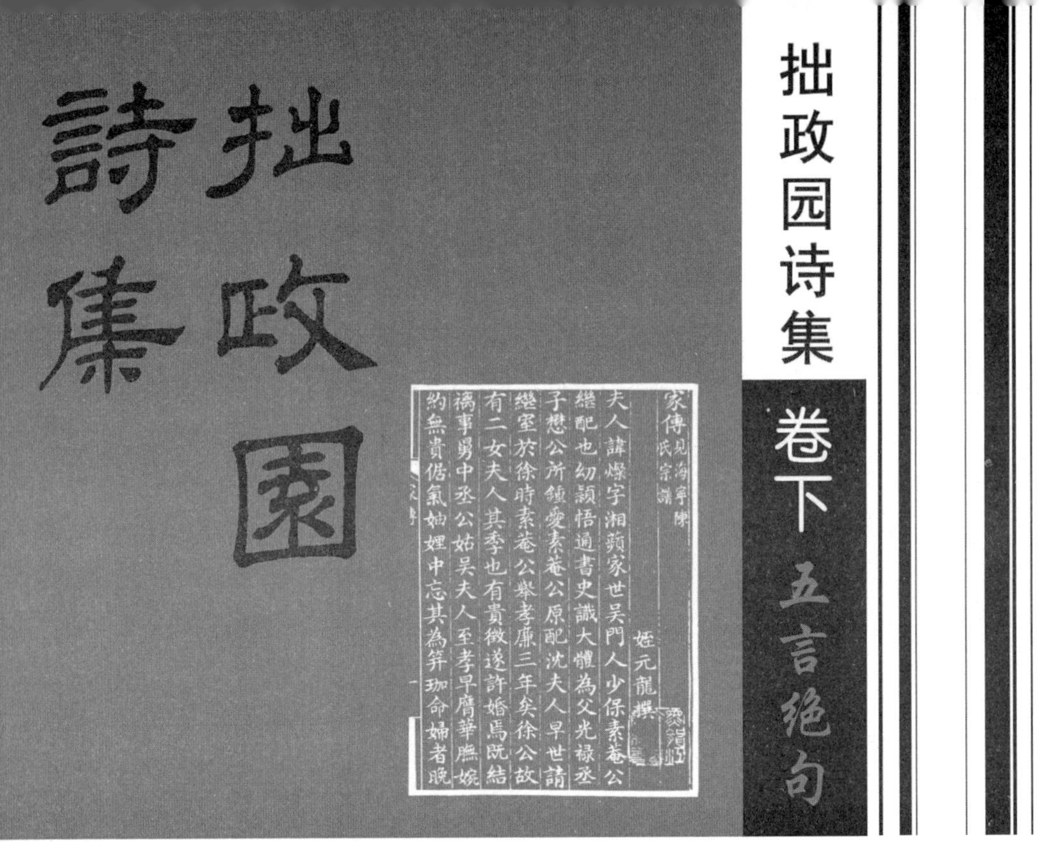

秋　怀

一叶惊残梦，虫吟几树秋。
乱云迷凤阙，砧响起宫愁。

香　橼

金实凝秋色，酸辛只自知。
最怜香暗发，露冷晚黄时。

答素庵

说是别离难，况复惊秋暮。

几度梦中寻，渐识台城路。

乍　别

乍别疑非别，言愁不信愁。
月明闺里梦，夜夜到扬州。

云阳驿阻雨

短烛摇寒焰，凄凉此驿中。
无端今夜雨，更胜石尤风。

石头闻警

曰梦谁非梦，此生何足怜。
不须回首望，乡国半愁烟。

舟中别恨寄素庵

别去愁何限，朝来瘦不禁。
只凭双燕语，少慰寂寥心。

有　感

（一）

独坐愁何限，惟知双泪流。
菊花看又尽，不是去年秋。

（二）

有泪知难尽，无香可返魂。
满阶霜月在，形影吊黄昏。

三　竺

朝入三竺云，依稀众香国。
却望重湖间，寒波荡秋色。

春　日

暖雪多兼雨，春山半入云。
罗衣应渐试，为倩鹊炉熏。

关山月

穷冬涉关山，短衣冷如铁。
羌管两三声，吹落寒天月。

紫骝马

挥鞭出玉关，紫骝若飞电。
借问马上人，封侯定谁见。

葡　萄

瑶树来西域，明珠缀上林。

会当持酿酒，先为汉宫斟。

瑞　　香

闻说名香种，曾从梦里寻。
至今诸女伴，珍重缀瑶簪。

紫　　薇

可怜郎署花，却点寒窗色。
为问含香人，宁思主恩泽？

天　　竹

火齐何累累，贯珠映飞雪。
小鸟啄残红，纷纷落荒樾。

秋　　葵

粲粲秋葵花，扬姿照瑶席。
惟有蒸栗琮，堪将比颜色。

芙　　蓉

晚风吹秋波，芙蓉照人好。
坐见韶华销，花与愁人老。

佛　手　柑

何处旃檀香，出自如来掌。
煮茗问空王，微笑亦堪赏。

隔墙梧桐

清露沐疏桐，亭亭远弥翠。
差喜隔墙阴，不见寒叶坠。

题子惠马夫人几上画石①

文石何清峻，移来几案间。
谁知闺里秀，笔下有云山。

① 编者按：底本题下双行小注曰："骞按：目无子惠二字。"

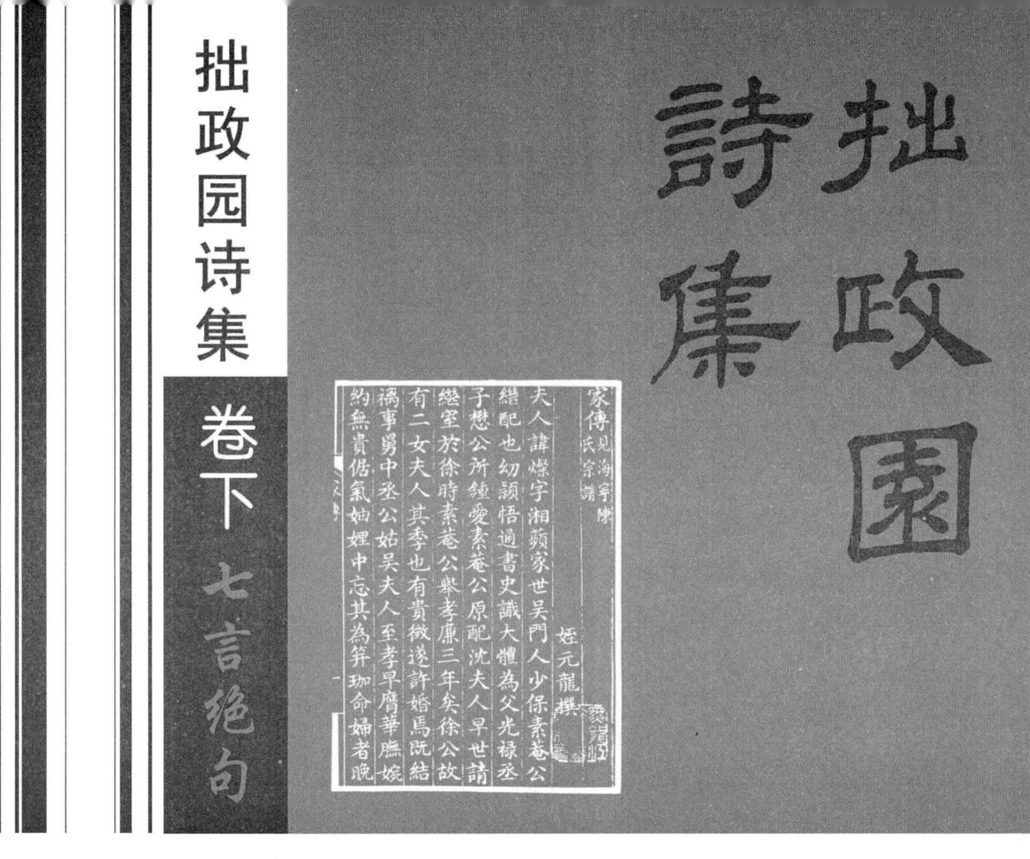

家傳（見海寧陳氏宗譜）

姪元龍撰

夫人諱燦字湘蘋家世吳門人少保素菴公繼配也幼頴悟通書史識大體為父光禄丞子懋公所鍾愛素菴公原配沈夫人早世請繼室於徐時素菴公舉孝廉三年矣徐公故有二女夫人其季也有貴徵遂許婚焉既結褵事舅中丞公姑吳夫人至孝早膺華膴娣姒無貴倨氣妯娌中忘其為笄珈命婦者晚

夏　日

羁宦频年滞玉京，榴花照眼客心惊。
暖云欲幻归家梦，却怪残莺隔叶鸣。

春日见长女新诗戏作

闲弄冰毫怯晓寒，碧窗红旭映琅玕。
瑶笺珍重藏香箧，应作班家女弟看。

晓　起

一春花事已阑珊，罗袖临轩畏晓寒。

却怪柳丝天外绿，春风吹不到长安。

乡　思

百花洲畔接金阊，望断吴云是故乡。
夜夜思归春梦里，争教金马滞仙郎。

梅　妃

不学蛾眉斗艳妆，御前慵共舞霓裳。
君恩尚有珍珠赐，泪满红绡恨转长。

赠 美 人

娇态轻盈出玉房，含情无语弄明珰。
罗衣最惜临风处，小立花阴背晓光。

出都留别合欢花

乱烟松径晓阴阴，秋草荒庭玉露侵。
自是朱丝能绾恨，非关长袖泪痕深。

代合欢感别

依依三载荷殷勤，露滴风吹每见珍。
欲吐红丝萦玉珮，秋风一夕送归人。

遥　夜

遥夜愁心寄秋月，空蒙烟蔼瑶光缺。
闭户含情双泪垂，侧身调弦听更绝。

梦中偶成

一江寒色半帆风，千里人归霜叶红。
日迥双峰悬塔影，钟声迢递白云中。

到　家

朱栏曲曲隐妆楼，到日重牵别日愁。
羞向海棠悲老大，不禁经泪对花流。

宫词次琼仙韵

（一）

曲栏深锁夜调筝，春殿风和燕语轻。
梦破彩云惊漏促，玉窗寒寂一挑檠。

（二）

黄鹂初啭上林春，弱柳如分翠黛颦。
闲数落红人共老，昭阳明月几回新。

明皇曲

千载恩情此日休，马嵬离恨几悠悠。
可怜蜀道淋铃曲，明月空余端正楼。

别恨寄四小婶

（一）

别绪萦怀两地愁，故人何惜一维舟。
鸳湖自是千峰隔，目断斜阳几泪流。

（二）

霜林江色别离难，折得残阳路渺漫。
夜月凭栏知有恨，素书聊复劝加餐。

舟中作

烟波寒锁半舷愁，征客谁能止石尤？
独倚篷窗最寥落，暗将清泪杂江流。

题画

花下初翻贝叶函，谁知金屋是茅庵。
慧根原自蒲团得，更向蒲团学小参。

归 朝 欢

一夕秋风归信紧，浓人踏遍羁人忍①。
睡浓梦好日初高，玉音已下黄扉近。

大 石 桥

石桥南畔草离离，千里征人晓渡时。
三径黄花初放日，归轮重整及秋期。

有 感

一别仙山不记年，碧云珠树两茫然。
只应清梦随明月，仍到虚无旧洞天。

秋夜偶成

（一）

一动金风剪众芳，黯红愁绿总茫茫。
龙沙日夜飞霜急，回首燕台菊未黄。

（二）

萧萧秋气逼窗寒，香冷金炉漏半阑。
笳鼓不须惊客枕，且容残梦到江干。

① 编者按：底本诗末有双行小注曰：“吴骞按：‘浓人’字疑有讹。”

（三）

露白霜浓处处秋，月光依旧照朱楼。
碧栏杆外花千树，可念羁人别后愁？

（四）

故国云山一望中，碧溪清沘绕丹枫。
那知羁客愁千缕，日夜乡心逐去鸿。

（五）

半庭芳树冷秋烟，羌笛声中月又圆。
一寸愁心供永夜，幸多归梦岭梅边。

秋　草

秋色苍苍满大荒，轻裘不敌晚风凉。
可怜玄菟城边草，未到霜飞已半黄。

秋　月

白山青海几淹留，对月弥伤客鬓秋。
遥想凤城今夜里，清辉依旧到朱楼。

秋　风

系帛茫茫少信回，黄云长护望乡台。
鸊鹈泉畔西风急，吹到边愁万里来。

秋　　雨

长城千里乱烽高，奔命宵驱敢告劳。
戍客泪痕秋塞雨，一时流满旧征袍。

秋　　水

苍莽秋阴四塞垂，秦川一望断肠时。
征夫陇水应同恨，已向西流各不知。

秋　　雁

露冷边城万木凋，几声哀雁落清宵。
江湖到处堪栖泊，何事迢遥却度辽。

秋　　砧

铁马金戈百战身，无衣偏及授衣辰。
可堪日暮砧声急，愁杀闺中织素人。

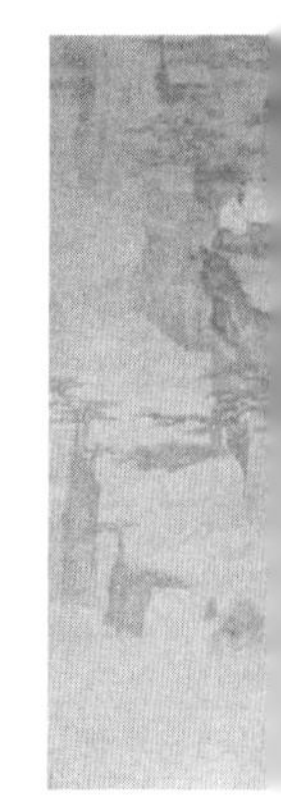

秋　　蛩

气肃天高白露零，穹庐风雨夜冥冥。
金闺只怨寒蛩语，未到黄龙塞下听。

秋夜感怀

点点灯花照玉樽，戍楼传箭报初昏。

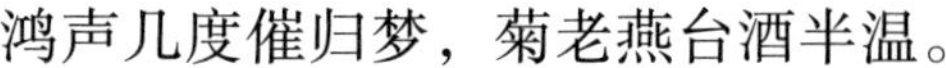
鸿声几度催归梦，菊老燕台酒半温。

重午前三日戏赠素庵

映帘新柳晓扶疏，椒醑香凝绮席初。
珍重好拈长命缕，采丝先系病相如。

雪夜偶成

共展囊书夜未休，薄寒初透竹间楼。
殷勤且尽葡萄酿，昧爽鸣珂紫陌头。

寄子惠马夫人

（一）

春风习习水潆洄，一夕吴江鼓枻来。
却锁玉栊深院月，可怜辜负紫霞杯。

（二）

闻说鱼轩过虎丘，绣岩凉碧可淹留。
应拈翠管吟芳径，唤起萧森树树秋。

画虞美人花并题二首

（一）

垓下歌残霸气终，当年红泪在花丛。
余香剩粉谁怜取，惟有三春早晚风。

（二）

碎绿摧红亦主恩，低垂犹似恋英魂。
真心偏是风流种，犹带深宫旧粉痕。

黄河阻风

浪急舟横古渡头，暮愁和月落寒流。
三年已饱风波境，行路何须更石尤。

咏虞美人花

残花不共霸图终，怨色枝枝未肯东。
有血宁从垓下洒，至今风雨浅深红。

西湖春望

（一）

正月湖头春树青，细风斜雨拂疏棂。
晚来雾卷山逾碧，花影依微月一庭。

（二）

画船歌管拂青霄，踏草初归第五桥。
欲折柳枝将远思，不堪吹断凤凰箫。

（三）

鹿头船小水潺潺，自唱菱歌薄暮还。

三竺两峰青翠色，一时点染旧春山。

（四）

微雨潇潇晚色催，堤头无限画船回。
何人一笠歌空碧，笑折林逋墓上梅。

（五）

飘摇锦带晚风前，携伴烧香上画船。
却望西陵骢马上，有人指点说金莲。

（六）

春风微动缕金裙，三竺花明草色熏。
日暮归来莲步怯，倩人轻为整香云。

（七）

春朝湖水碧连天，桃柳枝枝各斗妍。
谁洒彩毫新曲度，银筝象管欲登仙。

（八）

春雪初晴翠袖寒，无言尽日倚栏杆。
不知娇泪何缘堕，记得前年上木兰。

画梅偶题，时在湖上

（一）

此幅繁花数枝，似为斜日所醉。

瑶台芳信寄东风，霏玉枝枝发蕊宫。

写向明湖玩娇影，暮烟斜映半堤红。

（二）

半开萼瓣，微红未褪。

玉蕊初舒怯晓风，半帘香冷沁璇宫。
妆成试问争妍色，输却胭脂腻颊红。

（三）

零花坠萼，纷纷可怜。

瑶华初卸晚来风，蝶影犹依旧楚宫。
零落香丛春欲老，似啼清泪湿残红。

（四）

如香闺弱质，初知羞涩。

芳心未肯嫁东风，雪色云容护紫宫。
袅袅暗香如有待，许谁和月印轻红。

（五）

柔条才缀数花，旖旎可爱。

柔枝软萼试春风，合德今朝入汉宫。
莫怯冰姿岑寂甚，羞随桃李斗纤红。

（六）

临水舒瓣，花神似有所思。

一枝春信寄江南，月冷霜凄恨未堪。
叹息风前无限意，自摇芳影泣空潭。

（七）

花片点点，落碧流中，结子如豆。

点点寒香堕碧流，浪花斜湿玉容愁。
成阴绿叶将迎眼，青子累累绕翠楼。

（八）

落英空枝，与孤峰并峙。

孤峰遥映落红寒，若个凭栏倚笑看。
长愿人心坚似石，明年仍发碧云端。

郊外看芍药

（一）

石榴吴苑烂朱霞，紫塞才开芍药花。
犹有往时纨扇在，碧油车外障尘沙。

（二）

上林春鸟不曾知，嫩紫嫣红自异姿。
却似支硎山下看，细风斜日倚栏时。

感　　旧

（一）

人到清和辗转愁，此心恻恻似凉秋。
阶前芳草依然绿，羞向玫瑰说旧游。

（二）

丁香花发旧年枝，颗颗含情血泪垂。
万种伤心君不见，强依弱女一栖迟。

附　和陈海宁夫人韵，时夫人携长公孝廉归娶，有诗留别①

朱中楣②

望衡未几接寒温，话别匆匆月到门。
知度晓风生彩鹢，每吟新韵动离魂。
今时昼锦归迎妇，他日含饴喜抱孙。
早晚骖鸾来画阁，小春花发待开尊。

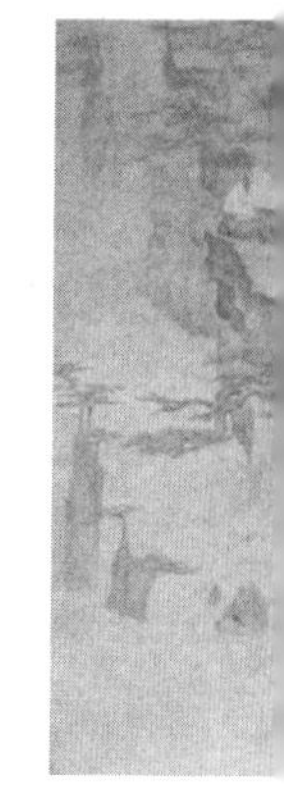

① 编者按：底本此诗的末尾有双行小注曰："吴骞案：元唱见上卷，此诗从《远山随草》附录。"

② 编者按：底本"朱中楣"上有双行小注"吉水"，其下有双行小注"远山"。

《拙政园诗集》跋

陈敬璋

璋案：昔素庵公序夫人词有云："湘蘋所为诗及长短句，多清新可诵。"又云："余爱湘蘋长短句愈于诗。"故当日为之编次《诗馀初集》以传，而不闻有《诗集》之刻，是以流传颇鲜，心窃憾焉。今岁仲春从弟敬持出家藏抄本见示，凡得古今体诗二百四十六首。余受而读之，不禁狂喜，亟以进之兔床吴丈。吴丈绩学好古君子也，尝以《拙政园诗馀》刊入《海昌丽则》，今得斯集，获偿夙愿，尤欣然付梓，与《诗馀》并垂不朽焉。窃惟夫人，始历恬愉，晚遭坎壈，其境有顺逆之殊，故其诗有哀乐之异。然其乐也宁静可风，其哀也和平有度，洵乎《葛覃》、《卷耳》之遗音，而彤管之极则也。既以告于吴丈，乃援笔而志之，且以不忘斯集之所自来云。

岁在玄黓阉茂，孟夏既望，六世从孙敬璋谨跋。

附录一

陈之遴传

陈之遴，浙江海宁人。明崇祯十年进士，授编修，迁中允。

本朝顺治二年，投诚，授秘书院侍读学士。五年，迁礼部右侍郎。六年，恩诏加都察院右都御史。八年，擢礼部尚书。时御史张煊劾大学士陈名夏结党营私，语涉之遴，鞫讯不实，免议。寻加太子太保。九年，授弘文院大学士。十年，郑亲王济尔哈朗等奏："之遴承审奸民李应试时默无一言，问之，则云：'上果立置应试于法，则已；或免死，则我身必为所害。是以不言。'似此缄默取容之人，恐不堪重任。"诏之遴回奏，仍上疏引罪，上以之遴既知悔过，将观其自新，遂调任户部尚书。会与名夏等集议革职总兵任珍罪状，与同官两议，得旨责问，复以支饰欺朦论死，诏从宽削官衔二级、罚俸一年，仍供原职。十二年正月，奏请照律例以定满洲官员有罪籍没家产、降革世职之法，下所司议行。

二月，复授弘文院大学士，加少保兼太子太保。疏陈："营务三策：一曰修举农功，请择每旗才干大臣一员，并谙练农田水利官二三员，将本旗地亩，招集土民，讲求蓄泄，以备旱涝，算工估费，及时修筑，所费虽多，一劳永逸；一曰宽恤兵力，汉兵经费甚多，而有急辄用满洲八旗，请敕各省督抚、提镇所辖将士，悉照满洲兵法训练，精强逃亡，亦照例行法，人知警畏，自能力战固守，满洲八旗可以养威息力，不至久征多费；一曰节省财用，请制满洲兵民典例，凡吉凶诸事，务从俭约，毋过丰华，则日节岁省，自致丰饶。"从之。

十三年，上召吏部尚书王永吉等责其轻出亏帑司员朱世德之罪，复谕之遴曰："朕不念尔前罪，复行简用，且屡诫谕，尔曾以朕言告人乎？抑自思所行亦曾少改乎？"之遴奏曰："皇上教臣，安敢不改？特才疏学浅，罪过多端，不能仰报耳。"于是左都御史魏裔介劾奏："之遴当皇上诘问时，不自言其结党之私，力图洗涤，以成善类，尔但云才疏学浅，不能报称，其良心已昧。如嘱礼部尚书胡世安保荐庸劣知县沈令式为知府，旋被督臣纠劾，植党徇私，确有所据。密勿之地，恐之遴一日不可复居。"给事中王祯亦劾奏："之遴系前朝被革词臣，来投阙下，不数年超擢尚书，旋登政府。不图报效，市权豪纵，皇上面加呵斥，凛凛天威。之遴不思闭门省罪，即于次日遨游灵佑宫，逍遥恣肆，罪不容诛，乞重加处分。"疏入，并敕之遴据实回奏，且下部察议。寻议革职，永不叙用。上念之遴既已擢用，位至大臣，不忍即行斥革，以原官发辽阳居住。是年冬，上复念之遴效力多年，不忍终弃，令回京入旗。

十五年，之遴以贿结内监吴良辅，鞫讯得实，拟即处斩。得旨："陈之遴受朕擢用深恩，屡有罪愆，叠经贷宥，以前犯罪应置重典，特从宽以原官徙居盛京，复不忍终弃，令还旗下。乃不知痛改前非，以图报效，又行贿赂，结交犯监，大干法纪。本当依拟正法，姑免死，著革职流徙，家产籍没。"后死徙所。

（自《贰臣传》迻录）

附录二

陈之遴与徐灿

顺治十八年冬，方拱乾夫妇及全家〔遇赦，自宁古塔返乡〕行抵沈阳时，见到了流徙该地的许多友人，其中包括陈之遴夫妇。临分手时，陈夫人还曾有一诗，为方夫人送行，诗题为《送方太夫人西还》。诗云：

旧游京国久相亲，三载同淹紫塞尘。
玉佩忽携春色至，兰灯重映岁华新。
多行坎坷增交谊，遂判云龙断夙因。
料得鱼轩回首处，沙场犹有未归人。

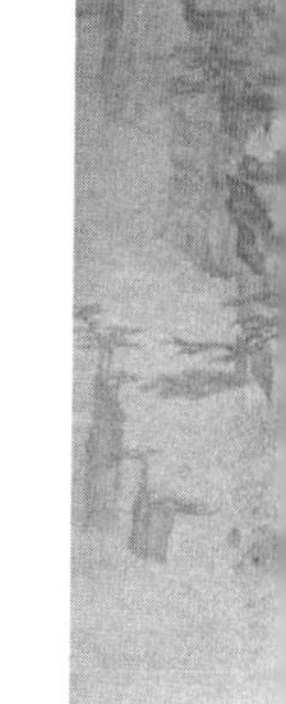

此诗咏与方氏的多年友谊，叹己之未归，极尽愁惨之能事。

这陈夫人就是大学士陈之遴之妻徐灿，字明深（一作明霞），号湘蘋，“家世吴门（今江苏吴县）人”①。幼颖悟，通书史，长而好吟咏，尤喜为词，是清代著名女词人。著有《拙政园诗集》、《拙政园诗馀》。

陈之遴（1605—1666），字彦升，号素庵，浙江海宁人。明崇祯时官编修，以父任辽东巡抚曾乞假省亲，至山海关时，“诸将皆戎服郊迎，参将以下，扶舆而行，极为荣显”。入清，官至礼部书，授弘文院大学士，与陈名夏结为南党，与北党冯铨、刘正宗

① 施淑仪辑：《清代闺阁诗人征略》卷二。

等相抗。顺治十三年（1656年）三月以结党罪，命以原官发盛京居住。这次遣戍，“遇公事，位在诸卿以上，犹然大学士也”。十月召还。十五年以贿结内监吴良辅下狱，在狱中与吴兆骞、方拱乾等结为患难之交，至十六年春先于吴、方流徙盛京，家产籍没。于是陈之遴夫妇又再次遣戍，这次至盛京，“则竟与军伍杂处矣。之遴平生凡三出关，而荣辱顿异”①。在戍所，与函可、陆庆曾、潘子见、吴兆骞唱和之作甚多，兹从略。至康熙五年，卒于戍所②。有《浮云集》十二卷。

之遴工诗词，其诗词“意捷语新”③，颇多才思。《冬日杂兴》之二云：

驻马荒原上，苍然极望迷。
日随雕影落，天带雁行低。
沃野今耕凿，严城昔鼓鼙。
朦胧青嶂月，自向玉关西。

又如“气息着髯皆积雪，唾珠脱口即坚冰”（《渡辽河》），“日长余暮色，溪暖动春声”（《饮郊外》）与“怒风宵撼孤城动，急雪朝吞万嶂平”（《杪冬感兴》）等句，描绘塞外荒寒景色，均给人以“语新”之感。其《出猎歌》三首咏八旗将士之出猎，也是形象鲜明，读之令人意气风发。其三道：

革鲜争奋鹘鹈刀，乳酒三巡杀气豪。
木叶山前风转急，松花江上月初高。

① 王一元：《辽左见闻录》。

② 李圭等修：《海宁州志稿》卷二十九，民国十一年（1922年）排印本。

③ 邓之诚：《清诗纪事初编》卷七“陈之遴”。

其词亦佳，《一剪梅·偶成》云：

寒蛩啼送一天愁，人自东流，水自西流。古人谁似我淹留？白老江州，苏老黄州。　　半生沉梦醒浮沤，春兴妆楼，秋兴书楼。何时黄菊映归舟？扬子江头，西子湖头。

徐灿之词得北宋风格，毫无纤佻之习，颇负时誉，当时著名词人陈其年誉为“盖南宋以来闺房之秀一人而已”①。其《踏莎行》云：

芳草才芽，梨花未雨，春魂已作天涯絮。晶帘宛转为谁垂？金衣飞上樱桃树。　　故国茫茫，扁舟何许？夕阳一片江流去。碧云犹叠旧河山，月痕休到深深处。

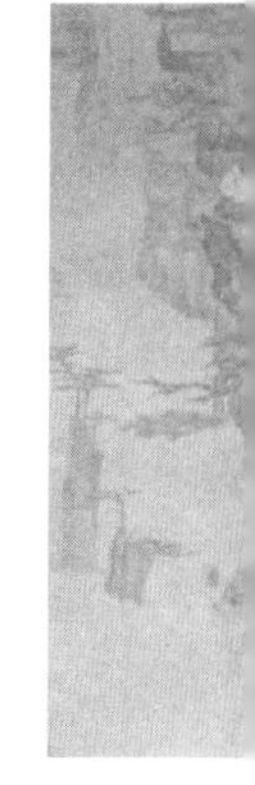

实则其诗亦佳，如《秋夜偶成》之一云：

一动金风剪众芳，黯红愁绿总茫茫。
龙沙日夜飞霜急，回首燕台菊未黄。

其三云：

露白霜浓处处秋，月光依旧照朱楼。
碧栏干外花千树，可念羁人别后愁？

《秋草》云：

① 陈其年：《妇人集》。

秋色苍苍满大荒，轻裘不乱晚风凉。
可怜玄菟城边草，未到霜飞已半黄。

又如“却怜塞外愁中树，还放江南梦里花”、“半庭芳树冷秋烟，羌笛声中月又圆”等，萧瑟荒寒，写塞外之风光；苍凉凄楚，纾羁人之忧怨。

考陈之遴共六子①，前三子名字号不详；四子容永，字直方；五子奋永，字扮谦，号寄斋；六子堪永，字子长。之遴之入狱与流徙，四子容永与六子堪永均曾随侍。康熙四年（1665年）容永卒于戍所，五年之遴卒，六年堪永亦卒，徐灿抑郁无聊，遂布衣蔬食，不再为诗，“皈依佛法，更号紫管氏”②。康熙十年，康熙东巡至沈阳，徐灿跪迎道旁。康熙问：“宁有冤乎？”徐灿说：“先臣惟知思过，岂敢言冤。伏惟皇上覆载之仁，许先臣归骨。”于是奉旨，扶陈之遴榇以还。

（据李兴盛著《增订东北流人史》黑龙江人民出版社
2008年版第233～236页迻录，略有修订）

① 陈之遴共六子，详见本书附录之十《陈之遴诸子考》。
② 徐灿：《拙政园诗集》附“家传”。

附录三

徐灿传

陈之遴妻徐，名灿，字明霞，吴县人。之遴自有传。徐通书史，之遴得罪，再遣戍，徐从出塞。之遴死戍所，诸子亦皆殁。康熙十年，圣祖东巡，徐跪道旁自陈。上问："宁有冤乎?"徐曰："先臣惟知思过，岂敢言冤。伏惟圣上覆载之仁，许先臣归骨。"上即命还葬。徐晚学佛，更号紫管，有《拙政园诗词集》。词尤工，陈维崧推为南宋后闺秀第一。画得北宋法。

（据《清史稿》卷五百八"列传二百九十五"迻录）

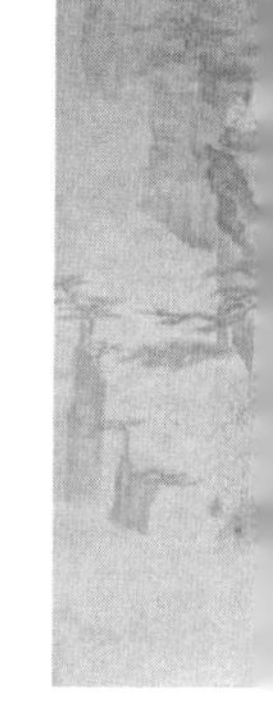

附录四

《浮云集》提要

陈之遴 《浮云集》十二卷

陈之遴，字彦升，号素庵，海宁人。崇祯十年进士，授编修，迁中允。以父祖苞巡抚顺天失事下狱仰药死牵连革职。永不叙用。入清，不数年，官至尚书。顺治九年，授弘文院大学士。以事调户部尚书。十二年复授弘文院大学士。翌年，以原官发辽阳居住，是冬令回京入旗。十五年以贿结内监吴良辅，免死革职籍没，全家移徙盛京。康熙初，没于戍所。盖始终依附陈名夏，结党与北人冯铨、刘正宗相抗。同以文学受上知，名夏既败，之遴自不能免，于此见当时党争之烈。撰《浮云集》十二卷，有康熙五年之遴自序。别有乾隆十年周星兆重刻本，改题《陈素庵诗钞》。星兆字衡台，称之遴为外高祖。其人不足道，而诗词则意捷语新，稍嫌才累。诗格颇似吴伟业，《白头宫女行》，置之《梅村集》中，几不能辨。《永和宫词》以少许胜多许，结句"可怜龙堕乌号日，不及椒风短命人"，似较"汉家伏后知同恨，只少当年一贵人"为和婉。其余篇章，率皆有事。飞枭指杨嗣昌，俨然东林声口。《乔木》云："赫赫司马，盗臣之渠。"可谓极口而詈。《白靴校尉行》几于指斥壮烈。故世谓之遴以先帝为仇，请发明陵以充军饷。不免恶之过甚。然观其《燕京杂诗》云："烈皇亦是英明后，辛苦兴邦反丧邦。"《秋日感旧》云："宵旰岂应逢板荡，久倾炎鼎自桓灵。"词旨大有抑扬也。《秋日偶成》云："南国余黎供上切，输将争恨役车迟。"作于清初，则褊衷滑口，与得罪后《感怀二十首》、

《杂诗十首》同一怨望。《秋日杂诗》云："致身匪不早，旋复得悔吝。"又云："永怀身世间，万死集方寸。"知处境之危矣。《感旧》云："九逵冠盖真为戏，七尺须眉怪尚男。"知时世之恶浊矣。而《咏白胡蝶》诗，乃望再起，岂非顽钝乎？颇与文人周旋，尤厚张遂辰、吴兆骞，人遂以好士目之。其妻徐（婉）〔当作灿〕素工词翰，闺房唱酬，屡见集中，为世人艳羡。孰意同谪冰天，独归寒鹄，繁华尽散，画佛奉母以终。

（据邓之诚《清诗纪事初编》卷七迻录）

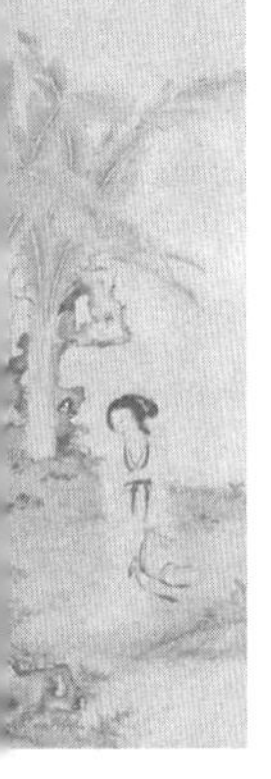

《浮云集》叙录

《浮云集》 十二卷，近代排印本

陈之遴撰。之遴字彦升，号素庵，浙江海宁人。明崇祯十年一甲二名进士，官中升。降清，授翰林侍读，官至礼部尚书，擢弘文院大学士。时政因革厘定，俱出其手。顺治十三年，坐结党营私，以原官发辽阳居住，寻召还。十五年，以贿赂内监吴良辅免死流徙。康熙初，殁于戍所盛京，不知年岁。是集为康熙五年于戍所自编，凡十二卷。卷一为赋，卷十二为词，首自序。《四库》列为《存目》。民国间张乃熊据旋吉堂本重排。歌诗分体不编年。《高梁篇》、《姑苏元夜篇》、《汴梁行》、《白靴校尉行》、《冰车行》、《羊皮半臂行》、《白头宫女行》，华实相副，酷似吴伟业。《感怀》、《杂诗》、《录别》等组歌，以及《燕京杂诗》、《景皇帝墓》，不时怀念先朝。出山海关，过大凌河、医巫闾山，咏盛京诸篇，遣戍所作，寄怀吴兆骞诗甚多。《采参行》记关东采贡人参，为当时事实。之遴馆师为王铎，与吴伟业婿姻，宋实颖为友。其才名早著，人品则不足道也。

（据袁行云《清人诗集叙录》卷二迻录）

附录六

《浮云集》提要

《浮云集》 十二卷

陈之遴撰。之遴生于万历三十三年（1605），卒于康熙五年（1666）。字彦升，号素庵，浙江海宁人。崇祯十年进士，授编修，迁中允。顺治二年起授侍读学士，九年授弘文院大学士，十二年调户部尚书，录旗籍。以结陈名夏党于十三年谪居尚阳堡，旋回京。十五年以赂内监吴良辅免死革职，流放盛京，卒于戍所。此集又名《陈素庵诗钞》，有康熙五年自序，诗止于康熙三年，末卷为词，康熙间旋吉堂刻，上海图书馆藏钞补本。中国国家图书馆藏乾隆十年周星兆修补本，又藏清钞本，皆有周序。首都图书馆藏民国二十二年逬圃铅印本，乃据康熙间旋吉堂刻本翻印，改易甚多，无周序。《海昌艺文志》卷六载：之遴又有《旋吉堂集》，已佚；《浮云续集》二册，陈兰庄藏写本，卷首钤“徐湘蘋印”及“一品夫人”二章；《百一稿》八卷，写本，集内诗皆《浮云集》所不载。以上三集今皆未见。之遴机智敏练，娴习掌故，一切时政因革厘定，俱出其手。曹溶谓其集名《浮云》，仅十之一二，已非全本。查羲《佛诗》小传中称，羲幼时曾见其《西湘竹枝词》数首，皆集中所不载。

（据柯愈春《清人诗文集总目提要》卷三迻录）

附录七

《拙政园诗集》提要

《拙政园诗集》 二卷

徐灿撰。灿字明霞，一字明深，号湘蘋，又号紫管，江苏吴县人。光禄寺丞徐子懋女，海宁陈之遴继妻。陈之遴遣居沈阳后，康熙五年去世，不久其子相继亡故。十年灿扶夫榇还乡。此集凡二百四十六首，列入《海昌丽则》。南京图书馆藏乾隆五十九年刻本，中国国家图书馆藏嘉庆八年刻本。中国科学院图书馆藏同治间刻本。又有《拙政园诗馀》三卷。陈维崧于《妇人集》中称灿诗词绝佳，以为“南宋以来闺房之秀一人而已”。

（据柯愈春《清人诗文集总目提要》卷八迻录）

附录八

谢徐夫人画大士像书

世所传大士绰约若女子，不知何自始？或谓见妇女身而为说法耳。然大士以耳根证闻性，故观不以目，而听不以耳，是以号曰观世音。性者世人所不能见也，相者所共瞻也，画相者必从相写性，使人见相悟性，乃为得意。吴道子以来，此理久晦矣。盖大士十四无畏，天下之威神也，三十二应天下之大圆通也。以天下之威神，具天下之大圆通，故大士一相，诸佛、菩萨、罗汉、梵王、帝释、金刚、鬼神、天龙、夜叉，无一不具。今之画家，止以妇女一相，示教天下，岂理也哉！故塑金刚者，怒目暴睛，塑菩萨者，低眉收视，亦以其理本如是也。今观来仪，庄严静定，结跏趺坐，与诸佛无异，如世人所传娉婷美好之容，对之若失，岂非得于闻性、圆于耳根？故能将普门一品，隐括一相中，威神、圆通，布于楮墨如是乎！夫为我写相，千里应求，亦既勤矣，况为我写性，触我悟根，比之《诗》所云“杂佩以赠之”，“珩璜琚瑀之美以送客”者，其珍重为何如也？率言以谢，亦明所以命笔之意，以示熏修者尔。

（据张缙彦《域外集》迻录）

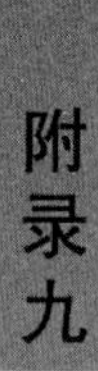

吴梅村诗三题八首

赠辽左故人

为海宁陈彦升相公之遴作也。《文集》相国初在翰林，与予同官，其生子女也同岁。相国之父中丞公以婚请女归相国子孝廉容永字直方。时相国守司农卿，而直方北闱得举。司农再相未一岁，用言者谪居沈阳。已而召入京，为宿卫，视旧人，在诸子法当从。会再以他事下请室，家人咸被系狱，旬月而后谳，全家徙辽左。用流人法，不得为前日比。

诏书切责罢三公，千里驱车向大东。
曾募流移耕塞下，岂迁豪杰实关中。
桑麻亭障行人断，松杏山河战骨空。
此去虆臣闻鬼哭，可无杯酒酹西风。

短辕一哭暮云低，雪窖冰天路添凄。
青史几年朝玉马，白头何日放金鸡？
燕支塞远春难到，木叶山高鸟乱啼。
百口总行君莫叹，免教少妇忆辽西。

《林下词选》陈相国夫人徐灿，字湘蘋，吴县人，善属文，精书翰，画法诗馀得北宋风格，绝去纤佻之习。冠冕处，虽易安亦当避席。

潦倒南冠顾影惭，残生得失忏瞿云。
君恩未许夸前席，世路谁能脱左骖。
雁去雁来空塞北，花开花落自江南。
可怜庾信多才思，关陇乡心已不堪。

浮生踪迹总茫然，两拜中书再徙边。
尽有温汤堪疗疾，恰逢灵药可延年。
垂来文鼠装绵暖，射得寒鱼入馔鲜。
只少江南好春色，孤山梅树罨溪船。

路出西河望八城，保宫老母泪纵横。
重围屡困孤身在，垂死翻悲绝塞行。
尽室可怜逢将吏，生儿真悔作公卿。
萧萧夜半玄菟月，鹤唳归来梦不成。

齐女门前万里台，伤心砧杵北风哀。
一官娱汝高门累，半子怜渠忆婿才。
失母况经关塞别，从夫只好梦魂来。
摩挲老眼千行泪，望断寒云冻不开。

此公痛其亡女也。《文集》相国全家徙辽左，独子妇不在遣中，相国命将幼稚归，寓书余曰："吾子女不少，患难苦辛，唯有容儿夫妇耳。"女积忧劳病咯血卒，卒前二十四日而直方在京师见遣云。

遥别故友

绝域重分路，知君万里余。
马头辞主泪，雁足复巢书。
草没还家梦，霜飞过碛车。
齐谐他日事，应记北溟鱼。

雪深难见日，海尽再逢关。
野鼠多同穴，神鱼断似山。
只应呼草地，都不类人间。
勉谢从行者，他年有梦还。

咏拙政园山茶花 并序

拙政园，故大宏寺基也。其地林木绝胜，有御史王某者侵之，以广其居。(《秋水集》拙政园者，先朝御史王君来按吾吴，爱其风土，罢官后卜居娄门而筑也。地广十余顷，堂宇亭榭、桥池花木之盛甲于茂苑。）后归徐氏最久。兵兴，为镇将所据。（为驻防将军府。）已而海昌陈相国得之。(谓陈彦升之遴也。）内有宝珠山茶三四株，交柯合理，得势争高，每花时，巨丽鲜妍，纷披照瞩，为江南所仅见。相国自买此园，在政地十年不归，再经谴谪辽海，此花从未寓目。余偶过太息，为作此诗。他日午桥独乐，定有酬唱，以示看花君子也（徐原一《拙政园记》始虞山尚书尝构曲房其中，以娱所嬖河东君，而海宁相国继之，门施行马。海宁得祸入官，驻防将军以开幕府，禁旅既旋，则有镇将某某迭馆焉）。

拙政园内山茶花，一株两株枝交加。

艳如天孙织云锦，赪如姹女烧丹砂。
吐如珊瑚缀火齐，映如蝃蝀凌朝霞。
百年前是空王宅，宝珠色相生光华。
长养端资鬼神力，优昙涌现西流沙。
歌台舞榭从何起，当日豪家擅闾里。
苦夺精蓝为玩花，旋抛先业随流水。
儿郎纵博赌名园，一掷留传犹在耳。
后人修筑改池台，石梁路转苍苔履。
曲槛奇花拂画楼，楼上朱颜娇莫比。
千条绛蜡照铅华，十丈红墙饰罗绮。
斗尽风流富管弦，更谁瞥眼问桃李。
齐女门边战鼓声，入门便作将军垒。
荆棘从填马矢高，斧斤勿剪莺簧喜。
近年此地归相公，相公劳苦承明宫。
真宰阳和暗回斡，长安日日披熏风。
花留金谷迟难落，花到朱门分外红。
独有君恩归未得，百花深锁月明中。
灌花老人向前说，园中昨夜零霜雪。
黄沙淅淅动人愁，碧树垂垂为谁发。
可怜塞上燕支山，染花不就花枝殷。
江城作花颜色好，杜鹃啼血何斑斑。
花开连理古来少，并蒂同心不相保。
名花珍异惜如珠，满地飘残胡不扫。
杨柳丝丝二月天，玉门关外无芳草。
纵费东君着意吹，忍经摧折春光老。

陈其年《拙政园连理山茶歌》：“此地多年没县官，我因官去

暂盘桓。堆来马矢齐妆阁，学得驴鸣倚画栏。辽阳小吏前时遇，曾说经过相公墓。已知人去不如花，那得花开尚如故。”观此知序所云午桥独乐徒虚愿矣。

看花不语泪沾衣，惆怅花间燕子飞。
折取一枝还供佛，征人消息几时归？

此诗虽为海宁太息，兼亦为其仲女咏，故用“花开连理”、“并蒂同心”、“摧折春光”、“看花不语”等句，皆儿女子语也。《女厝志》云：“女甥四五岁，颇慧黠，教之礼佛祈直方早归，女凝视长吁。”末二语隐指其事。

（以上据程穆倩《吴梅村诗集笺证》迻录）

附录十

陈之遴诸子考[①]

吴兆骞在狱中的患难之交，除方拱乾父子外，就是陈之遴与陈直方、陈子长父子，尤以子长为最。之遴已另文评介，这里仅介绍直方与子长及其与吴兆骞的交游。

陈容永，字直方，顺治十一年中举人（副榜）。吴兆骞曾谓“海宁相公第四子名容永者，系甲午科”云云[②]。其岳父吴伟业也曾言及，顺治十六年之遴全家徙辽左，其母夫人于武林闻之曰：“四郎（指容永）无私财，若妻子何?”[③] 可见直方系之遴第四子。

陈堪永字子长，为之遴第几子，虽然不得其详，但可考知。首先其排行决不会在直方之前，这一点由吴兆骞在狱中写的《戊戌除夕偕诸子集陈素庵先生斋即席同直方、子长赋》、《元夕同直方、子长赋》诸诗可以为证。因古人在称呼他人父子、兄弟时有尊、长之别，尊者、长者在前。上二诗言及直方、子长兄弟时，总是直方在前，可证直方长于子长，即子长排行在第五或其后。

考当时有的文献载：“扔谦，海昌相国子，行五而髯……相国

① 编者按：此文系据拙著《诗人吴兆骞系列》之二《江南才子塞北名人吴兆骞年谱》第268～274页所附《吴兆骞交游考》迻录，略有修订。如原文之考证，谓陈之遴七子，前三子名字号不详，四子容永，字直方，五子扔谦（名不详），六子寄斋（名号不详），七子（幼子）即堪永，字子长，实误，现参考柯愈春先生等论，重新改定，藉以补正拙著先前论述之失误。

② 《归来草堂尺牍》家书第四“吴兆骞上父书”。

③ 吴伟业：《吴梅村集》卷三十五“亡女权厝志”。

严谴，诸公子皆徙辽海，扐谦亡命特逸。”这表明之遴第五子为扐谦。而柯愈春先生在《名山集》提要中谓该书作者陈奋永“字扐谦，号寄斋，浙江海宁人，之遴子”（《清人诗文集总目提要》）。这进一步表明之遴第五子扐谦，名奋永，号寄斋，有《名山集》传世。据此，子长排行在第六或其后。

再考顺康之际文人陈玉璂在《寄斋吟序》一文内谓：“序寄斋者，吾宗兄某所著诗也。宗兄者，故相国（之遴）子也……自出关以后，不欲以名闻于人，故但曰寄斋也。寄者，寄慨也……寄斋去故乡万余里，全家窜处。前年兄孝廉（即直方）死，去年相国死，今年季弟又死，独寄斋者奉其母夫人（徐灿）茕茕一身，屡滨于死而未死……”① 按之遴卒于康熙五年，据此，则直方卒于四年；康熙六年，寄斋之最小弟弟（即季弟）亦卒于戍所。那么，这季弟究竟是何人呢？按古代称谓，“季弟”系最小之弟弟意，即幼弟之意。此幼弟系针对寄斋而言，倘若针对之遴而言，则应称为季子或幼子。之遴之幼子究系何人？其狱中患难之友张贲曾有“幼子子长”之语（详后文），可见之遴之幼子，即寄斋之幼弟就是堪永（子长）。既然堪永为之遴幼子，又为寄斋之幼弟，而寄斋幼弟又卒于康熙六年，则堪永实卒于康熙六年。这一论断，与下面引文可以互相印证。《国朝闺秀正始续集》载：“徐文琳为徐湘蘋（即之遴室徐灿）族侄女，许配其子子长。嗣子长随父陈之遴谪戍沈阳，卒于戍所……越四载，徐湘蘋得请而归，文琳曰我有家矣，遂孝养以终。”② 考徐灿系康熙十年被赦归，自十年逆推四年，恰为康熙六年，此与前说适相吻合，此尤可证堪永卒于六年。

综上所述，陈之遴当有六子，四子容永，字直方，举人，为

① 陈玉璂：《学文堂文集》卷二。

② 施淑仪辑：《清代闺阁诗人征略》卷二。

吴伟业之婿，顺治十六年之遴遣戍时，“以病废（指眇一目）得留”①，但至次年四月仍被遣戍辽左，康熙四年卒于戍所；五子奋永，字㧑谦，号寄斋，有《名山集》、《寄斋吟》，之遴遣戍时“亡命特逸”，但后来仍赴戍所，奉其母夫人（徐灿）“茕茕一身，屡滨于死而未死”；六子（幼子）即堪永，字子长，与之遴夫妇同时遣戍，康熙六年卒于戍所。至于之遴前三子，考徐灿《拙政园诗馀》跋之署名有“男坚永、容永、奋永、堪永敬跋”之语，据此，可证之遴长至三子中有一子为坚永。而坚永究竟为长、二或三子虽未详，但以三子之可能性为大。

先是，顺治十五年，陈之遴因为赂结内监吴良辅获罪，与其子堪永入狱，适值吴兆骞也被拘禁在狱中，双方唱和赠答，过从甚密，结下了深厚友谊。兆骞每赋诗，陈之遴“从而和之，令幼子子长（堪永）日听绪论，以为取法”②。后来陈容永被捕入狱，容永与兆骞也有唱和之作。可惜堪永与容永的狱中之作均佚，仅存兆骞所作者十四题十六首。这年秋，兆骞写了《有感三律次陈子长韵》、《九日同陈子长饮分韵得十五删》、《即席再用前韵答赠子长》、《再和子长》、《夜坐柬陈子长》诸诗。这些诗，既有“月色远连吴苑树，角声寒动蓟门秋”的乡愁，又有“直道原如此，吾生可奈何”的无奈，还有“已成钩党祸，莫忌独醒人”的愤慨。

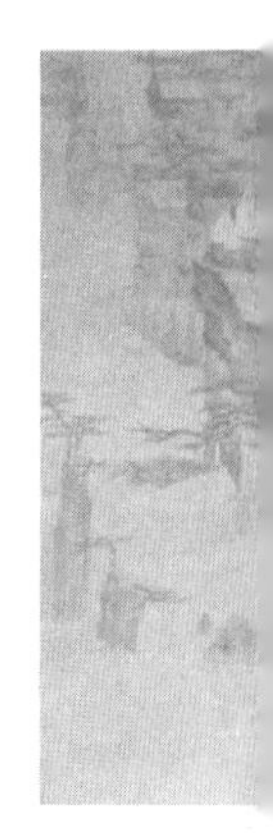

这年冬至次年春，兆骞又有《冬日同子长赋限韵立成》、《夜同子长过方娄冈学士赋赠》、《戊戌除夕偕诸子集陈素庵先生斋即席同直方、子长赋》、《己亥正月朔夜同子长小饮口占》、《人日同子长赋》、《答赠陈子长》、《正月九日同子长望月》、《元夕同直方、子长赋》、《感示子长》诸诗。这些诗既歌颂了他们“漫怜同难久，还忆结交初”、“凤阙彩花稀到眼，龙沙迁客自相亲”、“惊座闻名

① 黎士弘：《仁恕堂笔记》。
② 张贲：《白云集》卷四“吴汉槎诗序”。

久，相逢即故知”的深厚友谊，又抒发了自己“非关刀笔严持法，自是声名解误人”的追悔莫及之情。

除此之外，在与容永、堪永“酒酣耳热”之余，听到他们谈起崇祯时旧宫人国亡后出家为尼的妙音的遗事，“悲红粉之飘零，感羁人之沦落”，从而写下了长诗《白头宫女行》。在“积雪绵旬，凝阶不散”之际，追忆童子时旧作《春雪篇》诗，录出以就正于陈之遴，之遴与容永、堪永“皆为属和”。

顺治十六年三月十二日，陈之遴与堪永首先动身赴戍。闰三月初三日兆骞与方拱乾等动身赴戍，三、四月之交来至沈阳，陈子长已于城外十里迎候。居沈期间，兆骞写有《沈阳旅舍赋示陈子长》、《同陈子长坐毡帐中话吴门旧游怆然作歌》、《同陈子长夜饮即席作歌》、《将发沈阳过子长饮怆然有作》四诗。这些诗记录了在“辽城四月春风来，黄鹂啼树梨花开”的季节，他们驰马南郊，把臂话旧，然而兴尽悲来，感慨生哀，兆骞又吟出了：“君才弱冠我盛年，可怜沦落俱冰天。”

这时，堪永又“解衣推食，事事周全，挥涕赠金，情款绸悉”。既将东发，复赠车马衣裘。兆骞自谓塞外路险难行，若非子长赠以车马，“已委沟中矣”。

与堪永别后，途中有《夜宿阴沟关有怀子长》诗，倾诉了在“春声过碛冷，月色到边孤”的阴冷春夜里怀念故友的悲凉心境。

至戍所后，有《寄怀陈子长》、《忆旧书情寄陈子长一百韵》、《酬子长见怀之作》、《寄怀陈子长》、《瓜儿伽屯值雨晚过村叟家宿即事书寄孙赤崖、陈子长五十韵》、《酬陈子长七夕见怀》六诗。其中《寄怀陈子长》云：

毡帐风连曙，长河雪过春。
一年频卧疾，万里独怀人。
世事文章贱，交情患难真。

茫茫穷塞外，愁记别离辰。

另一首《寄怀陈子长》云：

雪霁山城月色新，天涯怜汝倍沾巾。
家残已恨无归日，道远空怜梦故人。
尺素三秋凭去雁，短衣十月叹悬鹑。
伤心同是他乡客，偏是相思隔塞尘。

其余如“冰河雁阵霜中断，雪碛雕声夜半闻”、“笛里风霜哀朔塞，桥边机抒望明河”等，都堪称是怀人之佳句。

在兆骞怀念容永，尤其是堪永之际，容永与堪永也有怀念兆骞之诗文。

康熙元年，容永有《松陵行》长诗，描述了吴兆骞的才华、遣戍及其妻子葛采真远赴戍所、吴文柔伴送葛氏赴京的壮举。其中，咏吴兆骞流放前才华与处境云：

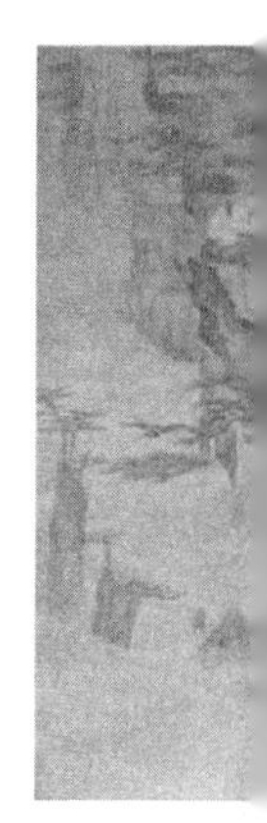

松陵寒华落秋水，月明静照苏台里。
华月依然故国情，天涯愁切吴公子。
自伤文采擅词坛，曾向延陵显姓行。
绝代风流惊宋子，殢人容貌陋潘郎。
冰毫五色仙都梦，蕙庭珠树巢雏凤。
慈母怜才解护持，丈夫爱少偏珍重。
翻风悲翠每双飞，宿水鸳鸯亦并栖。

容永另有《送汉槎夫人赴戍》诗二首，其二云：

混同江水共肠回，重画愁眉向镜台。

已恨劳人歌草草，更伤游子赋哀哀。
朱颜暗逐青春换，雪顶都缘绿鬓摧。
独上高冈东望处，满天霜雾雁还来。

陈堪永与吴兆骞的唱和赠答之作，惜已全佚，仅传致兆骞书信二封。其一是顺治十六年中秋后十日在接到兆骞初至戍所之信而写。此信首先写京城分手后的思念之感与沈阳重逢时惊喜交集之情，其次写对故友的慰藉，最后向兆骞索要唱和诗篇。兹将前部分信函摘录如下：

东郊执手，出涕潸然，眷言思之，回肠欲绝。顷接惠音，益增凄然。一身多病，万里长征，惟我汉槎，何堪此跋涉耶？忆昔患难缔交，情逾骨肉，蕙兰托契，金石铭心，尚拟虎阜桂轮，武林画舫，遂风雨之思，寻湖山之胜。岂期凤城一别，余也前驱，龙塞长流，君焉后至。边荒羌笛，听来总是伤心；白草黄沙，独处无非泪眼。犹幸揽辔晴原，引觞良夜，悲歌慷慨，少慰寂寥。乃复攀渭水之长条，唱阳关之几叠。把臂无多，忽焉分袂。嗟乎！伤哉！何余两人相遇之艰也。李陵有言：人之相知，贵相知心。余与汉槎有同然耶……

另一封致兆骞之信，写作时间不详，估计在顺治十八年，原信后文已阙。首写兆骞之负屈远戍，深愁积思；次叙自己之悲凉处境；后言栖心仙道，弃谢凡俗，寻求精神寄托。兹将前部分转录如下：

思吾汉槎，负梁苑之鸿林，担长沙之深痛，入宫生妒，投纾见疑，卞璧蒙冤，隋珠见点。虽玉关落日，莫可照其深愁；金塞悲风，未足吹其积思矣。至如弟者，事异幼安，乃同避地；人同梅福，亦复逃名。衰草愁云，目断黄龙之外；寒烟积雪，心摇玄菟之间。每当边笳暮动，寒鼓宵传之时，一望荒凉，寸心凄折。即相与如汉槎者，犹不能分题良夜，晤对晴窗，聚朋友之欢，托生平之契，兴思及此，复何言哉？

信中所述，悲凉如流水之凄咽，令人不忍卒读。

通过上述，可以看出吴兆骞与容永，尤其堪永友谊之深。兆骞在《寄顾舍人书》中谈到堪永时道：“弟患难之交，陈子长最笃。但隔在辽海，不得相见。此君风流文采，不减华峰，意气亦复相类，惜其无命，流落而死，为之痛心。”① 兆骞的这种痛心，正反映了他们友谊之诚笃。

① 《秋笳集》卷八。